김비서가 왜 그럴까

金祕書為何那樣 1

鄭景允——著　張靜怡——譯

目錄 CONTNETS

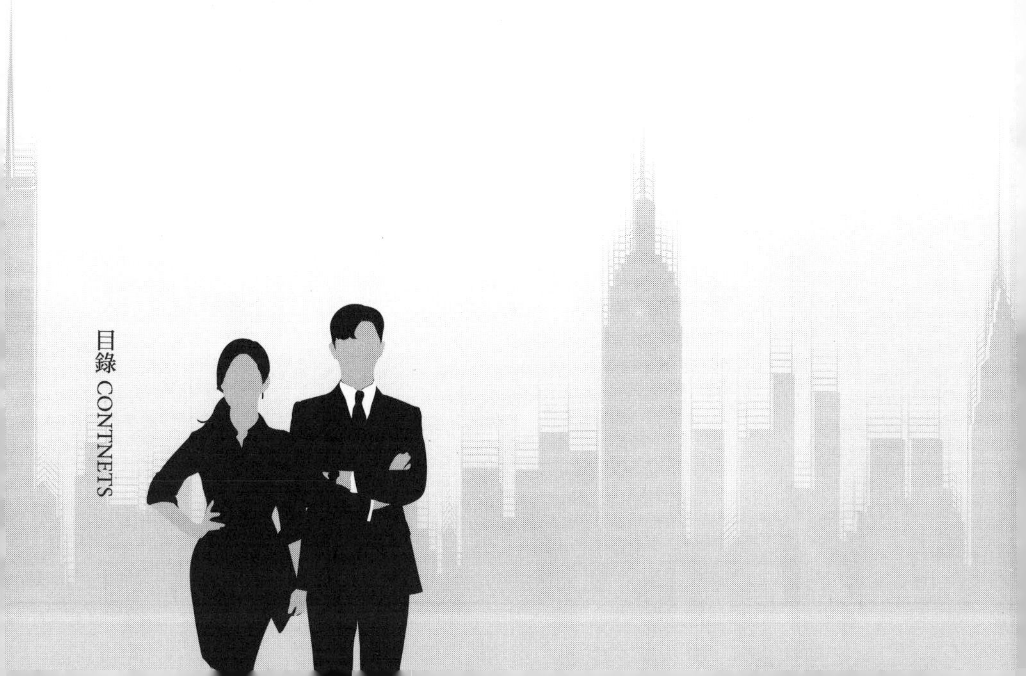

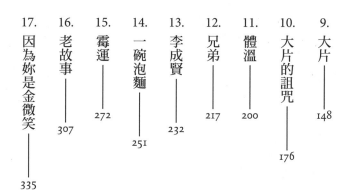

前奏

李英俊是神賜予的禮物。
他像是神畢其功於一役
製造出來的一件傑作。

十月三十一日下午十點三十分，極東酒店露天泳池的加勒比休息室。

柔和的燈光傾瀉在室外游泳池的水面上，泛起粼粼波光。著名爵士歌手正在一旁的舞台上唱著艾拉・費茲潔羅的〈Misty〉，聲音多少顯得有些壓抑。雞尾酒吧前三三兩兩聚集了一些正談笑風生的知名人士，其中還包括幾個藝人。

在舞台和泳池正上方有一個與其他地方隔絕，可以完美保障個人隱私的空間。那是只有超級ＶＩＰ才可以預約的高級場所。而今天坐擁這塊華麗區域的正是「唯一集團」副會長李英俊一行。他們所在的唯一集團在過去五年中從沒有掉出過國內十大企業的前五名。

唯一集團的李會長抱病許久，在過去的七年間，一直都是他的次子李英俊在幕後掌管公司的營運。李英俊從小就格外出眾，這一點誰都無法否認。「上帝是公平的」這句話至少在李英俊身上顯得有些蒼白無力。

李英俊纖長的身體躺在義大利產的高級沙發上，凸顯出完美的身材比例。他一完成工作就馬不停蹄地來到了這裡，身上還穿著黑色西裝。可即便是西裝硬挺而端莊的設計感也無法隱藏他苗條、修長的四肢和結實、性感的身軀。他就像一頭躺在大理石上，光澤流動的美洲豹，渾身上下都散發出一種充滿野性和欲望的氣場。

李英俊出眾的地方又何止是身體呢？他的眉毛纖細而濃重，好像用細細的毛筆一筆一劃畫出來的一樣，眉毛下方是他深邃的眼神和烏黑的眼眸。還有他那不偏不倚、直挺挺的鼻梁，和厚重而堅毅盡顯男子氣概的嘴唇。這一切，竟無一處可以指謫。

這還不是全部。如果只是長得好看還能讓人少一些嫉妒，可就連他的能力也是別人望塵莫及的。

無論是學習、運動還是樂器，一樣不缺地都是他的拿手好戲。在接受正規教育期間，他更是在規則允許的範圍內數次跳級，赴美留學，回國後他就直接進入了唯一集團繼承人的鍛鍊歷程。此後，他又自請了兩年的海外派遣工作，回來後他便正式接手公司經營，果斷地進行了大規模的組織改革和人事調動。經歷一番陣痛後，公司的局面煥然一新。與沒有野心，只一心經營集團本身的父親不同，李英俊帶領集團邁開了果決而具有攻擊性的雄心，取得了令人矚目的漂亮業績。

李英俊是神賜予的禮物。他像是神吸乾了高咖啡因功能飲料後，花了三晝夜，畢其功於一役製造出來的一件傑作。

「英俊哥，今天怎麼這麼沉默寡言？發生了什麼事嗎？」

有多高的地位，人際關係的範圍就有多廣，李英俊幾乎無時無刻被人包圍著。今天來參加私人聚會的都是他事業上的知己和在各界活動的美女。在這些美女中，已經和李英俊保持定期見面一個月之久的吳智蘭氣呼呼地尖叫道：

「英俊哥！我問你今天為什麼不說話呢？」

這時，遠東酒店連鎖老闆的小兒子揮著手插嘴說：

「誰能教智蘭一些觀察力啊？」

「天啊，哥哥你真是太無禮了，這叫什麼話？」

「人家英俊哥哥不說話，妳就應該想到『看來今天英俊哥哥有心事』，然後閉上嘴巴喝妳的酒。這麼不會察顏觀色可怎麼辦啊？」

「出什麼事了嗎？到底什麼事嘛？」

智蘭一臉撒嬌的表情「撲通」坐在英俊腳邊，晃蕩的巨乳幾乎要從低胸連衣裙裡呼之欲出。周圍男人們的眼睛不約而同地閃閃放光。

然而，李英俊並不關心周圍發生的任何事情，包括坐在他腳邊的智蘭。李英俊仍然陷在他深刻的思考中，已經連續兩個半小時了。

看到英俊沒有了平日裡的歡快和自信，一行人都覺察出了不同尋常的氣氛，一副小心翼翼的樣子。只有白目的智蘭還在繼續糾纏不休。

「英俊哥哥～」
就在這時，準確地說是兩個半小時後，英俊開口了。
「嗯？你說什麼，哥哥？」
「為什麼……」
「我聽不清。」
智蘭把臉湊到英俊眼前，英俊頓時愁眉苦臉地脫口而出：
「妳幹什麼？給我走開。」
智蘭被英俊冰冷的語氣嚇得直往後退，從沙發上摔下來，一屁股跌坐在地上。
「哥，哥哥？」
「哈～真是要瘋了。」
英俊撥弄著頭髮坐起身，長長地歎了一口氣，好像著了迷似的自言自語道：
「金祕書她……」
在這個世界上即使被判了死刑也可以要求二審，但在李英俊的世界，無論是在工作中，還是個人生活中都沒有「第二次機會」這樣的概念。只要判了死刑，那就爽快地就此結束。所以他周圍鮮有長期工作的員工也是理所當然的事情。自從李英俊坐上副會長的位子後，至今仍舊留在他身邊的只有唯一集團的職業經理朴侑植社長和英俊的私人祕書──金微笑。
這樣的金祕書難道……？
英俊今天一直沉浸在壓抑的氛圍裡，由此可以推測，在他身上的確發生了本世紀獨一無二的特殊事件。人們竊竊私語的聲音逐漸消失，緊張感慢慢瀰漫開來。一行人熱切期待著英俊馬上說出各種令人震驚的話來，嗓子裡不約而同地嚥下一口口水。

然而，從英俊嘴裡真摯而嚴肅地說出的話語並不是什麼驚世駭俗的內容，也不是什麼讓人顫慄的反轉事件，而是一個簡單到令人髮指的疑問。甚至完全不知道發問者究竟是誰。

「金祕書她……為什麼那樣呢？」

怎麼會突然冷不防地冒出這麼一句話來。

在座每個人聽了，都不約而同地露出一副滿是問號的表情。

01 笑盈盈的金微笑祕書

金祕書不僅工作出色，
還擁有一副纖細苗條的好身材，
同時具備了清純美麗的外貌
和凹凸有致的完美曲線。

一週前，也就是十月二十四日上午的六點三十分。

可以遠眺漢江的超高層公寓的頂層燈火通明，這裡就是唯一集團李英俊的住宅。

李英俊時常外出活動，出差相對頻繁，而且多在家裡辦公，所以上班時間並不確定。可他就像得了強迫症似的，總是早上五點就起床，開始緊張的一天。起床時間本就相對較早的李英俊今天起得更早，因為今天他要代替父親出席五大集團會長早餐座談會。

還浸潤在冷冷晨色中的城市在更衣室的落地窗前一覽無餘。李英俊怔怔地凝視了一會兒尚未熄滅的路燈，走向衣櫃前那個設計獨特的衣架。

那裡掛著金祕書剛剛取出來的客製款灰色西服套裝和襯衫，以及一條淺紫色綢緞領帶。這種並不過於老式的設計和色調非常適合早餐會。

英俊從容地換上襯衫和正式西褲，低頭看向成排的桌子，上面擺放著搭配領帶的袖釦、領帶夾、手錶以及今天要用的手帕、鋼筆等各種飾品。他剛剛還想著要更換這幾天下來用膩了的打火機，可還沒等他開口，新的打火機就已經出現在他的眼前了。

在他拿起袖釦的瞬間，傳來了一陣敲門聲。

「副會長，您換好衣服了嗎？」

「嗯，進來吧。」

一名身著圍裙的女人推著放有早餐茶的手推車走了進來，在她身後還跟著一個身穿黑色套裝的女人，她的手上拿著一台平板電腦和兩只智慧手機。

「您的早餐茶。今天為您準備了大吉嶺春茶，因為您今天要去參加早餐會，所以沒有另外準備早餐。」

「放那吧。」

穿圍裙的女人停下手推車，恭敬地問安後不疾不徐地走了出去。這時，梳著高高髮髻的黑色套裝女子徑直向英俊走來，並向他遞上了平板電腦。

「這是今天的行程。」

「謝謝。」

「不客氣。現在給您倒茶嗎？」

「嗯。」

英俊蹺著二郎腿坐在舊式長椅上瀏覽今天的排程。套裝女子收起銀盤上的茶壺套，提起陶瓷茶壺，通過濾茶器的紅茶頓時在房間裡散發出清新而芬芳的茶香。

女子笑盈盈地走過來遞過茶盞。英俊拿著刻有華麗紋樣的茶盞喝了一口後，惡作劇似的開起了玩笑。

「因為是妳倒的，所以感覺更好喝了呢。」

「看來您忘了有個詞叫『甜言蜜語』。」

「啊，被發現了。」

英俊被女子嚴肅的態度逗樂，哧哧笑了好一陣。他一邊看著那條訂於今晚的德國大使館招待會行程，一邊認真地問：

「今天狀態如何？」

「非常好。」

「這可是重要場合。晚上不會有什麼失誤吧？」

「我工作又不是一兩天了，沒有問題的。」

這位黑色套裝女子就是跟了英俊九年的金祕書，外派工作的兩年裡也一直輔佐在他左右。九年間，她不但擔任過英俊的個人祕書、隨行祕書、禮賓祕書，偶爾還要做英俊的專人司機，像在今天這樣重要的聚會上做英俊的女伴。如果用一種工具來形容她，金祕書絕對稱得上是一把連指甲剪都配備齊全的多功能瑞士軍刀。作為一個二十九歲的未婚女子，金祕書不僅工作出色，還擁有一副纖細苗條的好身材，甚至同時具備了凹凸有致的完美曲線和清純美麗的外貌。

這時，金祕書外套右側的口袋震動了起來。剛才倒茶時，她將兩只智慧手機分別放到左右兩側口袋裡，震動的這部是黑色手機，也就是英俊的私人電話。

金祕書似乎不用確認就已經知道了來電者是誰，她小心翼翼地問道：

「要接嗎？」

小口喝茶的英俊不耐煩地冷哼一聲。

「不要接。有必要接一個罪人的電話破壞早上的好心情嗎？」

金祕書俐落地掛斷了電話，只見手機螢幕上出現的是昨天被炒魷魚的某職員的名字。

過了一會兒，金祕書走向衣架，再次確認過英俊的外套後，拿起領帶問：

「為什麼說是罪人呢？」

「並非只有偷盜或是害人才是罪過。」

英俊一個人沒頭沒腦地喃喃自語著。他喝了一口紅茶後放下茶盞，從座位上站起身來。他傲慢而從容地走到金祕書跟前，扣上襯衫衣領的鈕釦，直直地盯著金祕書。

「無能，以及認識不到自己無能的無知也是一種罪過。」

李英俊繼續說著金祕書無法理解的話。金祕書熟練地將領帶繫在英俊的脖子上，仍然保持著一副笑盈盈的表情。

不覺間，英俊的襯衫衣領上就出現了一個模樣美觀、無可挑剔的領結。

「唉。可是我實在無法理解。」

英俊戴上手錶等所有飾品，把稜角齊平的格紋手帕塞進後口袋裡，接著向後伸出雙臂。身後的金祕書拿著外套，像是早就等在那裡一樣，把英俊的手臂套進了外套的衣袖裡。灰色外套「唰」地爬上他的肩膀和手臂，裹住他的上身。

「金祕書妳知道嗎？」

「您指的是什麼？」

英俊撫了撫外套上的褶皺，扣上了鈕釦。最後又在手腕上倒上一滴金祕書遞過來的香水，站到了三面鏡前。

太陽還沒有升起，房間裡卻顯得格外耀眼。究其原因，不是因為照明，而是因為氣宇軒昂地站在鏡子前的英俊全身散發出的光芒。

英俊看了鏡子中的自己好一陣子，一副無比滿足的表情。他以一種自然到忘我的態度說：

「你說為什麼會有無能之人呢？」

英俊的一番話足以讓一個普通人頻頻露出驚恐之色，然而金祕書似乎早已對這種事情見怪不怪，只是隨口附和道：

「就是說啊。」

「明明很容易啊！努力並爭取。竟然連這種簡單到不能再簡單的方法都消化不了。這到底是為什麼呢？」

「因為大部分的人都跟副會長您不一樣。」

金祕書和藹的微笑和解釋似乎仍舊無法解開英俊的疑問。他反問道：

「是嗎？」

「當然。我有生以來從沒見過副會長您這樣的人呢。」

聽到金祕書笑盈盈地說出這番話來，英俊聳聳肩，噗哧一笑，又重新照起鏡子來。

先驅，本義指馬車中前面的一匹奔跑的馬，引申指在思想上和行為上走在前端的人。然而此人並非一般意義上的先驅，而是自戀狂界的先驅，是討厭鬼裡徹頭徹尾的極品。

大部分人在面對李英俊後都會有種難以言說的彆扭情緒。這是因為他雖然討人厭，卻又優秀到能夠讓人理解他的討厭。

「好像又來電話了。」

這次是商務手機。金祕書立刻將手機放到耳邊，禮貌地接起電話。

正在金祕書接電話的期間，仔細端詳著鏡子的英俊發現了自己頭髮中的一根白髮。他一臉驚愕地盯著那根白髮，似乎在無聲地感歎「這種可怕的事情怎麼會發生在我的身上！」英俊小心地將它拔了下來，愁眉苦臉地問道：

「誰啊？」

金祕書挪開耳邊的電話，立刻笑盈盈地回答：

「是罪人中的大逆罪人呢。要我來幫您處理嗎？」

行銷室長辦公室那扇厚厚的木門後面傳來罪人室長鬼哭狼嚎般可怕的叫喊聲。

「誤會！這是誤會誤會！呃～哼～您聽我～呃！」

男子模糊不清的哭訴聲瞬間淹沒在英俊雷霆般的吼聲裡。

此刻正在行銷室長辦公室裡緊張發抖，有如在陽光明媚的日子裡還要蓋上厚被的男人就是現年三十三歲的奉專務，是除了英俊和朴侑植社長以外公司裡最年輕的高級主管。

他解釋說，因為最近業績突然下滑，還搞砸了一個專案，需要安慰一下受傷的心靈，所以近來經常出入各種風月場所。可沒想到，其中一處不僅被員警當場取締，他還好巧不巧地趕在大白天上班時間接受了全套服務。

事情鬧得越來越大，已經嚴重到無法將此事歸結為個人過失的地步，就連媒體都窮追猛打。唯一集團宣傳組組長為了把頭條新聞標題「色情場所實況觸目驚心！某集團高層出入江南某色情場被揭發！」中的「唯一」替換成「某」字，馬不停蹄地四處奔波，累到筋疲力竭虛脫住院。

今天，為了一次性完成死刑的宣判和執行，英俊甚至屈身來到了行銷室長辦公室。換作以往，他只會把人叫去自己辦公室，可能是因為早上發現的那根白髮，心情不太舒坦吧。

「金祕書！」

經過一段長時間的等待，英俊在門裡大聲呼喊金祕書，似乎已經執行完畢了。

「是！」

金祕書趕忙回應。她回頭看向奉專務的祕書，笑盈盈地低聲送上忠告。

「千萬不要在副會長面前袒護專務。」

奉專務的祕書聽了金祕書的話後猜想到了裡面發生的事情。一臉緊張的她抬起頭看著金祕書，結結巴巴地問：

「為，為什麼？」
金祕書的表情似乎在說「連這也要問，真是什麼奇怪的人都有啊」，她莞爾一笑反問道：
「妳想陪葬嗎？」
「不……不想。」
奉專務的祕書「咕咚」嚥著口水，搖了搖頭。金祕書接下來說的話更是令她瞪圓了眼睛。
「妳閉上嘴巴不要說話，我會看著辦的。」
「啊？」
雖然沒有聽明白金祕書的解釋，但當她看到門裡面的新世界後，已然完全理解了金祕書的話。行銷室長辦公室和平時沒什麼兩樣，可氣氛卻是截然不同，彷彿被本世紀最大規模的寒潮席捲過一樣，冰冷而肅殺的空氣讓人不由自主地渾身發抖。
李英俊像尊雕像一般優雅地坐在辦公桌上，不停抽噎著的奉專務畏畏縮縮地低頭站在一旁。平時傲慢到脖子像打了石膏一樣的奉專務提心吊膽地站在那裡，活像一個因為砸壞校長室的玻璃窗而被罰站的小學生，這場景不由讓人真切地感受到了副會長的威嚴。
「我都說完了。下一個行程是什麼？」
「是綠源酒店的午餐。離出發時間還有三十分鐘左右。」
「呃啊！請您原諒我吧，副會長。哼哼～」
奉專務哀怨而迫切地望著金祕書，可金祕書卻只顧著整理自己帶來的資料。這時，英俊剛要取出一根香菸叼在嘴裡，金祕書立刻走上前一把搶過香菸，笑盈盈地數落道：

「哎呀，您明知道整棟大樓都是禁菸的。」

「我現在心情太差，就放過我這一次吧。」

「不可以。請您使用外面的吸菸室。」

「喊。」

英俊霍地站起身，把脫下來的外套搭在一側的肩膀上，走了出去。

金祕書確認英俊徹底離開後，走到奉專務身邊。他整個人癱坐在座位上抽泣不止。

「專務。」

「哼哼～哼～金祕書……我……我……」

金祕書伸出手輕輕拍打奉專務的肩膀，用溫和的語調安慰說：

「我一會兒上去和副會長再好好說一說。副會長那是對您有感情才會這樣做的，您不要太傷心了。要是一點兒感情都沒有的話，又怎麼會如此待您呢？都是為了您好才這樣的。」

聽到這番似乎能撫慰靈魂的話語，奉專務抬起頭，用噙著淚水的雙眼望著金祕書。

「哼哼～真……真的嗎？真的是這樣嗎？」

「哎喲，當然啦。不要擔心啦，快起來吧。今天早點回去休息，不要再去那種奇怪的地方過夜了。您這樣可就對不起尊夫人了，再說這該多丟臉啊。」

「說得是啊。啊……真是鬼迷了心竅啊。」

「請您不要忘記此刻的心境，以後也要努力生活啊，奉專務。」

「嗯，謝謝妳，金祕書。不愧是金祕書啊。」

「加油，奉專務。加油加油加油加油～」

金祕書用略帶撒嬌的語氣為他加油打氣，那張笑盈盈的臉龐彷彿教堂入口的聖母瑪利亞像一樣無比慈愛與溫暖。

也許是這親切的安慰讓奉專務的心中湧出了無限希望，他猛地從座位上站起身，朝正呆站在一邊的專務祕書喊出可笑的口號，並跑出了辦公室。

「Miss吳！加油！我們重新起航吧！Fire！」

「啊，好……加油……」

終於，房間裡只剩下兩個人。一直面露難色注視著奉專務背影的專務祕書轉身面向金祕書。

「那我們專務可以繼續工作了嗎？」

「天啊，妳在說什麼？妳見過副會長給別人第二次機會嗎？」

金祕書沒有正面回答，轉而拋出了一句簡短的疑問。她起身撥通了電話，語氣溫和地說：

「我是金微笑祕書。奉專務被辭退了，這邊已經處理好了，請把桌子和辦公用品都撤了吧。在副會長去確認之前，盡快。」

對唯一集團一眾高層和祕書而言，金祕書絕對是祕書界的名將，堪稱祕書界的人類文化遺產。而理由只有一個：

她是唯一一個能夠和李英俊組成夢幻搭檔的人，他們之間更是有著堪比夫妻的超強凝聚力，更重要的是，她可以微笑面對這所有的一切。

深夜，德國大使館招待會結束後回去的路上。

行駛的禮賓車在信號燈前停下，英俊收起望向車窗外的目光，輕輕轉動脖頸。

平時總是將頭髮高高梳起的金祕書今晚身著露肩韓式禮服，披著長髮，和平日呆板的著裝相比，今晚的她更加優雅而富有魅力。

英俊想起剛剛暫時離開座位和朋友交談時，有幾位男士接近她和她搭訕的場景。

「妳有時候真讓我驚訝。什麼時候學會的德語啊？」

「您這話什麼意思？」

「我是說剛才想搭訕妳的那些傢伙啊。妳好像用德語跟他們聊了很久的樣子。」

「啊，那些人啊。」

她文靜地用手遮著嘴笑了笑，補充道：

「其中有兩位是德國人，另一位是法國人。沒辦法用英語溝通呢。」

「妳還會說法語？」

英俊露出驚訝的神色看著金祕書。金祕書則擺出一副討人嫌的表情平靜地說了下去。

「在您的逼迫下，我受盡各種折磨才好不容易速成學會了日語和漢語，哪還有時間學什麼德語甚至法語呀？那都是靠眼神啦。」

「眼神……？」

「如果一邊遞香檳一邊使眼色，那就是在說『暫時失禮了』；如果不時望向窗外，那就是沒話找話尷尬聊天氣，可以直接無視；如果一邊看著副會長您所在的方向一邊說話，那十之八九是在稱讚您，只要笑著點頭回應就可以了；如果感覺到搭訕的意味，那就悄悄用左手摸耳環。」

金祕書左手無名指上戴著一枚設計簡潔的金戒指，那是兩年前在公司運動會上抽到的獎品。

「眼神絕對是一張無敵的自由通行證，它能攻克包括語言隔閡在內的所有阻礙！」

即使聊到嚴肅的話題，金祕書依然是一副笑盈盈的樣子。

「挺厲害嘛。」

「真的嗎？」

「真的。」

「那現在，您是在誇獎我嗎？」

「那麼會察眼觀色，有眼力的人連這麼明顯的誇獎都聽不出來嗎？」

英俊咻咻地笑著挖苦道。金祕書立刻開心地猛鼓掌。

「哎呀呀，真是難得啊，沒想到我也有被副會長稱讚的一天。」

「我並不吝嗇於稱讚別人，只不過沒什麼值得稱讚的事情罷了。」

雖然這話聽起來是無與倫比的狂跩酷炫，但只要稍微細想一下便會發現，其實這也不是什麼完全無法理解的事情。事實上，從李英俊的角度來看，能讓他覺得了不起的厲害角色能有多少呢？

「如果我真的有那麼厲害，那也都是託副會長您的福。」

「是嗎？」

「當然啦。」

英俊想起最近一直忙於工作，沒能好好關照她，便問道：

「今天辛苦了。有什麼想要的嗎？」
「我沒關係的。」
「沒關係的是我才對，想要什麼儘管說。」
「真的不用了。您上個月不是才給我買過昂貴的包包嘛。」
「上次買的是包包嗎？不是皮鞋嗎？」
「我就說嘛。就知道您記不住的。」
笑盈盈地擺著手的金祕書忽然溫柔地喚了一聲：
「副會長。」
「怎麼了。」
「您得發布徵人啟事了。」
「什麼？」
「徵人啟事。」
金祕書依然一副笑盈盈的樣子。
「我，打算辭職了。」
「怎麼這麼突然？」
「出於個人原因吧。」
「一定要辭職嗎？」
「是的。」

英俊出神地望了金祕書許久，而後他聳了聳肩，頂著一張撲克臉高冷地吐出幾個字來。

「那隨便妳吧。」

02 失眠

「到底為什麼……」

呼叫聲響了許久，英俊依舊一動不動地直直盯著日曆鬧鐘。

「我打算辭職了。」

「那隨便妳吧。」

淹沒在黑暗中的臥室裡，在寬敞得有些冷清的床上輾轉反側的英俊眨了眨眼，看了一下時間。

「十月二十五日，凌晨二點三十分」

雖然平時也會失眠，但對於今天難以入睡的理由，英俊卻不得而知。

他平時最厭煩沒有答案的問題，在他絞盡腦汁不停思考的時候，時間仍舊「滴答滴答」地不停流逝著。

上午八點。

在家中工作時，書房就成了辦公室，那裡環繞著密密麻麻插滿了各種書籍的書架。無處安置的書籍堆積成山，筆記型電腦等各種辦公設備以及長短不一的線纜岌岌可危得擺滿了長長的辦公桌。

「無論如何都不能再這樣下去了。不如把書房擴建一下吧？」微笑環顧四周，歎氣道。

英俊一邊看著電腦螢幕一邊毫無誠意地予以回應。

「好啊。」

「把隔壁的三角鋼琴搬到客廳，再把那面牆拆掉就可以了。」

「想法不錯啊。金祕書去策劃一下吧。」

「什麼時間施工比較合適呢？」

「嗯……十一月底左右吧？」

「啊……」

金祕書沒有立刻回答。

她遲疑的樣子有些反常，英俊抬頭問：

「怎麼了？」

「那個時候我可能已經……」

英俊一邊撫弄著下巴一邊靠向真皮轉椅的椅背，椅背隨即發出刺耳的「吱嘎」聲。微笑不由打了個寒顫，立刻拿出筆記本記下了些什麼。

對於做了九年搭檔的他們來說，這該是件再自然不過的事了吧。英俊似乎不用看就能知道微笑在備忘錄上記下了什麼內容，無非是「更換書房轉椅」之類的字句。

果不其然，意料之中的話語從她口中說了出來。

「書房的家具也該趁這次機會全都換掉才是。等新祕書上任之後……」

「是真心的嗎？」

英俊雙手十指交叉托著下巴抬起的臉比平時更有魅力。或許是因為他今天的面色稍顯蒼白，眼神看起來更加深邃的緣故吧。

「我問妳是不是真心的。」

「是真心的。」

微笑過於乾脆的回答讓英俊一時不知該如何回應。他呆呆地看著微笑，真摯地問道：

「凌晨上班太辛苦吧？給妳買輛車怎麼樣？」

微笑露出彎彎笑眼，本就細長的眼睛瞇得更細了。

「年初您不是已經給我買過了嘛。」

「我買過嗎？」

「是的，我還換了一頓炒年糕吃。」

「什麼意思？」

「說來話長，總之因為個人原因我把它賣掉了。」

「呃。」

「抱歉，當時應該及時告知您的。感覺您好像也不會太在意，所以就……」

英俊看起來不太高興，許久沒有說話，卻又搖著頭大方地說：

「沒關係。又不是什麼大不了的事。那就再給妳買一輛吧。價格不用擔心，挑一輛自己喜歡的吧。」

「哎呦，不用了。我不是因為上班辛苦才想要辭職的。您不是也很清楚我不睡懶覺的嘛。」

「那又是因為什麼？」

提問之後大概是想到了什麼，英俊噗哧笑出來。

「啊啊，我知道了。」

微笑瞪圓了眼睛看著英俊，英俊一臉確信，正經八百地說：

「沒睡。」

「啊？」

「我說我沒和前天見面的那個女人睡。」

「啊？？」

「又不是小孩子了，怎麼還這麼會嫉妒。」

微笑不禁「噗」地噴笑出來，英俊頓時皺緊了眉頭。

「髒死了，妳？」

「抱歉。我幫您擦擦。」

看到微笑拿出手絹試圖擦拭筆記型電腦的前蓋，英俊連忙制止她，粗魯地說道：

「扔了。」

「好。」

「總之，別再想那些沒用的了。明天我包場電影院，很久沒有單獨和妳一起看電影了。」

微笑雖然面帶笑容，內心卻依然堅決。

「朴代理上午會發布徵人啟事，我們先進行最大程度的篩選，副會長只需要進行最終的面試就行了。」

英俊一臉茫然地看著微笑，許久才又開口道：

「是因為上個月傳的緋聞嗎？我不是已經解釋清楚了嘛。我摸著良心發誓，真的沒跟她睡。」

「副會長，我要跟您說幾次呢？就算您和那些排成隊的女士們一覺睡到大天亮也沒有關係的。」

聽到這話，英俊那光滑的臉龐就像皺巴巴的紙張一樣擰成了一團。

「妳怎麼能這麼看我！」

「拜託您以後不要在凌晨三點叫醒我讓我做代理司機了。總之，辭職並不是因為這個。」

「因為從上個月開始一直讓妳加班，甚至週末也要工作嗎？過度勞累導致流鼻血的事情也不是一天兩天了。妳怎麼突然這麼不專業啊？啊，生理期嗎？」

原本笑盈盈的微笑，額頭青筋凸起。

「哎呦，真是奇怪啊，胸口好像湧上一股黑漆漆的怨念呢。呵呵呵。總之，我會特別為副會長安排好面試流程，不會讓您感到不方便。」

英俊沉默片刻，冷冰冰地說：

「妳看著辦吧。我沒理由挽留一個要走的人。」

＊＊＊

碩大的店牌上，「去吧豬皮」四個大字閃爍著耀眼的光亮。

這家位於郊區的烤豬皮店生意慘澹，真是可惜了那蘊含了感性的致敬情懷和文化潛質的店名★。店鋪較之以前破敗了不少，微笑環視一圈，發現兩位姐姐正圍坐在用油桶改裝而成的桌子邊，便笑盈盈地對二人說：

「大姐二姐，快吃啊。」

「妳也一起吃吧，微笑。」

「謝啦，微笑。」

「我就算了。妳們臉色怎麼這麼差啊？有按時吃飯嗎？還是很辛苦嗎？」

兩個姐姐相差一歲，和過年那時相比，兩人憔悴了不少，一臉疲態。

身形瘦削，戴著厚厚的圓框眼鏡，鏡片後的眼睛看上去像在滴溜溜亂轉的那位就是微笑的大姐必男。她心腸軟，總是把「對不起」掛在嘴邊，職業是麻醉科醫生，在她的母校——一個地方私立

★該店名出自韓國詩人申東燁的代表作，原意爲「褪去虛有其表的外殼」。

醫科大學的附屬醫院工作。

「昨天休班，晚上去打工，沒睡好……」

「大姐妳可真是……平時忙著工作學習已經夠累了，晚上不休息打什麼工啊？」

「末熙開業的時候我想補貼她一點，所以得提前存些錢……」

面容憔悴的必男小心翼翼地抬起筷子夾起一塊肉放到嘴裡。微笑的臉上閃過一絲心疼。

「姐！幹嘛跟微笑說這些啊！」

正在遠處收拾豬皮的飯店老闆被二姐末熙的平空而來的一聲吼叫嚇了一大跳。

個子矮矮身形肥圓的末熙和必男一樣，也是一名醫生。不過因為家裡條件不好，她不得不放棄了專科醫生的學習，現就職於一家地方醫院。

「微笑，這事妳不用操心。以後我們的事情我們會自己看著辦的。妳什麼都不用擔心。來，來，快吃，快吃。今天我請客，妳們只管放心了吃。大叔！可以單點一份嗎？」

末熙誇下海口，讓大家放心吃，實際上卻比必男還要小心翼翼。微笑憐惜地看著她，重新下了單。

「老闆，再來兩份豬皮、兩份豬排，還有一瓶可樂。」

加點的東西還未送上桌，圍坐一起的三姐妹陷入了沉默。

「對不起，微笑。大姐只想著自己，沒有照顧好妳們，這段時間讓妳……」

必男在飯桌前悲戚戚地流下了眼淚，末熙也低下頭哽咽起來。

「姐，不是那樣的。要是當初我沒有選擇重讀，我們家書唸得最好的微笑也不至於放棄上大學的機會，早早地進入社會賺錢供我們上學……」

「對不起。嗚嗚～微笑啊，真的對不起。」

見姐姐們哭成一團，微笑也被這情緒帶動，鼻尖泛起酸意。平復了好一會兒，微笑才笑盈盈地回應道：

「沒關係啦。再怎麼說姐姐們都有努力工作還債，至少沒像爸爸那樣到處闖禍。」

聽到這話，姐姐們頓時睜大了眼睛。

「什麼？闖禍？」

「嗯，我沒跟妳們說，妳們應該還不知道，其實，爸爸年初欠了一屁股債。他不好意思跟我們說，一直硬撐到現在。」

姐姐們面面相覷，驚訝到合不攏嘴。

「欠債？欠了多少？」

「八十多萬。」

「什麼！八十多萬？出了這麼大的事，怎麼都沒跟我們說啊？」

「說出來讓你們擔心嗎？大姐每天都忙得不可開交，二姐當時工作的醫院又突然關了門，沒日沒夜地做著短期兼差。」

「啊……」

必男和末熙震驚到說不出話來，可微笑還是一副笑盈盈的表情。

「當時正好趕上必男姐還貸款，身上沒有一點閒錢。真的很絕望，呵呵呵。」

「所以，都解決了嗎？」

「嗯。賣了車，勉強還了。」

「車？什麼車？妳有過車？」

「嗯。因為沒趕上公車遲到了十分鐘，副會長給我買了車，讓我上下班用。才開了一週就賣了。早知道我就不花那麼多錢貼玻璃膜了！我用賣車的錢還完爸的債，手裡正好剩下幾百塊。給了老爸三千多送走他之後，心裡空蕩蕩的，於是就在車站裡買了炒年糕。」

雖然聽起來毫無真實感，但這的確就是赤裸裸的現實生活。

「啊……」

「反正事情都過去了。好在大家的辛苦沒有白費，債務差不多快還清了。剩下的債，妳們從上個月已經開始還了，爸爸也完全振作起來了。現在已經沒有需要操心的事情了，我心裡從來沒有這麼輕鬆暢快過。所以，妳們也別再說什麼『對不起』了。」

微笑夾起煎盤上烤熟的豬肉和豬皮，一一放進姐姐們的盤子裡，只給自己的盤子裡放了一些烤蘑菇和烤蒜。

「妳也吃點肉啊。」

「是啊，微笑，多吃一點。妳這麼瘦可怎麼辦啊？」

「我最近正在減肥呢。總跟著副會長參加派對和聚會之類的活動，吃的食物雖然量小，熱量卻是出奇地高，只吃一點點就會立刻胖起來，太可怕了。我現在已經胖了一公斤了，再胖下去可怎麼活啊？呵呵呵。」

微笑不但個子高䠷令兩挑位姐姐豔羨不已，而且從頭到腳都是那樣的苗條有型。除了令人側目的豐胸和翹臀之外，一點贅肉都沒有。這丫頭居然還要減肥，甚至還面帶微笑地說什麼「再胖下去可怎麼活」這樣氣人的話。必男和末熙看著微笑平坦的小腹，臉上不約而同地閃現出一絲哀怨。

微笑以前可不這樣，自從九年前進了唯一集團說話才突然變得跟某人很像，好像被傳染了一樣。「再胖下去」也依然活得很好的末熙咬著筷子，露出一臉微妙的神情。

「之前就很好奇，像宴會派對那種場合，微笑妳也會跟去嗎？」

聞言，方才還在為吃不吃烤蘑菇而苦惱良久的微笑緊緊閉上眼睛，咕咚咕咚地喝起水來。她點點頭說：

「嗯。有些場合必須要有同伴陪同參加。準確地說，不是跟去，而是一起去。」

「同伴？」

妳說的同伴該不會是……那種……伴吧。必男和末熙互相使了個眼色，臉色不知不覺陰沉下來。

「啊，對了！差點把這個給忘了！」

微笑把帶來的兩個購物袋分給兩個姐姐。

「這是什麼？」

購物袋裡裝著各種奢侈品牌的包裝盒。從大小來看，分明是價格不菲的香水、化妝品和錢包之類的東西。

「這是副會長給我的。給大姐跟二姐吧。」

「這些都是李英俊買給妳的？」

聽到必男好不容易才問出口的話，微笑不知道該怎麼回答，只是眨了眨眼睛。

每當英俊需要以個人名義送別人禮物的時候，都會將信用卡和物品清單交給微笑，指示她把東西買回來。而每到這時，英俊總會習慣性地讓微笑也順道買一些她想要的東西。

當然，這種習慣不是一開始就有的。別看微笑已經笑盈盈地輔佐英俊這麼多年，她也曾兩度對英俊發火，頂撞他。正是這第二次發火促使英俊養成了這個好習慣。

出差、夜班、週休二日加班，累到鼻血直流的微笑偏偏又趕上生理期，就在她感覺天旋地轉快要暈過去的前一秒，她開始孤注一擲地尋找放在抽屜裡的補充糧食——一盒卡拉梅爾糖。她翻找了許久，可就是找不到。這時，渾身飄散著卡拉梅爾糖味道的英俊冷不防地突然出現在她面前，囑咐她幫他代買送給朋友的禮物。這就是「第二次」事件的禍根。

英俊做夢都沒想到，惹得微笑鬼哭狼嚎的理由居然只是區區一盒卡拉梅爾糖。從那以後，每當英俊拜託微笑代買禮物的時候，都會讓她買一些自己喜歡的東西，說穿了就是支付一筆跑腿費。

「這事說來話長，反正就那麼回事……沒錯，是副會長買給我的。」

一聽，姐姐們臉上的疑惑之色又加深了一層。微笑卻是一副笑盈盈的神情。她身體前傾，好像有什麼好事要告訴姐姐們似的悄聲說：

「其實，之前我都會偷偷地把這些東西一件一件轉手賣給二手市場，不過現在也沒那必要了，姐姐們用吧。都是一些超級值錢的好東西哦。」

必男和末熙留心打量微笑的臉龐和身體，露出格外複雜的神情。

「妳們怎麼一直不說話啊？」

「微笑，妳……」

微笑明媚的臉色突然暗淡下來。猶豫了好一陣後，她一臉惋惜地說：

「還是很困難嗎？那我……先不辭職了吧？」

「什麼？妳辭職了？」

「嗯。我昨天請辭了。徵人啟事明天就出。也工作了九年，心裡還真不是滋味啊。」

聽到這番話後，姐姐們陰沉沉的臉色這才好不容易舒展開來。

「就是，就是，做得好，做得好。這些日子以來妳為我們受了太多苦……」

說著，姐姐們又垂下頭去。微笑笑盈盈地補充道：

「哪有什麼苦不苦的。其實，我挺幸運的。老實說，以我現在的年齡和資歷，像這種大公司部長級別的待遇現在還能去哪裡找啊？工作雖然辛苦了一點，但也很有意義，努力輔助配合優秀的人，也讓我進步了許多。說真的，我現在的確不太想辭去這份工作，可是……」

「妳到底為什麼突然要辭職啊？」

「一方面是因為工作實在太忙，而且，如果現在不辭的話，可能永遠都辭不掉了。」

姐姐們睜大了眼睛，一副不明所以的樣子。微笑望著姐妹倆，撇嘴笑道：

「妳們不是早就有對象了嘛。」

「那倒是。」

「趁現在還不算太晚，我也得慢慢地開始談個戀愛，以後好嫁人啊。」

「嗯？」

現在正是附和微笑，給她溫暖鼓勵的好時候，可是必男和末熙的臉上卻浮現出難以言喻地錯雜神情。啊，分明有什麼蹊蹺啊，可微笑的表情又是如此的明朗而純真，讓人不得不相信。這到底是怎麼回事？

「大姐二姐，怎麼這副表情啊？」

「那個，微笑啊，妳是不是……」

末熙正要詢問微笑，微笑放在桌上的手機就嗡嗡地震動了起來。螢幕上清楚地顯示著「副會長」三個字。

「哦？這個時候……該不會又讓我當司機吧？」

微笑抬頭看了看指向十一點的鐘，不安地接起了電話。

「您好，副會長。」

果不其然，微笑猜得沒錯。她長歎一聲，很快又笑盈盈地回覆道：

「非常抱歉，我今天有一些事。所以，您能找韓司機幫您開車嗎？哎呦！是，是，那是當然！我當然知道您肯定不會答應。那，不如這樣吧，副會長，實在抱歉，您今天不能跟那位女士睡一晚嗎？就一晚。您不累嗎？一定要回家嗎？呃，您稍等一下，今天是星期四，那應該是吳智蘭小姐吧。那位可是非常有魅力的……呃啊！我知道了！我已經知道了，所以請您不要突然大喊大叫啦！差點沒把我嚇死！」

微笑面帶微笑地貼著聽筒，輕聲細語地說：

「不過話說回來，副會長，確實是那樣沒錯啊。就算您現在回了家，家裡既沒有等您回家的人，也沒有和您嘮叨的人，您為什麼這麼執著於回家呢？您就在外面睡一晚吧。就算您外宿不歸也不會有人說什麼的……」

微笑瞬間緊閉雙眼，遠遠地拿開了耳邊的手機。手機那頭傳來李英俊激烈的怒吼聲。

微笑顫抖著瞪了手機好一會，待對方平靜下來，便長長地呼出一口氣，重新笑盈盈地接起電話。

「我馬上過去，您稍等一下。請您別再喝酒了。」

必男和末熙靜靜地望著掛掉電話站起來的微笑，表情變得越發錯雜了。

「大姐二姐，不好意思，妳們先回家吧。我把副會長送回家之後就馬上回去。這是鑰匙……啊！真是的，本來就忙不過來，偏偏在這種時候掉東西。」

微笑俯下身正要撿起掉落的鑰匙，突然驚叫出聲，嚇得直往後退。

「媽呀啊啊啊！蜘蛛！」

話音剛落，必男和末熙就閃電般飛身抓住了蜘蛛。

「微笑，妳現在還沒克服蜘蛛恐懼症嗎？」

微笑面色鐵青地站在一邊抖個不停，她目光呆滯地望著兩個姐姐，莫名其妙地問道：

「大姐二姐，我小時候真的沒有走丟過嗎？大概四、五歲的時候。」

「這孩子怎麼又問這個。真的沒有過啊。」

微笑恍恍惚惚地沉思了一會兒，而後又明朗地笑著揮揮手，起身離開了餐廳。

必男呆呆地望著微笑匆忙離開的背影，沉默許久之後終於開了口。

「喂，金末熙。」
「怎麼了。」
「李英俊和微笑的關係，妳怎麼看啊？」
「我和姐姐想的一樣。」
「是吧？怎麼說呢……」
「不好說，對吧？」
「其實一開始我有懷疑過他倆是那種關係。雖說微笑長得漂亮身形苗條，外表完全不輸明星，可她只有高中學歷，沒有任何工作經驗，當時一下就被錄用本身就有點不對勁，再加上九年來他們幾乎天天待在一起，李英俊還給她買車，隨隨便便就送她昂貴的禮物，這實在太讓人起疑了……」
「可是聽他們說話又不像是那種關係。」
「就是說啊。」
「是真的很奇怪啊。」
「可是末熙呀，其實剛剛聽他們打電話，我有想到一點。」
「姐姐也是嗎？」
「嗯。」
兩人互相對望，異口同聲道：
「老夫老妻！」
「倦怠期夫妻！」

＊＊＊

車內一片沉寂，只聽得見汽車的引擎聲。

英俊面朝頂棚閉著眼躺在放平的副駕駛座上，這會兒又悄悄睜開了眼睛。

「妳剛才做什麼呢？」

「哎呦，您沒睡嗎？」

微笑向下撥動方向燈，車內隨即響起「滴答滴答」像時鐘一樣有規律的聲音。駕駛座上的微笑注視著車窗外，她的背影令英俊感到陌生。英俊忍不住又問了一遍：

「我問妳剛才跟誰在一起呢。」

「這個嘛……」

微笑像在故意氣他一樣，迴避了英俊的問題。英俊不快地瞪了她一眼，憤然說道：

「找好其他工作了嗎？」

「您指的是公司嗎？」

「嗯。」

「還沒。」

「會繼續待在首爾吧？」

「這個也不確定。」

「連基本的計畫都沒有，怎麼就突然辭職呢？」

微笑正凝視著車窗外的馬路，聞言，她轉過頭笑盈盈地回答說：

「我也該去尋找自己的人生了。」

車裡的沉默越發深重了幾分。

不知過了多久，英俊突然露出一臉無語的表情，拋出一句同樣令人無語的話來。

「妳說的是什麼屁話？」

「哎呦？您話說得有點過分了吧。」

「那我呢？」

「你？怎麼說起你了？」

＊＊＊

十月二十六日，上午五點，英俊家。

天剛拂曉，臥室裡便開始傳來吵鬧的呼叫聲。是管家的morning call。

不知為何，今天的床鋪乾乾淨淨地空了出來，前窗前卻立著一個修長的人影。是英俊。往常這個時候，他都會用猶帶睡意的聲音接聽電話。

「到底為什麼……」

呼叫聲響了許久，英俊依舊一動不動地直直盯著日曆鬧鐘。他似乎被什麼迷了心竅，自言自語起來。

「奇怪。為什麼睡不著呢？」

03 老照片

「都九年了，還是那張熟悉的臉，一點都沒變啊。」英俊低頭看著照片，低聲呢喃道。

十月三十日下午四點。

趁上司不在，副會長室所屬的幾位祕書湊在一起熱烈地討論著什麼。

「這個不錯啊，資歷出眾，照片看起來也和金祕書形象相似。」

「可惜這個人無法入選。」

「為什麼？」

「因為她姓牛。」

微笑匪夷所思的話令圍坐在圓桌旁的三名祕書不約而同地露出了詫異的表情。

「金祕書，您這話是什麼意思呢？」
簡歷照片上的女人確實和微笑長得十分相似。微笑目不轉睛地盯著簡歷上的姓名欄說：
「如果她通過了最終面試，不就成了『牛祕書』嘛。當然了，她是絕對進不了面試的。」
「啊……」
應該稱之為不可抗力嗎？
自詡普天之下唯我獨尊的李英俊「牛祕書，牛祕書」地叫上幾聲，免不了會犯高血壓。為了阻止此類事件的發生，淘汰此人實屬無奈之舉。
「這分明就是『姓』別歧視嘛。」
公司業務負責人朴代理搖頭道。圍坐在一起的大伙被她的話逗得哧哧地笑出了聲。
「可不是嘛。這個人可能一點都不知道自己究竟為什麼會在第一輪就被刷掉。」
朴代理靜靜地望著笑盈盈的微笑，冷冷地突然問道：
「金祕書，您為什麼辭職啊？」
「嗯？」
「事情發生太突然了……」
微笑看著難掩不捨的朴代理，似乎陷入了沉思。沒一會兒她又露出燦爛的笑容回答說：
「如果長時間沒有任何想法地一味奔跑，偶爾就會想要停下來，看一看自己跑了多遠，周圍都有些什麼，對吧？我辭職的理由和這個差不多。而且……」
朴代理和其他兩名祕書的視線不約而同地集中到微笑身上。

「我還想盡快找到一個人。」

「那人是誰啊？」

到處散落著各種簡歷的桌旁，微笑靜靜地托著下巴凝視半空，自言自語道：

「其實，我甚至都不知道自己想找的究竟是人還是記憶。因為當時我還太小。雖然只有零碎的記憶，卻怎麼都忘不掉。我好奇得都快瘋掉了，可就是怎麼也想不起來……」

「微笑，別哭。眼睛閉緊，不要哭。不可以放開哥哥的手哦。哥哥一定會送妳回家的，我們一起離開這裡吧。」

集中到自己身上的視線似乎令她覺得很不自在，剛剛還失神發呆的微笑突然吐了吐舌頭接著說：

「大家或多或少都有過那種經歷吧？」

大家面面相覷，不約而同地聳肩搖頭說：

「沒有欸。」

「啊，那就算了！趕緊工作吧！」

微笑尷尬地笑了笑，低頭看向成堆的履歷。聽到朴代理接下來的提問，微笑再次抬起頭來。

「我實在想像不出妳實習期那時的情形，妳剛進公司的時候什麼模樣啊？」

「我剛進公司的時候？」

「是的。那時候的副會長也和現在很不一樣吧？」
「副會長他，那可真是了不起呢。要說他有多了不起啊……」
說到這裡，所有人的眼睛裡都泛起了光亮，似乎對微笑接下來的話充滿了期待。
「如果說現在的副會長是一顆頂級鑽石的話，那當時的副會長應該是顆打造前的原石吧，從各種意義上來講。哦呵呵呵呵！」
表面上笑呵呵的微笑不由緊握了拳頭，手背上青筋畢現。

＊＊＊

「沙發也太硬了吧，差不多就換一個吧？」
「這是新買的啊。」
「咳。你的品味就這樣。居然會花錢買這種東西。」
「你這小子真是……」
任憑朴侑植在社長辦公室裡大吼大叫，自然舒展地橫躺在待客沙發上的英俊依舊一副悠然自得的樣子，像在自己家裡一樣，沒有任何顧慮。
「哈～李英俊，想休息的話去你自己房裡休息，嗯？」
「我願意。」
「要是有話說，下班之後去我家喝一杯也行啊。大人您身為老闆，一定能充分理解我們這些雇傭小兵的苦衷。我要是不好好幹，下次人事變動就該捲舖蓋走人了。」

作為唯一集團CEO之一的朴侑植是英俊留學時結識的朋友。除了身體素質極差以外，絕對稱得上是一個不可多得的傑出人才。論天資，他甚至可以與英俊一較高下，在事業上他是英俊可靠的幫手，也是唯一一個可以讓英俊吐露心聲的對象。

「所以說啊，老闆現在不是讓你休息一下嘛。」

「現在不是休息的時候啊。你看不見我在忙著處理積壓的結算工作嗎？」

「看不見。」

「請您睜開眼。」

英俊睜開眼朝辦公桌一側瞥了一眼，隨即又不耐煩地閉上眼，有氣無力地自言自語起來。

「理由是什麼呢？」

「什麼理由？」

「突然辭職的真正理由。」

「啊，你是說微笑祕書啊。」

「突然莫名其妙地說什麼尋找自己的人生，真讓人無語。」

「唉。」

朴侑植從抽屜裡掏出一把綜合維他命和保健食品，和水一起吞下。英俊發覺他的反應有些意味深長，於是再次睜開眼看著他說：

「你還『唉』?!這什麼態度啊？」

「我們微笑祕書工作幾年了？」

「九年。」

聽到這個回答，方才還在呆呆地望著窗外的朴侑植突然自言自語道：

「正好應了『逢三六九會來』啊。」

「什麼三六九？」

「就是倦怠期。」

「倦怠期？」

英俊饒有興致地看著侑植，侑植噗哧笑道：

「你知道的，我和女朋友在交往剛好滿一個月的那天結了婚。」

侑植在美國留學期間和一個漂亮女人墜入了炙熱的愛河。女人與他同歲，是現代舞蹈科系的學生。自第一次見面起，兩人心中就燃起了猛烈的愛火。交往剛滿一個月便步入了婚姻的殿堂，是一對名聲在外的恩愛夫妻。

回國後的夫妻倆無兒無女，在外人看來似乎過著甜甜蜜蜜的兩人世界，不料在結婚十週年紀念日的當天，兩人並沒有交換感人至深的禮物，反而一起提交了離婚協議書，在法院門口分著吃了一碗牛雜湯之後，便淡然地分了手。

「結婚三週年紀念日那天，她對我說：『我到底為什麼會和你這種男人相愛呢？』結婚六週年紀念日那天，她對我說：『只要聽見你的噴嚏聲我就莫名其妙地心煩，一看見你的後腦勺我就想一巴掌拍過去，我到底為什麼會變成這樣呢？』還有最後一次，結婚九週年紀念日那天……」

侑植停下來長吁一聲，轉而用嚴肅的口吻繼續說道：

「她對我說：『混蛋，你不要呼吸，別浪費空氣。』」

英俊皺著眉頭反問：

「我可以笑嗎？」

「好笑嗎？」

雖然確實很好笑，卻又不能如此回答。因為此刻的侑植正散發著一種氛圍，一種如果回答說好笑，就會立刻哭出來的氛圍。

「現在回過頭去看，好像每到那時候都正好趕上了倦怠期。我們總是藉口工作忙、太麻煩而忽略了真正的問題所在，最終走到了無法挽回的地步。那什麼，不是有這麼一說嘛，就像冰箱保鮮室裡略微爛掉的蘋果。」

「爛掉的蘋果？怎麼突然說起蘋果來了？」

侑植臉色煞白，剛吃完一管營養劑的他這會兒又撕開一袋紅參汁猛吸了起來。

「保鮮室裡有很多水果，而你發現裡面有一顆略微爛掉的的蘋果。其實只要把爛了的部分剜掉就可以吃了，但是你覺得麻煩，不願意這樣做。於是你把它推到一邊，先撿好的水果吃。某一天當你取出那個被推到一邊的蘋果，才發現它已經完全腐爛變質，就算剜掉爛了的部分也不能吃了。」

眼神恍惚凝視半空的侑植「唰」地將喝完的紅參汁袋子扔進垃圾桶，接著說了起來。

「這種倦怠期不只出現在夫妻之間。無論是身邊分手的情侶還是我們公司離職的員工都遇到了這種狀況，而第三年、第六年、第九年出現這種情況的概率最高。」

英俊從沙發上直起身子，一臉真摯地問道：

「是因為倦怠期嗎？」

「有可能啊。你跟微笑祕書幾乎每天都一起共事，待在一起的時間比一般夫妻多得多。出現倦怠期也是理所當然的事。不過正因為人家是金祕書，才堅持了這麼久。如果換作別人，估計連三個月都撐不過呢。」

「不是，為什麼啊？到處都是迫不及待想要跟我搭上關係的人，哪怕只是擦過我的衣領都會令他們感激涕零，為什麼連三個月都撐不過呢？」

面對英俊這種自戀忘我的態度，侑植無可奈何地歎了口氣，搖頭道：

「啊，是，您說得是。」

英俊好像完全無法理解這種感性的表達，不過好在他頭腦轉得快，似乎有所領悟。他站起身，一邊整理衣著，一邊說道：

「重點是通過對話尋找致勝點啊。」

「正是。」

「受益匪淺，朴博士。」

「別叫我朴博士。不是跟你說了嘛，叫我Dr.朴或者朴社長，要不然就叫我名字。」

「我考慮考慮，朴博士。」

英俊固執地脫口而出，好像故意與侑植作對似的。說罷他便大步地邁開了腳步。

侑植恍惚地看著即使在男人眼裡也依舊魅力四射的英俊，心裡突然感到一種莫名的不安，慌忙叫住了英俊。

「喂，等一下！李英俊！」
「怎麼了？」
英俊抓著門把手，轉過頭往後一看，只見侑植露出溫暖的笑容問他：
「你不需要諮詢一下尋找致勝點的意見嗎？」
「啊啊。」
英俊優雅地捋了捋髮絲，冷冷地說：
「一個因為沒能找到出口而離婚的人，問不問都一樣。」
「哦……」
侑植茫然若失地盯著「哐噹」一聲關上的房門，突然「哇呃」地發出怪叫，「砰砰」捶打胸口，而後又慌裡慌張地拿出什麼東西喝了起來。是中藥液體鎮靜劑。

＊＊＊

英俊走進辦公室的時候，微笑正坐在祕書室的辦公桌前，笑盈盈地低頭看著什麼。聽到開門聲，她條件反射似的猛地站了身來。英俊瞟了一眼她的辦公桌問道：
「看什麼呢？」
「啊啊，老照片。」
英俊大步走到微笑的辦公桌邊，發現了很久以前的老照片，臉上掠過一絲微笑。
那是九年前的照片，當時的他們還沒有成為默契搭檔。在總務部的聚餐中，兩人望著不同的方向，隔著長條桌遠遠對坐。

照片裡的微笑令英俊隱約感到一絲生疏，他靜靜地觀察了許久才後知後覺地找到了其中的原因。

「那時候的金祕書這麼小嗎？」

「嗯。當時剛剛高中畢業。」

稚嫩的臉龐、半長不短的短髮和土氣濃重的打扮是微笑二十歲時的縮影，然而不知不覺間她已經蛻變成了一個外貌品性皆成熟，渾身散發著幹練美的女人。

「這張是什麼時候拍的？」

「啊啊，這張是我正式成為副會長祕書之後，上班第一天拍的照片。當時沒有三腳架，我就把相機放在梳妝檯上，也沒找好角度，彎著腰就拍了，哈哈哈。」

照片看上去應該是在家裡拍攝的，微笑比出勝利的手勢，露出燦爛的微笑。她甚至完全沒有留意背景，就連破破爛爛的壁紙也原封不動地拍了進去。

微笑說她在收到高考成績單的那一天被人趕到了大街上。據說是因為在樂園商業街經營一家大規模樂器店的父親被人詐騙所致。無法抑制心中怒火的微笑父親為了找到詐騙犯，瘋了似的開始掃蕩全國各個角落。微笑為了籌措當月的生活費，只得衝鋒陷陣在謀生之路的最前線。

儘管微笑的高考成績排名全國前百分之一，高中綜合成績名列前茅，可以讓她一路領獎學金領到手軟的大學數不勝數，然而理論與現實之間總是存在一條無法跨越的鴻溝。

當時還在地方私立醫科大學上學的兩個姐姐就是拚了命地兼職做家教也無力承擔父親欠下的巨

額債款，以及她們自己的學費、住宿費和生活費。已經失去生活意志，像個廢人一樣四處奔波的父親身邊甚至沒有一個能夠勸阻他的人。因為微笑的母親在她很小的時候就因病過世了。

她說她就這樣打消了上大學的念頭。而當時哭得最傷心的人既不是她的家人，也不是微笑自己，而是她的班導師。可想而知當時的情況有多麼急迫。

在填寫高考志願書前就早早地放棄了大學夢的微笑轉而在某私人律師事務所做起了處理雜務的兼職工作。她真誠懇摯的態度受到律師的賞識，第二年二月，在律師的推介下，她以臨時外派人員的身分入職唯一集團，擔任總務部某臨退高階主管的祕書。

當時正好趕上英俊留學回國，為了積累實務經驗，英俊不停奔走於各個部門，而他們倆就是在照片裡的那次聚餐上相遇的。

「我第一次見到副會長的時候啊，這第一印象還真是難以言說呢。」

見英俊一臉詫異，微笑不由捂嘴笑了起來。說實話，她對英俊的第一印象應該是「哇，什麼嘛？明明很討人厭，卻又覺得沒那麼討厭。」，奈何她又不能當面說出口。

「這是什麼話？」

「反正有這麼一回事。啊！您還記得那天發生的洗手間事件嗎？」

「什麼洗手間事件？」

「您忘了嗎？當時我不是渾身發抖，杵在洗手間門口無論如何都進不去嘛。」

「是嗎？」

「也是，您怎麼可能記得呢。」

當天，在聚餐氣氛正熱烈的時候，微笑走出房間，在洗手間門口不知所措起來。臨退上司勸下的兩杯啤酒對向來滴酒不沾的微笑而言無疑是致命的。此刻她的膀胱即將達到臨界點，正在進入核爆前的倒數階段。

然而她卻進不去近在眼前的洗手間，因為，有隻蜘蛛正在入口一側努力地編織著自己的家園。不知道從什麼時候開始，微笑就一直被嚴重的蜘蛛恐懼症所折磨著。只要一看見蜘蛛，尤其是那種晃晃悠悠地掛在蜘蛛絲邊緣的蜘蛛，就會令她感到徹骨的戰慄，別說是移動身體，就連呼吸都會變得異常困難。

「我聽見身後傳來噠噠噠的皮鞋聲，回頭一看，發現副會長剛好站在門口。」

「我？」

「是啊。我一和您對視，您就立刻問起我的名字來。」

眼神恍惚地凝視半空的微笑額頭突然青筋凸起。

「然後副會長您就……」

和那時一樣，英俊清秀的臉上依舊毫無表情。

「您就那樣走掉了。」

「這樣啊？」

荒唐至極的窘況，無動於衷的反應。這完全就是李英俊的作風。

「當時的情形才不是您一句簡單的『這樣啊？』就能概括的！您是轉過身嗖地一下就走掉了！有句話我早就想對您說了，天啊，有人站在那裡發抖，您難道不應該問一句出了什麼事嗎？」

「大概是我沒那麼好奇吧。」

「哈。」

「所以那隻蜘蛛後來怎麼樣了？」

「後來餐廳服務員趕過來一下子就抓走了蜘蛛，也不知道他們是怎麼知道的，簡直就是我的救世主啊。」

「妳現在還害怕蜘蛛嗎？」

「嗯。這一點怎麼也克服不了呢。」

「唉。」

英俊從桌上散落的照片中拿起一張看了起來。照片背景是某大學醫院，微笑正挽著兩個身著白袍的女子，盈盈地笑著。

「妳姐姐？」

「對。大姐是大學醫院麻醉科的研究員，二姐是綜合內科的醫生。帶眼鏡的那個是我大姐必男，個頭矮小、身形胖乎乎的那個是我二姐末熙。」

「我好像知道妳父親什麼時候結紮，妳又為什麼叫微笑了。」

如果有人問起為什麼老三又是女兒的話，那就微笑面對吧。

「什麼？」

微笑好像無法理解英俊的反應，瞪大了眼睛抬頭看著他。

「沒什麼。」

微笑一副「這人說話怎麼這麼無聊」的表情，又看了英俊好一陣，而後她把這張照片放了回去，又從中拿起另一張照片來。

「這張是出國的時候拍的呢。」

照片的背景是仁川機場的出境口，又一次露出盈盈笑容的微笑眼睛腫得鼓鼓的，像被打了一樣，鼻尖還透著小豬般一樣的粉紅色。

「妳那天哭了吧？」

「稍微哭了一下下。」

「為什麼？」

「嗯……怎麼說呢。從小到大都沒有出過國，雖然只是短暫的離開，也讓我覺得害怕……對家人也有些不捨……大概就是因為這些原因吧。」

就在微笑即將結束三個月的臨時工作時，祕書組的前輩悄悄透露訊息，說是集團正在為即將外派出國的李英俊尋找一位祕書，讓微笑報名試一試。當然，去到一個語言不通的國度工作兩年時間一定會非常辛苦，不過這待遇可真是豐厚到讓人無法拒絕啊。

不管學生時期的成績有多麼優異，微笑的最終學歷也只是高中畢業，工作經驗不過就是三個月的臨時祕書而已。以這樣的資歷去競爭會長次子的海外隨行祕書一職簡直就是天方夜譚。可是當她聽到薪酬金額的瞬間，內心立刻燃起了欲望之火。要知道這個崗位的年薪簡直豐厚到即使二十四小時不休息也依然令她心懷感激的地步。

微笑抱著「反正也吃不了虧」的想法遞交了履歷，卻怎麼也沒想到一下就通過了面試。現在想來，可能真的是上天保佑吧。

「債都還清了嗎？」

「還沒。」

「接下來的工作也還沒找好，妳到底怎麼想的啊？」

「您這是在擔心我嗎？」

聞言，英俊不假思索地脫口而出：「誰擔心妳了。」

微笑隨即笑盈盈地說：

「大姐二姐一起加入了還債，那筆巨額債款銳減了不少。現在已經還得差不多了，從上個月開始我就沒再過問了。她們說剩下的錢自己會還的。」

聽了她的回答，英俊依然有種莫名的不快。

他沉默了好一陣，似乎在尋找話題。

「都九年了，還是那張熟悉的臉，一點都沒變啊。」英俊低頭看著照片，低聲呢喃道。

無論是在兩年外派工作期間所拍攝的各種照片裡，還是在英俊正式掌管公司營運以來的工作生活中，正如英俊所說的那樣：笑盈盈，笑盈盈，微笑一直都是那副笑盈盈的模樣。

「真的嗎？」

「是啊。」

「副會長也一點都沒變呢。」

除了那幾根新長的白髮。

「一點都沒變？開什麼玩笑？金祕書如何我不知道，現在的我跟當年的我完全不可同日而語。」

的確如此。不僅外表變得更加成熟沉穩有男人味，在公司裡的地位也一路飆升，就連資產也跟著急速增值。他說自己變得比以前更好了，這話聽起來一點兒也不奇怪。只是這種話從他自己嘴裡說出來，還是讓人有點難為情以及倒胃口。他那衝破雲霄的自尊心和越發嚴重的自戀病症就暫時不予討論了吧。

「九年來，不對，是有生以來，每個小時，每一分，每一秒，每一刻，我都沒有虛度。」

微笑一邊俐落地將散落在桌子上的照片攏在一起，一邊看著英俊說：

「那是當然啦。」

「金祕書居然還有工夫覺得厭倦，真是讓我驚訝。該不會一直以來都沒在好好工作吧？」

「您這話是什麼意思？」

「我是說，如果妳是因為倦怠期才這樣的話，那就好好整頓一下自己的精神面貌。」

聽到英俊嚴厲的警告，微笑忍不住小聲地笑了出來，不過又馬上低下頭道歉說：

「對不起，我不該笑的。不過，我一直都有認真工作，從不偷懶，這一點副會長您比任何人都更清楚，不是嗎？」

「那到底出了什麼問題啊？」

「我已經跟您說過了呀。」英俊的眼底不由露出一抹疑惑的神情。

微笑將整理好的照片裝在信封裡推至一邊。只見敞開的抽屜已經清理乾淨，垃圾桶裡塞滿了各種廢舊的辦公用品。這麼看來，微笑剛才分明是在收拾辦公桌無疑。

「請您接收一下。這是通過首輪資料審核的面試人員。明天上午祕書小組會先進行初試。之前已經向您彙報過了，我們會自行篩選出部分合適人選，您只需要進行最終面試即可。」

微笑笑盈盈地遞過資料夾，英俊冷冰冰地怒視她道：

「妳要繼續這樣下去嗎？」

「抱歉。不過我一定會在離職之前為您找到比我優秀百倍的祕書。」微笑笑盈盈地向英俊致歉。

所謂「伸手不打笑臉人」，英俊無法再對她雞蛋裡挑骨頭，於是繼續用他冰冷的眼神打量她片刻後噔噔噔地走進了辦公室。

「咻～」

房裡只剩下微笑一個人，她不由歎了口氣。整理完抽屜，垃圾桶被塞得滿滿的。正當她準備彎腰清理垃圾桶的時候，一種奇怪的心情莫名襲來，她歪了歪頭一臉疑惑。

「所以那隻蜘蛛後來怎麼樣了？」

「咦？我剛剛有說過是蜘蛛的原因嗎？」

04 頭腦冷靜，內心火熱，馬力全開！

直到現在，英俊似乎才終於明白過來，自己為何會在過去一週的時間裡徹夜難眠。

十月三十一日下午三點。

「不會嗎？」

「啊，不是的。我可以的。」

「那就唱吧。」

「♫以我們的氣魄和忠誠的心，不管有什麼苦難和快樂愛國的心永不改變，木～槿花三～千里華麗江～山，大韓人民走大～韓的路，保全我們的江～山～」

「好了。」

「咻～」

「下面就來考一下經濟方面的常識吧。請簡要說明一下Nash equilibrium。」

哇哦，這燒熱的平底鍋上「咕嚕嚕」滾動著的純正美式發音。然而，對於完全不知該如何作答的國文系面試者來說，這無疑是個陷阱。

「啊？」

「不會嗎？」

「啊，不，不是的……」

「那博弈論呢？」

「那個……」

「一九九三年諾貝爾經濟學獎的獲獎者是？」

「唉唉。」

李英俊雙手十指交叉托著下巴，無精打采地坐在巨大的書桌前，他看起來比傳聞中更有魅力且更討人嫌。這微妙的違和感和根本無從作答的問題加劇了面試的緊張感。進入最終面試環節的最後一名面試者只覺眼前一片漆黑。如此荒唐的提問，前面那些面試者全都答上來了嗎？

「世界上飛得最快的鳥是？」

「啊！這個我知道！一眨眼的工夫★！」

★韓語中，「工夫」與「鳥」同音。

三號面試者好不容易碰上一個知道的問題，激動地大喊出聲，然而很快又因為一種無法言喻的羞愧感紅了眼眶，最終徹底崩潰。

「呃哼……」

「妳可以走了。」

女人晃晃悠悠地走出小會議室，英俊揉著刺痛的太陽穴，趴在桌上。他精神恍惚，像遭人毒打了一樣，渾身酸疼。習慣性失眠的英俊本來就睡眠不足，這一週以來更是幾乎每天睜眼到天亮。

「請問一九九三年諾貝爾經濟學獎的獲獎者是誰？」

這時，頭頂上方好像傳來了微笑的聲音，英俊也不知道她是什麼時候進來的。

他直起身抬頭看了看微笑，不假思索地拋出一句話來：

「哪有人會閒著沒事記那種東西啊？」

「就是說啊。呵呵呵！」

笑盈盈的微笑嘴角不由一陣痙攣。

三名面試者在結束最終面試後都不約而同地紅著臉走出來，一臉無語地看著微笑，依次問道：「安提瓜及巴爾布達的首都是哪裡？」「那隻『看不見的手』到底是誰的手？反正不是我的啊？」，以及「您知道一九九三年諾貝爾經濟學獎的獲獎者是誰嗎？」她只知道「看不見的手」是亞當・史密斯提出的經濟用語，至於其他問題的答案，她根本無從知曉。提問者的意圖顯而易見。

「哈～」

微笑長歎一聲，正想說些什麼，卻欲言又止。察覺出異常的微笑向前走了一步，目光直直地盯著英俊：

「副會長，您真的沒事嗎？」

「妳怎麼總是說一些莫名其妙的話啊？我怎麼了？」

「從早上開始您的臉色就一直不太好。是哪裡不舒服嗎？」

微笑一臉擔心的樣子，急得直跺腳。英俊卻擺出一副不耐煩的樣子，一邊朝她揮手一邊撇過頭去。

「我都說了是因為太累了。」

「真的是因為太累才那樣的嗎？」

「是啊。」

「哎呦，累只是藉口吧，您該不會是因為我要辭職，捨不得我，難過得睡不著覺吧？哈哈哈哈。」

英俊心頭一緊，強裝淡定地脫口而出：

「誰捨不得妳了。」

「哎呦，好失望啊。我倒是真的有些不捨呢。」

英俊直起上身，靠向椅背。

見他許久沒有說話，似乎陷入了沉思，微笑也就沒再多說什麼，轉過身正要離開。

就在她握住門把手剛要轉動的瞬間，英俊用真摯的聲音叫住了她。

「金祕書。」

「是。」

聽這聲音，想必接下來的話題應該很嚴肅，於是微笑順從地再次走到桌前。

「金祕書應該很清楚。」

「您指的是什麼？」

「我不會給任何人第二次機會，絕不。」

「是的，那是當然。」

「不過。」

英俊稍稍皺起眉頭。每當他的自尊心受到傷害或是做他不想做的事情時，就會習慣性地露出這副表情。

「對微笑妳，我就破例再給一次機會。這是絕無僅有的一次機會，妳要好好考慮一下再做選擇。」

李英俊傲慢至極，活像在賜予聖恩一般，而承蒙這聖恩之人還是主動提出了辭職而非被他辭退的下屬。如果眼前這個人不是李英俊的話，那肯定要被微笑恥笑一番了。

「您的意思是？」微笑笑盈盈地反問道。

英俊抬起頭看著她，從容不迫地說：

「我讓妳升職當理事。如果業務太忙，我就再給妳配一個專職備份祕書。升職之後公司會給妳配車，妳要是願意的話，我還可以自掏腰包給妳準備個大房子。妳還有多少債務？這筆債我一樣可以替妳解決。有任何需要儘管提，不要有任何顧慮。不過，妳得留下來繼續為我工作才行。」

「哇哦。」

微笑在腦海裡估算著什麼，臉上依舊是一副笑盈盈的表情，過了許久才又繼續說道：

「這也太讚了吧。」

「我敢保證，妳去哪兒都享受不到這種程度的待遇。」

「那是當然啦。」

「而且，妳去哪兒都遇不到像我這麼完美的上司。」

「可不是嘛，您說得都對。」

英俊露出淡定從容的微笑。

「雖然我並不知道金祕書想要實現的個人目標究竟是什麼，不過我勸妳還是到此為止，乾淨俐落地放棄為好。這機會成本也太昂貴了，不是嗎？」

微笑笑盈盈地看著英俊，而後打開手裡的平板電腦保護套，從裡面拿出了什麼，果決地放到了桌上。

那是一個全新的白色信封，上面整潔地寫著三個大字——辭職信。

微笑默默觀察英俊，見他微微皺起的眉頭又舒展開來，繼續說道：

「抱歉。」

「啊啊，沒關係，不要緊。妳不用在意我。」

「真的很抱歉。」

「有什麼好道歉的。我不會勉強妳的，今後可別後悔再來糾纏我就行。」

英俊佯裝鎮定，擺出一副若無其事的表情。微笑衝他露出嬌滴滴的笑容，立刻回答說：

「真是太感謝了，副會長。」

「沒什麼。」

「所以，還請您以後不要再故意刁難面試人員把她們拒之門外了，好不好？」

「啊啊，我盡力吧。」

微笑忙著彙報明天的行程，暫時轉移了注意力，沒能發現英俊緊閉的雙唇在劇烈地顫抖著。

「這是明天的行程，從一大早開始就排得相當滿，所以今晚還是不要過度飲酒為好，就算您今天還是會玩到很晚也請您千萬不要讓我代駕了。我今晚絕對會關機睡覺的，呵呵呵。」

微笑笑盈盈地起身離開，就在抓住門把手的瞬間，英俊叫住了她：

「等一下。還有一件事。」

「嗯？」

「那個，是什麼意思？」

「您指的是什麼？」

「妳不是說，現在要辭職去尋找人生嘛。」

「沒錯。」

「妳好好解釋一下這到底是什麼意思。」

不同於以往，英俊這次的提問真摯到令人驚恐，然而微笑卻輕鬆地一句帶過：

「這麼久以來我一直工作纏身，現在我想擁有一些屬於自己的時間了。而且……」

「而且？」

「我現在也該談談戀愛，準備嫁人了啊。我都二十九歲了。」

＊＊＊

時間回到十月三十一日下午十點三十分，極東酒店室外游泳場的加勒比休息室。

英俊撥弄著頭髮直起身來，他長長地歎了口氣，失神地自言自語了起來：

「金祕書她……」

一行人一臉緊張地望著英俊。英俊的視線一一掃過了他們，而事實上英俊也只是朝他們遞去了眼神而已，他甚至連在場有些什麼人他都認不出來。此時的英俊腦子裡面一團糟，心裡更是憋悶得像是快要瘋掉了一樣。

「金祕書她……為什麼突然那樣呢？」

直到現在，英俊似乎才終於明白過來，自己為何會在過去一週的時間裡徹夜難眠。

「屬於自己的時間」「戀愛」「嫁人」，金微笑居然可以隨隨便便地談及這種事，她說得是那樣的若無其事，彷彿在說別人的事情一樣。在金微笑口中的「人生」裡，李英俊甚至沒有一絲一毫的存在感可言。

「為什麼呢？到底是為什麼呢？」

正望向遠方的英俊忽然優雅地抬起手指，指向癱坐在地上的智蘭。

「妳。」

「嗯？」

「覺得我怎麼樣？」

「哥，哥哥怎麼突然問起這個，真是新鮮。」

「我問妳覺得我怎麼樣。」

智蘭完全不知道英俊究竟想要得到什麼樣的答案，一時驚慌失措，只得吞吞吐吐、小心翼翼地一句一句回答說：

「哥哥不僅是個天才，還很有錢，而且還會經營公司，能力出眾……」

哦，智蘭似乎答對了，英俊的表情稍微舒展開來。一時興起的智蘭微微抬高了嗓門，繼續稱讚了起來：

「哥哥不但長得帥，個子高，有風度，還很會說話，魅力無窮，而且還……還很性感，哼哼哼。」

智蘭用意味深長的眼神朝英俊眨了眨眼，而後將手挪向他的腳踝附近：

「我的好哥哥呀，你要這樣折磨我到什麼時候呀？人家已經慾火難耐了呢。」

「注意事項，金祕書之前沒有轉達給你嗎？」

「嗯？什麼……？」

「她應該告訴過妳絕對不要觸碰我的身體才對啊。」

英俊冷冰冰地怒視智蘭，好像要把她吃了一樣。驚恐的智蘭趕忙將手收了回去。英俊轉而又問了一個讓人猜不透的問題。

「那好，我換個問題。妳會不會對近在咫尺的我視而不見，轉而看上別的傢伙呢？」

智蘭睜圓了眼睛，立刻搖著頭回答道：

「怎麼會呢！除了英俊哥，我絕對，絕對不會看上別的傢伙。」

「是吧？」

「當然。」

「就是！除了我哪還敢看上別的傢伙呢?!」

「嗯！」

「那……」英俊欲言又止。

他撩了撩頭髮，抖著腿喃喃自語起來，焦躁不安的樣子一點也不像他。

「那金祕書為什麼那樣呢？到底為什麼？金祕書為何那樣？」

金祕書，金祕書，金祕書，哎嗨哎嗨呦，李英俊簡直要把金祕書編成民謠唱出來了呢。

「同樣身為女人，妳應該知道答案才對啊？說說看啊！快說啊！」

英俊的聲音低深有力，聲音洪亮地發號施令。圍坐在一起的一行人一個個都如坐針氈。這人瘋了嗎？吃錯藥了嗎？怎麼突然這樣啊？

「我，我怎麼會知道？這種問題得親自問她才知道啊。」

「妳讓我親自去問？呃，啊……那我的自尊心可……」

英俊無法控制自己的感情，猛地站起身來，又一屁股癱坐在沙發上。如是反覆數次之後，英俊望著天空哀號道：

「呃啊！金微笑妳怎麼可以這樣對我～我～我！」

＊＊＊

從剛才開始就一直覺得耳朵發癢的微笑一邊用棉花棒輕輕掏著耳朵，一邊盯著筆記型電腦右下角顯示的時間——「下午十點四十分」。

「會不會是副會長在罵我啊。」

微笑正在準備留給新任祕書的工作守則。她呆呆地看著畫面，而後打開了網頁瀏覽器。一個小小的游標在主頁面的搜索框裡閃爍著。

她的手不停地放上鍵盤又立刻抽了回來，就這樣遲疑了好一陣後，她終於嚥了嚥口水，在搜索框裡輸入了幾個字。

不到一秒的時間，各種資訊都跳了出來，鋪滿了整個螢幕。微笑熟練地翻看了幾頁，表情沒有任何變化。

「果然不是那麼容易能找到的。」

她沉思了一會兒，又在檢索詞後面加了兩個字。

〔事件事故，兒童〕

微笑點開各種網頁，仔細查看了許久，好像在尋找著什麼。她不由搖著頭歎了口氣。

一直以來，微笑時不時地就會詢問父親和兩個姐姐，自己小時候有沒有走丟過或是被誰關在某個地方過，家裡人早就被她問到生厭，然而每次都會得到同樣的的答案──完全沒有這回事。

微笑也曾懷疑過家人是否在說謊，但是在她仔細觀察過他們的神情和臉色後，似乎又打消了這種想法。特別是大姐，她是一說謊就會穿幫，什麼都寫在臉上的人，絕對不可能把一件事藏這麼久。

那它究竟是什麼呢？真的只是一場夢嗎？

〔別哭，微笑，不要哭。〕

〔呃啊～我害怕！……好奇怪！〕

〔那不是……只是因為太黑了，看起來像……而已。〕

〔那牠是什麼啊？〕

〔呃，那是……〕

〔是……？〕

在她四五歲時的記憶裡，那個和她並肩而坐的少年大概幾歲呢？六、七歲？也可能是個小學生吧。

不一會兒，微笑的腦海裡響起了隱隱約約的旋律。雖然想不起是哪首歌，但它分明是一首童謠。

連同這首童謠一起想起來的，還有到處像是被橡皮擦擦去，布滿恐懼的對話和陰森森的氛圍，以及溫柔到讓人聽了想流淚的聲音。

〔哥哥給你解開。我們一起離開這裡吧。〕

是被人綁在一起關在哪裡了嗎？難道是誘拐？

微笑多次搜索不同的關鍵字，結果卻還是和往常一樣，無論怎麼找都找不到她迫切需要的資訊。

微笑把手從鍵盤上拿開：

「啊啊，不管了。到底要從哪裡找起，又該怎麼找呢？」

她敲敲頭，長歎一聲，自言自語道：

「找到了又能怎樣？人家會記得我嗎？不對，這麼看來，對方比我大，應該會記得吧。」

也許這並不是什麼大事，可微笑卻如此執著，其中的原因到底是什麼呢？

說不定這只是在她長久以來的想像中被無限放大的產物而已。

微笑從懂事起就沒了媽媽，爸爸又總是忙忙碌碌，兩個姐姐還都是玻璃心的乖乖女，別說照顧妹妹了，她們反而需要妹妹的照顧。

是因為內心的孤獨嗎？

二十九年來，她總是對別人關懷備至，一味地犧牲和忍讓。就連她的工作都需要極致的關懷貫穿始終。

現在的她已經厭倦了這種關懷。

或許正是那種渴望得到關懷，得到溫暖慰藉的需求促使她翻開了那段記憶。她將那段記憶粉飾成了理想中的樣子，讓想像不斷地膨脹。

微笑靠在旋轉椅的椅背上，疲倦和睏意一股腦地湧了上來。

「啊，睏死了。副會長肯定會打來電話，真的要把手機關掉嗎？哈～他到底……安的什麼心……為什麼……每次喝酒都讓我……代駕啊？」

微笑喃喃自語，睏得睜不開眼，不一會兒就進入了夢鄉。

〔L'araignée gypsieMonte à la gouttière……〕

微笑陷入無意識狀態，腦海裡突然響起奇妙的歌聲。這旋律分明是她熟悉的兒歌，歌詞卻是外文的。外國人？不對，如果真是那樣，這韓語說得也太溜了吧。

〔哥哥幫你解開。〕

剪刀。那映照在皎潔月光下的，是一把刀刃上刻有鴿子圖案、手柄為黑色的長形剪刀。

﹁我們出去吧。千萬不要往那邊看，絕對不能睜開眼，我讓妳睜妳再睜，知道了吧？跟哥哥勾勾手。﹂

﹁嗯，勾勾手。﹂

﹁來，抓住我的手。﹂

微笑不知道這究竟是白日夢還是鬼壓床，可他的手是那樣的溫熱而柔軟，觸感是那樣的生動而真實。

兩人就這樣走了大概五步左右的距離，不知從哪裡傳來了「吱呀吱呀」刺耳的聲音。

﹁哥哥，有聲音。﹂

﹁什麼聲音都沒有。﹂

﹁有呢。﹂

﹁什麼事都沒有，妳閉好眼睛。這一切都只是個夢，一個能讓妳長高的噩夢★，夢醒了就什麼都不記得了。﹂

﹁真的嗎？﹂

﹁真的。離開這裡就會忘掉所有的一切。﹂

★韓國有「做噩夢會長高」的說法，多用來安慰做噩夢的孩子。

刺耳的聲音仍在耳邊迴響著。「吱呀吱呀」。這聲音讓她想起了遊樂園裡生了鏽的秋千，好像某個沉甸甸的物體有節奏地晃動時所發出的摩擦聲。

「吱呀吱呀」。

〔哦，哦……？蜘蛛！蜘蛛牠……！啊啊，哥哥！我害怕！〕

微笑嚇得直哆嗦，蜷縮起身子，一不小心從椅子上滾了下來。

「吱呀吱呀」。

老舊的轉椅轉動時發出的雜訊可怕到令她驚魂失措。那是直到現在還會時不時出現在她潛意識裡的聲音。

「啊，啊啊，我害怕，我害怕……！」

微笑實在無法克制心中極度的恐懼，她雙手抱頭，縮成一團，不斷發抖。

奇怪。是蜘蛛嗎？

不管有多麼年幼無知，世上都不可能有那麼大的蜘蛛啊。

是什麼呢？那到底是什麼呢？

〔沒關係，沒關係。別哭了，這是夢，夢醒了就什麼事都沒有了，什麼也想不起來了。微笑，笑一下，就像剛才那樣。」

「不行，我做不到。我害怕，我害怕……誰……誰來……抱我一下！」

這時，放在手邊的手機突然響了起來。

「啊……」

木琴鈴聲響了七次，微笑才勉強打起精神，顫抖著接起了電話。

「喂，喂，您好。」

——是我。

打電話來的人是英俊。

「副會長……」

英俊似乎感覺到微笑的聲音有些反常，於是略微提高了嗓門：

——聲音怎麼這樣？出什麼事了嗎？

只一通電話英俊就能準確無誤地察覺出其中的異常。往常遇到這種情況，微笑定會驚訝到瞠目結舌，然而今天不知道為什麼，她甚至有些感激英俊敏銳的洞察力。她的身邊哪還有這樣的人，哪還有只聽聲音就能立刻問她出了什麼事的人。

「沒，沒什麼。剛才小睡了一會兒。現在去接您嗎？」

——不用。沒那必要。我在家門口呢。

「這麼快？那太好啦。明天的行程排得很滿，今天您就好好休息吧。明天一早我就去您家上……」

——開門。

「嗯？什麼門？」

——跟我聊一會兒。

「什麼——？」

微笑一臉茫然地眨著眼睛，整理混亂的思緒。片刻之後，她徑直走到玄關，透過貓眼向門外望去。

天上天下唯我獨尊的李英俊在圓圓的貓眼面前也一樣束手無策，他正滑稽地揚起圓鼓鼓的漫畫臉站在門外。

05 自戀狂

這樣一個完美到零缺點的男人，除了自己以外，還有誰他能看上眼呢？

「請進。」

微笑打開門，站到一側，溫柔地請他進門。然而英俊卻仍舊站在起居室樓房狹窄的走廊道上，一副公事公辦的態度。

「不用了。我來只是想問妳一件事。」

「您是怎麼來的？」

「開我的車。」

「天啊，您酒駕啦？這可不行啊！」

「我一滴酒都沒喝。」

和英俊定期舉行私人聚會的好友大都是名聲在外的酒鬼。和那些人混在一起居然沒喝一滴酒，還真是稀罕。

「不是，為什麼啊？」

「現在最重要的不是那些小事。妳剛才說的戀愛啊結婚啊什麼的，都是真心的嗎？」

「我為什麼要說違心的話呢？」

「怎麼這麼突然？難道妳一直都在瞞著我跟其他傢伙交往嗎？」

微笑瞪圓了眼睛打量著英俊，而後小心翼翼地問道：

「副會長，您這是生氣了嗎？」

「沒有啊。金祕書跟誰交不交往都不關我的事，我為什麼要生氣？」

「就是說啊。」

見微笑眨巴著眼睛，磨磨蹭蹭賣關子，英俊立刻犀利地逼問道：

「我問妳話呢，快回答我。」

「我並沒有偷偷交往的對象。我沒有理由瞞著您和別人偷偷交往，況且這麼久以來我哪有時間和別人交往啊？早上六點就要上班，下班時間又不確定，只要您有需要呼叫我，不管我在睡覺還是在廁所都得呼啦一聲飛奔過去。呵呵呵。」

英俊擺擺手，一臉不解地看了看微笑，繼續追問下去。

「那妳解釋一下現在這種狀況。」

「什麼？我不是已經跟您詳細解釋過很多次了嘛。」

「沒有足夠的說服力。儘管我投入了巨大的機會成本，妳卻依然選擇辭職的真正理由，一個有說服力的理由。」

微笑摸著下巴，似乎陷入了沉思，良久她才冷靜地回答道：

「您提出的條件的確十分豐厚，但是仔細想來也不能稱之為巨大的機會成本。因為，這畢竟關係到我的後半輩子。」

「後半輩子？」

「是的，後半輩子。如果我留在副會長身邊，繼續像現在這樣一心忙於工作的話，說不定就會在不知不覺間錯過了適婚年齡，不是嗎？」

「適婚年齡這種東西錯過了又能怎樣？就因為這個嗎？」

「『適婚年齡這種東西』？『就因為這個』？如果我一下子錯過了適婚年齡，您又看我不順眼辭了我，到時候我成了無業遊民可該怎麼辦呢？」

面對微笑的抗議，英俊擺出十分寬厚仁慈的表情與手勢。

「妳應該很清楚，我是個言出必行的人。妳放心，我會保障金祕書終身享有工作權。」

聽了這話，微笑連眼皮都沒眨一下，立刻笑盈盈地補充道：

「呵呵呵。我更討厭那樣。副會長現在的意思是，讓我後半輩子也一直輔佐您，一個人孤獨終老嗎？」

「那妳到底想怎樣啊？」

英俊終於惱羞成怒，不耐煩地抬高了嗓門，可微笑仍然態度堅決，輕聲細語地回答道：

「我一直在副會長身邊工作，辛苦得實在太久，現在我既不想要錢，也不想要華麗光鮮的生活。我只想和別人一樣，找個平凡的相親對象，談個一年的戀愛就步入婚姻的殿堂，有個溫馨的小家，生下一兒一女，過安穩恬靜的小日子。現在姐姐和爸爸也都安定下來了，我不想再活得那麼辛苦了。」

微笑話音未落，英俊突然皺緊了眉頭：

「沒想到金祕書竟然是個極端的利己主義者啊。那我怎麼辦？」

「啊？副會長怎麼總是把我的事情扯到您自己的身上呢？」

「九年來我們整天一起共事。從我接管公司開始，妳就一直在配合我所有的一切。妳這樣突然辭職，我……」

「我？」

「我……」

「副會長您？」

英俊猶豫了半天才勉強說了一句：

「我……我會不方便！」

「啊，是是。肯定會不方便的，那是自然。」

應該說這是一種只有在一起久了的兩個人才會有的感應嗎？微笑雖然笑得燦爛，英俊卻從她的臉上捕捉到了一絲微妙的違和感。他一臉嚴肅地指責微笑：

「妳不要笑呵呵地擺出一副不情願的表情。我看著很生氣。」
「好。」
兩人之間縈繞著一種令人窒息的緊張氣氛。
終於，英俊開口打破了這漫長而又讓人渾身不自在的沉寂：
「好吧。」
「什麼好吧？」
「金祕書。」
「是。」
「妳知道我是單身主義者吧？」
「當然了，這點我很清楚。」
「別奢望我會做出更多的讓步。」
「啊？」
「我跟妳談戀愛，妳留下來繼續工作吧。」

＊＊＊

一小時之後，也就是十一月一日凌晨十二點三十分，英俊出現在朴侑植公寓的客廳裡。
侑植睡眼惺忪地看了看對面的英俊，長長地歎了口氣。也不提前聯繫一下就突然找上門來，不由分說地把人叫醒，還當是出了什麼驚天動地的大事呢，結果就為了這事。

「你說了我『跟妳』談戀愛，妳留下來繼續工作這種話？對金祕書說的？喂，你開玩笑的吧？你真的那麼說了？」

侑植難以置信地問了一連串的問題。

「所以，微笑祕書聽了這話什麼反應？」

英俊摩挲著盛著咖啡的馬克杯，十分嚴肅地回答道：

「她的臉緊緊貼近我的臉……」

聽到這兒，剛剛還睏得一直揉眼睛的侑植一下精神起來，兩眼放光。

「貼近你的臉？」

「哼哼地聞了聞……」

「什麼？」

「然後對我說『好像沒喝醉啊』。」

「噗！噗哈哈哈哈哈哈哈哈！不愧是微笑祕書啊！」

捧腹大笑的侑植看到英俊凌厲的眼神，立刻趕忙閉上了嘴巴。

「也不願意談戀愛，那是想跟我結婚的意思嗎？」

英俊唉聲歎氣地小聲嘀咕著。侑植聽到後不假思索地反問他：

「咳，你想太多了吧？說不定她是真心不想和你談戀愛呢。」

「怎麼可能。」

英俊一副難以理解的樣子抬眼看著他。就連同樣身為男人的侑植也覺得英俊的臉俊美得無可挑剔，魅力無窮，簡直就像一副讓人覬覦的肖像畫。侑植愣愣地看著他，突然產生一種疑問：

「李英俊，你為什麼對微笑祕書這麼執著啊？」

「執著？」

侑植剝開一顆紅參軟糖放進嘴裡慢慢嚼了起來。

「微笑祕書的確人美心善，聰明伶俐，不過說實話，以你的條件，隨便就能找到她那樣的祕書不是嗎？況且微笑祕書學歷也普通。」

「微笑在作為我的祕書執行業務的時候，學歷、條件這種東西並沒有任何意義。」

侑植聽到他不帶半點猶豫的果斷回答，陰險地笑了起來。

「你喜歡微笑祕書吧？」

「當然喜歡了。」

英俊十分爽快地回答道。侑植輕輕地搖了搖頭，又問道：

「不是，我說的不是甲方和乙方，人和人的關係，而是男女之間的關係。我問的是李英俊你的心意，而不是副會長的心意。你有沒有把金微笑當作女人來喜歡，而非祕書。」

英俊盯著馬克杯裡黑漆漆的水面愣了一會兒，自顧自地嘟囔道：

「男女之間，這個嘛……」

英俊一時說不出話來，不自信的態度和他一點也不搭。不一會兒，他像是下定了決心似的堅定地說道：

「總之，我需要微笑。」

「為什麼？」

英俊十分從容而優雅地換蹺二郎腿，淡然地說道：

「她就好比專門為我量身訂製的西裝。工廠批量生產的成品穿著不合身，我也瞧不上。」

「哇哦，真是一段可怕又殘忍的發言啊。微笑祕書聽了肯定會受到爆擊。」

「所以我才給了她相應的待遇啊。我的耐心現在也快用完了。」

吧唧吧唧，咂咂，吧唧吧唧，咂咂，客廳裡空蕩蕩地迴響著侑植咀嚼紅參軟糖的聲音。過了許久，一直在黑暗中茫然凝望侑植的英俊，突然莫名其妙地問道：

「你為什麼結婚啊？」

「想結就結了。」

侑植噗哧笑了出來，那神情彷彿在說，這麼理所當然的事情竟然也要問。英俊依舊一副嚴肅的樣子：

「所謂結婚究竟是怎麼一回事啊？」

「播撒情感的種子，用關愛澆灌，經過長時間的精心耕作開出花朵，最終結成愛情的果實。」

「你的愛情果實不是枯萎了嘛。」

「閉嘴。」

英俊才不管侑植有沒有「呃啊」一聲慘叫緊緊抓住胸口，依然面不改色：

「你看吧，結果還不是一樣。所謂結婚不過就是一場簽字遊戲罷了，根本沒必要因為擔心錯過適婚年齡就戰戰兢兢，非要結出果實掛滿枝頭不可。」

七竅生煙的侑植瞥了英俊一眼：
「你到底居心何在？」
「什麼意思？」
見英俊面無表情地望向自己，侑植意味深長地回答道：
「也是，這麼看來，你身邊一直不缺女人，可我從來都沒見你和她們有過肢體接觸，更別說是上床了。」
「別說得好像進過我臥室一樣。倒人胃口。」
侑植哧哧地笑了笑，故意氣他似的補充道：
「反正我說的都是事實嘛。之前你那位『週四女』還問我，你是不是同性戀。」
「瘋子。」
見英俊一臉無語，皺起眉頭，侑植向前俯身，湊近他問：
「難道你對女人有什麼心理陰影嗎？」
英俊扭過頭，眼神迷離地望著窗外，仍舊避而不答，只低聲呢喃道：
「我討厭女人。」
「那金祕書呢？」
「金祕書不一樣。」
「都是女人，有什麼不一樣？」
「金祕書她不是女人。」

侑植大吃一驚：

「呵！你這傢伙，這句話絕對不能對女人說啊！」

英俊異常平靜地說了句意味深長的話：

「微笑她……不是女人，她就是微笑。」

＊＊＊

被英俊出其不意來訪之後，微笑完全沒有了睏意。很久沒敷面膜的她剛撕開面膜封袋，門鈴就突然響了起來。

「誰啊？」

見沒人回應，微笑透過貓眼往外一看，整張臉立刻擰成了一團。

「哎呦呦，該來的還是來了啊。」

房門「啪嗒」一聲打開的瞬間，門外的女人就瘋了似的闖進來，甩象帽舞★似的甩動著她及腰的大波浪，在狹小的房間裡四處搜尋著什麼。

「在哪兒？」

微笑一根根地撿起掉在地板上的長髮，安靜地回答：

「吳智蘭小姐，您是不是脫髮啊？頭髮一直在掉，您就別甩了，老老實實地待著吧。」

★朝鮮族傳統舞蹈象帽舞，舞者以頸項的力量頻頻搖動頭部，使所戴象帽的飄帶旋轉如風。

「我問妳人在哪兒呢?!」

雖然她問得莫名其妙，但微笑不用想都知道她在找什麼。

「三十分鐘前就已經離開了。您沒看見嗎？」

「什麼？」

「他壓根兒就沒進來，在門口站著簡單說了幾句就走了。您都追到這來了，就該好好監視到底才是啊。」

「呃……」

「啊～在車裡睡著了吧。等他的時候在做什麼呢？玩Kakao Talk★？」

「看了一下網路小說……」

「啊，等一等就能免費閱讀的那種？看到欲罷不能，時間不知不覺就過去了呢。能理解。」

智蘭啞口無言，只得氣呼呼地點了點頭。

「哎喲，這可怎麼辦呀。好可惜啊。」

微笑自始至終都是一副笑盈盈的模樣。臉色紅一陣青一陣的智蘭猛地挺起她堅挺的胸脯，蠻橫地叫嚷道：

「喂！妳誰呀？妳算什麼東西，為什麼一直在英俊哥身邊繞啊？」

「我是副會長的私人祕書。」

★韓國聊天軟體。

「這點我也知道！可是妳為什麼……！」
「副會長和我絕對不是您想的那種關係。您請放心。」
微笑燦爛的笑容令智蘭徹底喪失了鬥志。她實在難以理解，歪著頭喃喃自語道：
「那，那到底是為什麼……？」
「已經交往了一個月，英俊哥到底為什麼不肯和我睡，除了我以外他到底都和誰睡？如果您好奇這個的話，那我就告訴您好了。」
智蘭好像還知道害羞，她滿臉通紅，瞪圓了眼睛。微笑笑盈盈地只說了一句話：
「誰也不睡。」
「什，什麼？」
「我是說，他從來不跟任何人睡。副會長喝了酒就回家，都是一個人睡的。」
「妳怎麼知道……」
微笑仍是一副笑盈盈的樣子，她親切地補充道：
「我可是比您年長六歲的姐姐。您我之間的關係也沒那麼熟絡，還是互相用敬稱吧，嗯？」
那張笑臉雖然透著十足的乖巧和溫順，卻又充斥著一種讓人無法抗拒的力量。面對微笑溫柔的魄力，智蘭立刻變得恭順起來，悄悄打量著微笑的臉色說道：
「啊……好。」
「我剛才說到哪兒了？」
「說到不跟任何人睡。」

「啊，對，沒錯。目前為止您有沒有和副會長在私底下，也就是一對一地單獨見過面呢？」
「沒，沒有。」
「那這期間有沒有過肢體接觸呢？」
「啊，這個……」
微笑笑盈盈地看著不知如何作答的智蘭，開口道：
「只要沒有特別的事情，副會長每隔一週都會在週二、週四和好友舉辦私人聚會。這是證明良好人際關係的對外活動。換句話說，這也是業務的延伸。」
一直在腦海裡飛快地推算著日期的智蘭這才明白過來，突然「啊！」地一聲張大了嘴巴。
「現在您知道了吧？吳智蘭小姐就是受邀參加週四聚會的那位。週二是另外一位，兩週前，那位因為和您一樣追上門來，像個瘋子一樣衝著我大呼小叫，正好被副會長逮了個正著，於是副會長就立刻跟她斷絕了來往。您現在理解了嗎？」
「啊……」
微笑的臉上帶著溫柔的笑意，像是在召開說明會一樣，一板一眼地繼續說道：
「雖然這聽起來非常殘忍，但是對副會長而言，女人無異於最高級的綢緞領帶、昂貴的手錶和鑲嵌著鑽石的袖釦。女人是為了點綴著裝、向別人炫耀而佩戴的飾品。對他來說，女人就是這樣的存在。他喜歡用飾品來裝扮自己，而在日常生活中抑或是睡覺的時候又極其厭惡飾品的存在。」
「什麼……！」
「在我跟副會長工作的九年裡，他沒有和任何一個女人交往過。雖然出過不少緋聞，但是他沒有和任何人上過床，也沒有和任何人談過戀愛，這一點我比誰都清楚。」

「這，這太不像話了。怎麼會有那種男人……。」

智蘭一臉狐疑地看著微笑，口中喃喃自語。微笑笑盈盈地斬釘截鐵道：

「沒有和我交往。」

「難道……！」

「不是gay。」

「那到底是……」

「到底是因為什麼？您到現在還不明白嗎？」

智蘭呆呆地看著微笑，微笑仍是一副笑盈盈的表情。

「這非常明顯嘛，他是本世紀最強悍的自戀狂啊。他有任何不足的地方嗎？這樣一個完美到零缺點的男人，除了自己以外，還有誰他能看上眼呢？『妳們竟敢高攀我』，這就是他的內心ＯＳ啊。」

「呃啊！」

智蘭好像受到了致命一擊，完全說不出話來。微笑見狀又輕聲說道：

「一棵根本爬不上去的樹，一開始就不該抬頭看。您現在大四快畢業了嗎？」

「沒，我大三。去年學分被當被留級了，沒能升大四。」

「什麼，留級?!就算您有一個有錢的老爸，您再怎麼不懂事也不能這樣啊。私立大學一年的學費多貴啊。這世上到處都是上不起大學，辛苦工作到腰間盤凸出的人，您怎麼能活成這個樣子呢？

真是沒良心啊。要打屁股才行。」

「姐，姐姐……」

「交男朋友也一樣。不要一看見外表多金、光鮮的樣子就一口咬住不放，交往的時候要慎重地觀察對方才行。幸好副會長對您沒有那方面的想法，要是遇到變態那可怎麼辦呀？這世上最重要的就是自己，您連這點都不知道嗎？」

被微笑一番話打動的智蘭不由紅了眼眶。微笑拍拍她的肩膀，笑著說：

「不管內心有多麼孤獨、多麼疲憊，只要打起精神，就什麼都能做得到。所以，以後就請努力地生活吧。讀書也要努力才行。讀書也是分年紀的，該學習的時候就得好好學習，錯過了就很難重新來過了。」

「啊，我了解了。謝謝姐姐。嗚～」

「加油！」

「好的，好的，姐姐也加油！」

「如果沒有其他事情的話，現在可以走了嗎？面膜乾掉之前我得趕緊貼上才行。」

「啊，那是當然。不好意思，佔用姐姐的時間了。那個，要是偶爾想起姐姐，可以來找姐姐吧？」

「很抱歉，我馬上就要移民了，所以您還是不要來了。」

面對微笑笑盈盈的臉龐，和那段似懂非懂的話，智蘭疑惑地歪了歪腦袋，而後彎腰道別，走出了微笑的家。

「姐姐，今天真的真的非常感謝。」

「哪兒的話。」

「那就再……」

沒等智蘭說完再見，微笑就「哐」地關上房門，臉上仍舊掛著一副笑盈盈的表情，自言自語起來：

「真是搞不懂，怎麼都是一個樣啊，連一個月都堅持不下來。我還以為她能多堅持一段時間呢，真是可惜啊。話說回來……」

微笑回到房裡，陷入了沉思。不覺間，她的臉上失去了笑意。

〔妳這樣突然辭職，我會不方便的！我跟妳談戀愛，妳留下來繼續工作吧。〕

〔本世紀最強悍的自戀狂。除了自己以外，還有誰他能看上眼呢？『妳們竟敢高攀我』。〕

「明明是個比花心大蘿蔔更不如的人物，到底喜歡他什麼，一個個都迫不及待地想要得到他。可是……」

微笑長歎一聲，仔細打量一番鏡子裡的自己，一邊貼著面膜，一邊有氣無力地喃喃自語：

「我的心情……怎麼這麼糟呢？」

06 熱情不再，男人被拒

我說您不是我喜歡的類型。第一點是體貼，第二點還是體貼，我喜歡體貼又溫柔的男人。

每個月第二週的週三晚上，李會長夫婦都會把小兒子英俊叫到家裡一起用餐，微笑也會時不時地受邀前往。這也是二老感謝微笑一直以來始終如一地輔佐兒子左右的一種方式。

在其樂融融的氛圍中結束用餐後，父子倆像平時一樣移步二樓的書房，想要聊一聊公司經營的事情。

在對話正式開始之前，正坐在沙發上喝茶的李會長突然緊緊盯住英俊胸前那條紅色的綢緞領帶。

那是一個無論什麼時候看起來都無可指摘的漂亮領結，就在剛才英俊用完餐站起身來的時候，微笑才又幫他整理過一次。也許是她作為禮賓祕書所養成的習慣成了自然，以至於在這種私人場合也依然無法丟棄這種習慣，李會長已經不止一次看到她幫英俊整理衣服了。只是，今天她為英俊整理衣服的畫面卻總是浮現在李會長的眼前。

或許是因為白天聽到的那個消息的緣故吧。

「領帶都是微笑幫你繫的嗎？」

英俊平靜地回答李會長突如其來的發問：

「如果沒有特殊情況，基本上都是金祕書負責給我繫。」

「原來如此。從什麼時候開始的？」

「從什麼時候開始的……」

哎呦，還真是，從什麼時候開始的呢？

英俊瞪大了眼睛，把茶盞放到桌上，看上去多少有些驚慌失措。

淡綠色的綠茶水面漾起陣陣波紋，待水面漸漸平靜下來的時候，英俊憶起了許久以前的往事。

＊＊＊

無論是誰都有超準直覺的時候。對英俊而言，那一天正好就是這樣的一天。

一個剛滿二十歲、還未褪去嬰兒肥的女職員因為不勝酒力，兩杯啤酒下肚，雙頰就泛起了淡淡的粉色。全程都牢牢抓住了英俊的視線，讓他急於上前確認的，是女職員左側臉頰上那個深陷的酒窩，而且不同尋常的是，她只有這一個酒窩。

「妳叫什麼名字？」

「我叫金微笑。」

本以為已經永遠地結束了，沒想到卻又再一次相遇了。緣分到底是怎麼一回事，為何如此神奇。

不過，重逢的喜悅也只是暫時的。

「金微笑小姐，妳認識我吧？」

「認識。」

「是嗎？我是誰啊？」

「您是會長的兒子。」

微笑雖然一副笑盈盈的模樣，心裡卻充滿了畏懼。她那煞白的臉色、僵硬的嘴唇、緊握的拳頭、微微發抖的身體都如實地映照出她此刻懼怕的心情。

微笑似乎不是因為碰到會長兒子而感到緊張的。她一直不停地偷瞟洗手間的入口處，那視線的盡頭是一隻正在努力抽絲結網的蜘蛛。蜘蛛順著一根細長的蛛絲徑直而下，微笑不由打了個冷顫，不自然地將頭別了過去。

是因為蜘蛛。

英俊因為微笑記不得自己而有些失落，不過這樣反倒也值得慶幸。

「哦？難道……不是嗎？」

「不，沒錯。」

微笑抬起頭來，嘴角不住地顫抖著。可笑的是，她故作自然地強行微笑，反而顯得更加不自然。

「工作還順利嗎？」

「嗯……順利。不過我只能做到這個月底了。因為我是臨時外派人員。除此之外，還算順利。」

「有其他地方可以去嗎？」

「我的情況有些困難，所以無論如何都得找到工作才行……」

她那蹩腳的妝容和一頭半長不短的短髮就像她的回答一樣令人尷尬。身上那套破舊的套裝鬆鬆垮垮，像是別人穿舊了留給她的樣子，腳上那雙皮鞋的鞋頭磨損嚴重，皮質已經泛白。她看上去不像是早早進入社會的新人，倒像是一隻剛剛出生的小鹿。

英俊從微笑身上原原本本地感受到了她當時的那種心情。那是一種儘管因為一無所知而對所有的一切感到畏懼、生疏和厭惡，但出生在茫茫原野本就是一種罪，所以無論如何都要用那雙無力的雙腿支撐地站起身，拚命逃亡的心情。那是一種為了不被獅子吃掉，就算只有微弱的力氣也要拚盡所有努力奔跑的迫切心情。

當時，英俊急需一個能夠在為時兩年的海外派遣工作期間負責個人業務和禮賓的祕書。

那時的英俊似乎仍被困在很久以前的那個地方，無法逃離的樣子，他極其討厭年輕女性，因此正在尋找一名男祕書。

然而英俊似乎可以接受同樣身為年輕女性的微笑。微笑和其他女人之間像是隔了一扇因合頁生鏽而無法關上的木門，微笑在這邊，其他女人則被隔離到了另外一邊。這也許就是英俊毫不抗拒地接受微笑的原因吧。

英俊即刻向總務部一名祕書致以謝意，繼而鼓動她讓即將結束外派工作的微笑來參加自己海外隨行祕書的正職面試。微笑沒有一絲懷疑就提交了資料，認認真真地參加了面試。

如果不是因為家境突然變得困窘，微笑似乎根本不會考慮就業這種事情，就連常見的WORD文字處理資格證書都沒有出現在簡歷裡。除了英俊以外，沒有人看過她荒唐地附在簡歷上的高考成績單原件和雖然寫得很用心卻惹人爆笑的自我介紹。

面試當天，微笑被問到：「夢想是什麼？」她霸氣十足地回答：「賢！妻！良！母！」雖然好笑至極，英俊卻不能笑出來。因為他擔心自己一旦笑出來，太過真摯又極度緊張的微笑會瞬間淚崩。

就這樣，對教科書以外的世界知之甚少的微笑被正式錄用為英俊的私人祕書。

其實微笑並非一開始就能勝任各項工作的。因為不管內心有多麼迫切，對於能力以外的事情也只能束手無策，無法發揮出超人般的力量。

在美國分公司工作剛滿一週的那天，微笑搞砸了一個重要的晚宴。事情的起因是她聽錯了美國專職祕書轉達的著裝禮節。

回來之後英俊大發雷霆，那張自始至終都笑盈盈的臉龐完全僵住，微笑淚眼矇矓地看了英俊好一陣，突然大喊出聲：

「你叫我怎麼辦啊?!大家為什麼都只針對我一個人啊?!我是女超人嗎？專務就這麼了不起嗎？

什麼都懂嗎？一輩子都不會犯錯嗎？」

微笑暴跳如雷地頂撞英俊，像極了一個掛在懸崖邊上的人。導致她做出這番舉動的原因或許是因為鄉愁，又或許是因為在一個陌生的環境裡四處碰壁而令她心力交瘁吧。要一把放開她的手嗎？不，如果放手，她就會墜入懸崖。可是不放手，手臂又很疼。直接放任不管讓自己舒服一些會不會更好嗎？

面前這道難題，不對，是面前這道無解的錯題，令英俊苦惱萬分。

她是那樣的岌岌可危，惹人心疼……彷彿鏡中的自己，令英俊再熟悉不過。

什麼東西能讓一個走投無路的人重新站起來呢？安慰？溫暖的鼓勵？

都不是。這種時候，最能讓人分泌腎上腺素的，是不服輸的傲氣。這是英俊基於多年經驗得出的祕訣。

「沒錯，我不會犯錯，什麼都懂，我就是這麼了不起。看不慣嗎？看不慣的話就拿出妳的本領啊。不想聽人嘮叨就跟我一樣了不起啊！」

當時正是年輕氣盛、血氣方剛的時候，換作現在，英俊完全可以更加委婉地表達出內心的想法。

「專務你知道嗎？」

「什麼？」

「碰上你我真是倒了八輩子的楣了。我活到現在還是第一次見到你這樣自戀到變態的人物。」

「以後妳會一直見到的。」

「瘋了嗎我？我不見！不見！我要辭職回韓國，您還是另請高明吧，你這個掃把星！」

微笑出言不遜，滿嘴髒話。說罷她砰地一聲踢開房門，嗖地溜掉了。

第二天凌晨五點，微笑趕忙跑去上班，恭恭敬敬地將雙手疊搭於腹前九十度鞠躬，送上最真誠問候：

「什麼事情我都願意做，請您饒了我這一次吧，就一次，專務。」

「我有說過要殺了妳嗎？」

聞言，微笑擦去眼淚，長吁了一口氣。重新揚起笑容的臉龐腫腫的，像是哭了一整晚的樣子。就是從那天開始的。從那天起，微笑就開始用心地為英俊繫領帶，直到現在。

＊＊＊

「咳咳咳～咳咳咳～」

李會長喝人蔘茶嗆到，咳嗽起來，嚷嚷著自己要死了，這才把英俊的思緒拉了回來。他連忙起身拍打父親的後背。

「您慢點喝，為什麼喝這麼急？」

「咳～確實，真正著急的是另一件事。」

「什麼事？」

「咳咳。你先坐下。」

重新坐下來的英俊聽到李會長接下來的話，表情瞬間僵住了。

「聽說微笑辭職了?」
「消息傳得可真快。」
「咳咳。」
李會長有話要說的時候，總是會平白無故地看人眼色，尷尬地乾咳幾聲，這是他的老習慣了。
「爸，您說吧。」
「你真不打算結婚了?」
「抱歉。」
「你爸爸我，咳咳!臨死之前就想抱一下孫……咳咳!嗚嗚，我上輩子造了什麼孽，生了兩個兒子都是一副德行，咳咳咳!」
英俊長歎一聲，視線轉向窗外。見兒子又要試圖矇混過關溜之大吉，李會長趕忙把想說的話偷偷摻雜在咳嗽聲裡:
「我，咳咳!我對兒媳婦沒什麼要求，咳咳!沒有任何要求!咳咳咳!」
英俊猛地站起身，整理好衣服之後就邁開了腳步。
就在他打開房門正要走出去的瞬間，李會長叫住了他:
「對了，英俊。」
「是。」
「你哥他馬上就要回來了。」
「啊，是嗎?」

「你要好好待他啊。」

「不用您說我也知道。」

英俊沒有回頭，機械地回應著父親的話。不經意間，他的臉上泛起苦澀的微笑。

崔女士是英俊的母親，儘管已過花甲之年，美麗的容顏和緊緻的皮膚卻依舊不減當年。對微笑來說，多愁善感、善良仁慈的崔女士絕對是賢妻良母的典範。

在等待英俊下樓期間，微笑和崔女士在客廳裡喝起了下午茶。

「今天要聊的事情好像格外多呢。我們微笑等煩了可怎麼辦啊？」

不知從何時起，李會長夫婦開始直呼微笑的名字，對待長期輔佐英俊的微笑就像對待自己小女兒一樣親切。這種事情並不多見，微笑心裡多少會有些負擔，不過她並不討厭這種親近的感覺。

「不會的，很久沒和夫人這樣坐著聊天了，我很開心呢。」

「是嗎？哎喲，我們微笑覺得開心，真是我的榮幸呢。」

崔女士捂著嘴笑了起來，不知怎地有種尷尬的氣息從她身上傳了過來。果不其然，她真的問了一個令人尷尬的問題：

「不過……我聽說，妳辭職了？」

「啊，是的。」

「為什麼？英俊為難妳了？」

「不是那樣的。」

「那是怎麼回事?」

「也沒什麼。」

「沒什麼是什麼?突然辭職的理由是什麼啊?」

「嗯,我現在也該準備嫁人了。」

沒等微笑說完,崔女士大吃一驚,沒端穩手中的茶杯,滾燙的茶水一下子灑在桌子上,茶杯滾落在頂級地毯上,留下了難看的斑駁漬跡。

「啊,夫人!您沒事吧?」微笑連忙檢查崔女士的手是否被燙傷。

她迅速彎下身子,處理混亂的局面。

一直發愣的崔女士這才回過神來,她一把抓過微笑的手腕,迫不及待地問道:

「等一下!微笑,妳不是在和我們家英俊交往嗎?」

「什麼?沒,沒有,夫人!絕對,絕對沒這回事!」

微笑刷地一下紅了臉,一臉嚴肅地矢口否認。崔女士的臉色變得更難看了。

「啊!那,妳有男朋友了啊!」

「不,不是。不是那樣的。」

「沒有男朋友,又為什麼說要嫁人呢?」

「我現在想休息一下,談談戀愛,趁年輕趕緊嫁出去。」

「那……那妳……,哎呦,頭好暈……」

崔女士突然按住太陽穴,踉蹌了一下,微笑趕緊攙住她:

「夫人，您沒事吧？」
「啊，嗯，我沒事。就是有點吃驚……」
崔女士喝了微笑給她倒的水，努力試圖振作起精神，良久她才小心翼翼地開口：
「那麼，我個人想問妳一個問題，妳別誤會，也不要跟英俊說，嗯？」
微笑完全猜不出夫人到底想說什麼，就糊裡糊塗地點了點頭。
「好的。」
「那個……就是，我家英俊他是不是……同，同，同性……呃。」
崔女士無論如何都說不出「同性戀」這個三個字，捂著嘴低下了頭。
「會長他很忙，身體又不好，沒怎麼留意過英俊。英俊帶去各種聚會的那些女孩都不是他的女朋友，只是為了給別人看的，呃，怎麼說好呢，裝飾品，對吧?沒錯吧？」
Nice，夫人，沒錯!母親果然是偉大的。微笑不自覺地用力點了點頭。
「所以我才理所當然地以為你們兩個在交往呢。可是你們並沒有在交往……那我家英俊他真的是同……性戀嗎？」
微笑實在不忍心跟夫人說實話：其實您兒子不是同性戀，而是一個「除了鏡子裡的自己以外，無法愛上任何人的，無藥可救的自戀狂」。
「夫人，您別擔心。副會長他不是同性戀。我在他身邊輔佐了這麼久，比任何人都清楚這一點。我可以在我母親墳前發誓。」
「真的？」

崔女士聞此，喜形於色，抬起頭來，可是緊接著她的臉上又再次露出了尷尬的神色。

「那，那個……」

「夫人，您請說。」

一陣尷尬至極的沉默過後，崔女士終於打開了話匣子：

「微笑啊，妳覺得我家英俊怎麼樣啊？」

微笑雖然不知道夫人想要什麼答案，不過天底下畢竟沒有想聽兒子壞話的母親。

「那還用說嘛，副會長絕對是世上最棒的男人了。外表、能力、魅力、性……格，每一方面都很出色。」

「是，是吧？我覺得也是。」

「啊，咳，是的。」

「那，我們家英俊……」

崔女士又開始賣起了關子。她接下來要說的這句話令微笑一陣狂烈的眩暈。

「做微笑的新郎如何？」

＊＊＊

回家的路上，車內一直被沉寂所籠罩著。無論是開著車的英俊，還是坐在副駕上望著窗外的微笑，都各自陷入了沉思。

「想什麼呢？」

「沒什麼。」

微笑初見英俊時，他還只有二十四歲，卻已經擁有了一切。這並不僅僅是因為他含著金鑰匙出生的富貴命，更是他理直氣壯、無所畏懼的面貌和態度，以及努力不懈加持的成果。他就像在質問「我毫無保留地傾盡了全力。而你呢？」這份自信讓人甚是羨慕。

手握高考成績單被人趕到冰冷街頭之後，微笑就養成了一個獨特的習慣——強顏歡笑。離開學校不到一週，不對，是不到一天的時間，她就已經意識到：課本上學來的東西完全派不上任何用場，至少在這裡是這樣的。

打工的那段日子裡，她遇到了各種各樣奇奇怪怪的人。

在便利店打工的時候，只要有外國人進店，年輕的男老闆就會立刻躲得遠遠的。那個連最簡單的英語會話都不會說的老闆，在第一次發工資的時候就對微笑說「領了工資都是要請客的」，硬是從她手裡搶走了要拗她請客，在附近的小吃店裡買來了小吃。那天吃到的炒年糕和血腸苦苦的，難吃得要命。

她曾經還和一個比她年長一歲的女學生一起在網咖做過夜間兼職。女學生連加法心算都算不好，到處尋找計算機。起初微笑以為女學生只是開開玩笑，沒想到女學生仗著自己比微笑工作早，開始變本加厲地欺負她。清理吃剩的食物殘渣、髒兮兮的菸灰缸、堵塞的馬桶等等，凡是女學生不願意做的工作統統推給了微笑。如果微笑不肯照做，女學生就會把她正在吸著的菸頭拿到微笑眼前晃悠，叫囂「看什麼看，死丫頭」。

不只這些人，圍繞在微笑身邊的所有人都很奇怪。他們之中有一大半連最簡單的常識都不知道。有的人不知道中學水準的英語單字，甚至還有人不知道因數分解的基本公式、新羅統一三國的時間。他們之中根本就不存在高考成績排名全國前百分之一、高中綜合成績測評名列前茅、全校第一的人。

我比他們書唸得好，為人真誠懇摯，為什麼非得這樣活著不可呢？他們玩樂的時候，我在努力學習，為什麼會變成現在這個樣子呢？

沉浸在這種想法之中久了，頭腦似乎也變得越發僵硬起來。曾經的自己在學校裡完全置身事外，只顧埋頭唸書，驕傲自滿地以為自己是世上最了不起的人物。自認為那些人遠不如自己，可如今的自己卻又屈居於他人之下。

這樣的自己，實在太委屈了。

為了克制住心底的委屈，微笑選擇的解決辦法就是微笑。無論是遇到卑鄙齷齪之事而怒火中燒的時候，還是面對灰色的陰霾傷心難過的時候，抑或是莫名發脾氣的時候，她都會選擇微笑面對。因為如果不這樣做，她似乎每天都會發火、哭泣、鬧脾氣。要是因為發火、哭泣、鬧脾氣而丟了兼職工作，那可絕對不行。所以，在大姐二姐拿到醫師執照能夠掙錢養家之前，不管有多麼傷心難過，都得咬著牙堅持下去才行。

她表面上笑容滿面，內心卻變得越來越扭曲。

而徹底擊碎這一切的人正是英俊。

她不明白，世上怎麼還會有英俊這種人的存在。

他無所不知。去海外工作之前，英俊要求微笑學習各種他認為必須具備的基本知識，嚴苛程度令她恨得牙癢癢。即便是複習高考她也從來沒有拚命到狂飆流鼻血過。

久而久之，一心為錢而來的微笑轉而想要追上他的腳步。驅使她拚死拚活投身於這份工作的是她從未錯失過第一名的自尊心。

然而，不管微笑怎麼努力都追不上英俊的腳步。他永遠在微笑之上。

儘管英俊是微笑永遠無法超越的存在，但微笑從來都沒有氣餒過，也沒有想過要放棄。理由說來也真是可笑，因為英俊不是一般的了不起，而是「非常的」了不起。

不管英俊給她安排了多麼辛苦的工作，身體上有多麼疲憊，她的心裡都不再像從前那樣覺得委屈了。就算是受苦，至少也是在遠比自己優秀的英俊手底下受苦，想到這裡，心情也就沒那麼糟糕了。

就連她自己都搞不清楚，怎麼會因為這種不像話的卑怯理由就向現實妥協了。

然而，美國生活不過一週，她就遇到了一道難關。

微笑從未在國外正式擔任過祕書實務工作，在禮賓和行程安排方面頻頻出錯也是在所難免的。好在英俊對一些細小的錯誤也都是睜一隻眼閉一隻眼，沒有計較。微笑對此也是心存感激，努力想要做到更好。然而，她還是闖了大禍。

英俊收到一位重要人士的晚宴邀請，似乎是與對方祕書溝通不當的緣故，微笑理解錯了對方傳達的著裝要求。帶去的衣服是休閒套裝，而當天的晚宴是必須穿著晚禮服才能出席。時間緊迫，沒辦法重新取回衣服，結果他們連會場都沒能進去，只得碰一鼻子灰無功而返。

英俊火冒三丈，這段時間以來發生的事情一幕幕地從他的臉上掠過。

我太累了，我想回韓國，我想回家。小小年紀就為了賺錢養家離鄉背井吃苦受罪，這都是為了誰啊，我真是太委屈了。英俊當著微笑的面，一條條地斥責她犯下的各種失誤。她真想在英俊清秀的臉上痛快地來一記上勾拳，然後放話不幹，逃之夭夭。這沒有答案的人生實在太委屈太讓人寒心了。

即便如此也應該忍到底才是。誰知一時頭腦發熱的微笑也跟著抬高了嗓門，頂撞了英俊，好像還飆了髒話。她痛痛快快地說完心裡話就直接逃跑了。說不定，就連這期間內心積存的與此事毫無關聯的怒火也一起發洩到了英俊的身上。

但是，這不過是一時之快。

回到住所之後，微笑才後知後覺地認識到自己闖下了大禍。

如果她掙不了錢，兩個姐姐就只能休學了。這樣一來，盡快畢業取得醫師資格證，然後大筆賺錢還債的計畫也將化為泡影。她完全看不到未來了……

況且，替自己辯駁也得有個分寸啊，犯錯的明明是自己，火氣反倒比誰都大，實在讓人過意不去。真是沒臉再見英俊了。他本就是個自尊心很強的男人，這下肯定要下達解雇通知了。

怎麼辦，怎麼辦，就在她不安到渾身哆嗦的時候，突然收到了一條短信。見發送人是英俊，她遲遲不敢查看。

要是讓我明天開始不要再來上班了該怎麼辦，如果被炒魷魚了該怎麼辦。微笑沒有勇氣確認短信內容，她閉起一隻眼睛，用另外一隻眼睛偷偷瞄了一眼手機，竟情不自禁，淚如雨下。

「我認可你敢於頂撞我的韌勁。明天五點之前來上班。」

微笑哭了一整晚，一邊哭一邊練習繫領帶的方法。哪怕只是如此而已，她也想表達一下內心的歉意和感激。

第二天一大早就趕去上班的微笑完美地幫英俊繫好了領帶，英俊相當滿意地咧嘴一笑，什麼也沒有說。

在微笑眼裡，那張笑臉充滿了魅力。雖然英俊只是微微揚起了一側嘴角，像是在嘲笑的樣子，可是不知為何，他看起來是那樣的帥氣。為了給英俊繫領帶而靠近他的時候，鼻尖嗅到的體香令微笑面紅耳赤，心跳不已，她曾以為那只是因為自己哭了一整晚的緣故。

是啊，原來還有那種時候啊。

時間過了太久，已經忘得一乾二淨了。

「妳剛才好像和我媽聊了很久的樣子。」

沉浸在回憶中的微笑被英俊的話嚇了一跳，連忙四處張望起來。不覺間英俊的車已經開到了微笑的家門口。

英俊那張青澀的臉龐，不知何時已經蛻變得那麼有男人味了。曾經的每一天都是那麼的漫長，而九年的時間卻好像一瞬間就過了，這種心情真是難以言說。

「啊，是的，聊了會兒。」
見微笑吞吞吐吐含糊其辭，不像她的一貫作風，英俊一臉嚴肅地敲著方向盤問道：
「我媽說什麼了？」
微笑這才徹底回過神來，她收緊放在膝蓋上的手，用力握成拳頭，斬釘截鐵道：
「那個，副會長。」
「嗯。」
「面試的事情，您打算回絕到何時呢？」
「說什麼呢？」
「您不是已經故意回絕了整整一週了嘛。」
「沒有啊～我是真的不滿意才那樣的呀～」
英俊像是故意惹人生氣似的噘著嘴，活像一個小學生。啊，九年前的他雖然討人厭，但也還是個很不錯的男人呢，現在怎麼就變成這副模樣了呢。
「上週吳智蘭小姐找來我家了。」
「啊？什麼時候？」
「就是上次您來我家胡言亂語一通之後。」
「什麼叫『胡言亂語』啊，真是太過分了。下次聚會別叫她了。」
「不用您說我已經自行處理好了。」
「做得漂亮。」

「總之，不只吳智蘭小姐一個人這樣。一直以來那些覬覦您的其他女人也都以為我和您是那種關係呢。」

「是嗎？」

英俊望著窗外，一副無所謂的樣子。

「不管怎麼說，我們好像在一起太久了。」

「我們之中有誰不知道這一點嗎？」

「我不是那個意思。我想跟您說的是，這樣很容易讓人產生誤會。今天就連您母親也那麼說。」

「嗯。」

依然是無動於衷的反應。

微笑終於忍不住，厲聲大喊道：

「『嗯』?!您居然還『嗯』?!別人都把我當成您的情婦啦！這個問題很嚴重好嗎！」

「金祕書什麼時候開始那麼在意別人的目光了？」

「從盤古開天闢地的時候開始！」

英俊瞥了一眼發牢騷的微笑，陷入了沉思。所謂結婚，不過就是一場簽字遊戲罷了。可惡。那算得了什麼。有什麼不能做的？反正就算結了婚，生活也不會有任何改變。每天早上上班前，微笑都會幫我打點好一切，然後就和微笑一起工作，再和微笑一起下班。要說有什麼不同的話，也只有和微笑同床共枕這一點罷了。

同床共枕。
英俊眉頭微皺。
不是挺好的嗎？說不定那些令人厭倦的噩夢也會因此而有所改善呢！如果對方是金微笑的話，賭一把又何妨。
一直以來，英俊都認為寄託於那些模糊不清的假設，根本就是失敗者的行徑。但是現在他已經沒有那個閒情去計較這些面子了。
他不能就這樣放走微笑，哪怕是不擇手段也不想錯過她。不管這是出於對微笑——一個讓他感到舒心的同事——的執著也好，還是出於源自其他理由的私心也罷。
「好吧。看在妳我多年的情分上，我就做出一萬分的讓步吧。」
「什麼讓步？」
「如果妳那麼想結婚的話那就結吧。不是很簡單嗎？只要提交材料，然後繼續像現在這樣生活就行了。」
「您現在到底在說什麼呢？」
「結婚吧，和我。」
英俊的話真摯到令人恐慌，微笑刷地一下紅了臉。
「什～麼～～～～？」
英俊望著微笑瞠目結舌手足無措的樣子，覺得甚是可愛，而後又一字一頓清清楚楚地說了一遍：

「我跟妳結婚。」
「啊……天啊，副會長……我……我完全沒想到……我的天啊，這該如何是好啊。」
「怎麼？太感動了嗎？」
微笑一副快要哭出來的表情，盯著英俊看了好一會兒，然後緊緊閉上眼，開口坦白：
「對不起。」
「嗯？」
「您好像沒能充分理解我當時說的話。副會長您……」
英俊呆呆地望著微笑的臉，她接下來要說的話直接令英俊的瞳孔失去了焦距。
「您不是我喜歡的類型。」
「什麼？」
「我說您不是我喜歡的類型。第一點是體貼，第二點還是體貼，我喜歡體貼又溫柔的男人。就算要結婚我也想從對方那裡得到滿滿的愛呢。真的很抱歉。」
「金祕書……？妳說什麼？妳現在在說什麼呢？妳……妳說點……我能聽懂的話。」
英俊像失了魂似的嘟囔著，微笑直勾勾地看著他，殘忍地補了一刀：
「祝您早結良緣。」
「呃……」
直到微笑下車進了家門，英俊還依舊瞪大著眼睛，像尊蠟像一樣僵在原地。

07 比惡評更可怕的是不予置評

我的確自私自利又自以為是。所以微笑要離開這樣的我，並不是沒有道理的。

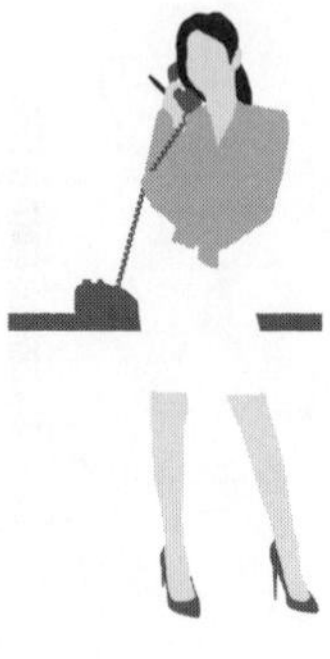

微笑進了家門打開燈，剛把包包放在桌上，手機鈴聲就響了起來。

她還在猶豫著要不要接，響得正起勁的電話就自動安靜了下來。

「咻～」

微笑摘下耳環習慣性地走到窗邊，竟發現英俊那輛銀色保時捷還公然停在狹窄而昏暗的巷子裡，心裡不由咯噔一下。九年前胡亂頂撞他後拔腿就跑時的心情和現在如出一轍。

就在這時，包包裡傳來了不詳的訊息提示音。

微笑把摘下的耳環放在桌上，拿出手機，隨即看到一條簡訊。不出所料，發信人正是英俊：

〔為什麼這樣？〕
〔對不起。前幾天您說要交往的時候，我真以為您是開玩笑的呢。〕
〔過去的事情就不要再提了，可妳竟然說我不是妳喜歡的類型。〕
〔我總不能說謊吧。〕
〔金祕書妳瘋了嗎？居然對我不滿意，怎麼會有妳這樣的人呢？我到底哪裡讓妳不滿意了？妳腦子進水了嗎？〕
千真萬確，不做第二人想。腦子裡想的都是自己，一點兒也不為別人著想，不愧是李英俊。
「不是，等一下。副會長，您先冷靜一下。我並不是對副會長您不滿意。其實我覺得您是一位非常出色的人。像我這種平凡的女人，實在是高攀不起呢。」
這句話是真心的。說實話，若不是在過去的九年裡擔任了英俊的私人祕書，微笑甚至不敢看他一眼，畢竟他身居高位。從各種意義上來講的確如此。
〔那就直接結婚不就行了嘛。〕
嗯？什麼情況？不應該啊。
她原本笑盈盈的嘴角瞬間僵住了。實在無言以對的微笑只得一邊強顏歡笑一邊在對話方塊裡胡亂輸入分號，手指不自覺地微微顫抖起來。
〔；；；；；；；；；；；；所以說，我就是對副會長的這一點不滿意。〕
〔妳剛才不還說，並不是對我不滿意嘛。為什麼又改口啊？〕

﹁啊！請您不要開玩笑。﹂

﹁沒開玩笑啊。我現在非常嚴肅好嗎？﹂

﹁請您看看自己現在的所作所為。副會長您總是隨心所欲地獨斷專行，從來不去考慮對方的立場。﹂

微笑將累積在心底的情緒一點一點地釋放出來。

﹁所以呢？妳是想說，九年來我讓妳很為難，所以現在要向我示威嗎？﹂

﹁不是的，不是那樣的。﹂

微笑盯著一閃一閃的游標看了好一會兒，終於，她咬緊嘴唇，手指在螢幕上「噠噠噠噠」地飛舞起來。即便是每天都能面對面相見的人，有些心裡話也是無論如何都說不出口的。而即時通正好解決了這個難題，這也正是它的便利之處。

﹁啊，沒錯。說實話是挺為難的。您知道我為了伺候自以為是、自私自利、乾淨整潔到近乎於潔癖患者、極度追求完美、還整天一邊照鏡子一邊感歎自己長得帥的副會長有多辛苦嗎？九年來我從早忙到晚，從來都沒有屬於自己的時間，不管您吩咐什麼，我都照單全收，我當然很為難啦！！！！！！！！！！！！！！！﹂

真是痛快啊。微笑似乎覺得這樣做還不太夠，於是又在句尾狠狠地打上十五個驚嘆號，發了出去。

過了相當長的時間，微笑才收到回信：

﹁聽起來好像都是我的錯啊。﹂

「不然會是誰的錯呢？」

「妳並沒說過不願意啊。」

「什麼？」

「如果妳跟我說了不願意的話，我就不會安排那麼多工作給妳了。啊，代駕除外。」

這麼看來，好像不管英俊吩咐什麼，微笑從來沒有堅決拒絕過，向來都只是恭恭敬敬地聽從他的吩咐。嗯……這麼細細追究起來的話，應該算是雙方的過失嗎？那些模稜兩可的碰撞事故中的受害者，應該就是這種心情吧。

微笑一時啞口無言，哭笑不得地看著手機螢幕，待她在心裡整理好想說的話後，冷靜地打開了對話方塊。

「總之，就像您說的那樣，過去的事情就不要再提了。不管怎麼說，我好像已經厭倦了。」

「我保證，一定減輕妳的工作量。」

「不是，我不是那個意思。」

「那是什麼意思？」

「之前已經跟您說過了，我現在既不需要錢，也不需要工作。我只想找個愛我的人安安穩穩地過日子。無論出於什麼目的，我都不願意接受那種沒有任何誠意、像是施捨一樣的求婚。我想要的是那種發自內心、讓我感動的求婚。赤裸裸的殘酷現實我已經體驗夠了，也該去尋找些浪漫了不是嗎？雖然您跟我求了婚，但是說實話，浪漫這種事情對副會長您來說未免太過勉強了吧。不過，副會長對自己浪不浪漫就不清楚了。」

〔妳真的這麼想嗎？〕

〔是的。還有，體貼這種東西，您完全沒有。〕

這時，突然又來了其他短訊。

哇，這麼嚴肅的時刻，到底是誰啊？微笑退出對話視窗，確認了一下，發現是朴侑植發來的短訊。

她剛一打開名為「朴博士」的對話方塊，一條讓緊張感煙消雲散的短訊就立刻跳了出來：

〔微笑祕書，很抱歉這麼晚打擾妳，我正玩得起勁，愛心突然用光了。快給我發射一個吧！〕

哇！越有錢的人越小氣啊，就不能自己買點愛心嗎?!再說Anipang★都過時多久啦，這些懷舊的傢伙們啊！

以朴博士的性格，如果現在不給他發愛心，他絕對會一直妨礙兩人的對話到底，絕不放棄。心急的微笑趕緊打開了Anipang APP。

就這麼一會兒工夫，英俊就急不可耐地發來了信息。

這幫人真是夠了，一起來湊熱鬧！我會一件一件地解決你們的問題，你們稍微等一等啊！

一天到晚忙得要死，居然還有閒工夫玩Anipang，真夠狠的啊！在微笑的Anipang好友排名中，英俊和朴博士分列第一名和第二名。其實，英俊那個無法超越的分數是他和微笑合作完成的。當然了，這是朴博士做夢都想不到的事情。

★線上遊戲名稱。

微笑心急如焚地發送完愛心後，重新打開和英俊的對話方塊，再次走向窗前。

可是剛剛還停在巷子裡的銀色保時捷不知何時已經消失不見了。

「哦？已經走了啊？」

微笑看著空出來的位置，心裡突然空落落的，有種莫名的空虛感。

「奇怪，怎麼會突然這……樣？」

她看了看手機螢幕，發現上面留有一條完全無法理解的資訊：

〔妳記住，這個世界上只有兩個人是絕對不能在我面前提「體貼」二字的，一個是我哥，另一個就是妳，金微笑。〕

暫且不說這句話的含義……

微笑發現她闖禍了。

直到現在微笑才理解，剛剛還在和她說著嚴肅話題的英俊為何會突然駕車離開。

「呃……啊？我，我剛才把愛心發給誰啦？」

＊＊＊

吱呀，吱呀。

幫幫我，拜託，誰能幫幫我。我好害怕。疼，好疼。幫我解開。拜託把這個解開。太疼了。這種事情為什麼會發生在我的身上？到底為什麼？

「您問為什麼？」

誰？啊，原來是微笑啊！

「因為副會長您不是我喜歡的類型。來，吃完這顆愛心就滾開吧！」

什……什麼？

「啊！這麼看來，有位女士剛好和副會長您是天生一對呢！」

妳在胡說八道些什麼呢？

「在那裡。她不就在那裡嗎？趕緊轉過身，抬起頭好好看一看。」

吱呀，吱呀，吱呀。

「呵！」

英俊霍地坐起身，雙手抓住脖子，痛苦萬分。

「呵……呵……呃啊……」

英俊在寬敞無比的床上痛苦地滾來滾去，過了好一陣才舒緩過來。

「哈啊，哈啊，哈啊……」

反覆出現的噩夢還夾帶著奇奇怪怪的情節。或許是他荒唐地被微笑拒絕後產生的後遺症吧。

英俊一邊大口喘氣，一邊盯著指向凌晨兩點的鐘錶。這時，手機訊息提示音響了起來。

他半信半疑地伸手拿起手機，臉色瞬間變得越發冷峻起來。

〔英俊啊，你現在應該作著美夢甜甜地睡著了吧。我覺得能夠酣睡入夢是件幸福的事呢。哥哥實在太羨慕你了。〕

「媽的。羨慕個屁啊，大混蛋……因為你，我要承受這種痛苦……」
英俊像是跑完馬拉松全程一樣，滿身大汗地從床上滾下來，慢吞吞地爬向浴室。
他徑直來到淋浴間，把水龍頭開到最大，穿著衣服就鑽進了像瀑布一樣傾瀉而下的涼水中。冰冷的水流淋在身上的那一刻，他瞬間無法呼吸，心臟彷彿停止了跳動。
「呃啊。哈啊……哈啊……」
英俊看著仍舊沉浸在一片黑暗中的浴室窗外，身體突然一陣顫慄，慘叫出聲：
「啊！夠了，到此為止吧，拜託！也該適可而止了不是嗎？該死！」
他用拳頭猛捶了幾下瓷磚地面，而後長吁一口氣，環抱膝蓋蹲坐下來。
淋濕的睡褲向上捲起，露出的兩側腳踝處各留有一條明顯的深深疤痕。

＊＊＊

「有人愛清淡口味，不愛多鹽刺激的重口味。大家各取所需，各有所愛。你這樣華麗麗的男人，微笑祕書整整看了九年，想必早就看膩了吧，所以現在轉而喜歡平凡男人了。個人喜好而已，尊重，尊重。」
嘤～嘤～嘤～
「我不能就這樣放她走。」
「為什麼？難道天下無雙的李英俊沉迷於微笑祕書不可自拔了嗎？」
嘤～嘤～嗶～唧～嗖～Biu～Biu～嘤～

「我不能沒有微笑。不然沒法工作。」

「那就裝瘋賣傻死纏爛打。」

嘍～嘍～唧～唧～

「那麼做還不如去死……」

「那就去死。哦，哦哦，這種感覺不錯啊。照這樣下去絕對能刷新紀錄啊，喔耶。」

嘍～嘍～嘍～嘍～Biu～Biu……

啪！

英俊那飽含情感的拳頭一揮，侑植手裡的手機便無可奈何地飛了出去。和它一起飛走的還有侑植創造Anipang最高紀錄的機會。

「呃啊！呃啊！李英俊你這個禽獸！我要和你同歸於盡！」

「Time Over」，遊戲裡聲優姐姐的聲音是那樣的冷酷無情，侑植簡直快要哭了出來。他搖搖晃晃地走過去撿起掉在地上的手機，順勢瞥了眼英俊，感知到氣氛異常後，乖乖地坐在了沙發上。

英俊舒展開身體，性感地橫躺在沙發上，直愣愣地看著天花板。他依舊是那樣的魅力四射，實在令人難以想像，此刻的他因為昨晚遭遇了慘無人道的拒絕後，直到現在都還沒能從後遺症中緩過神來。

「天下無雙的李英俊居然被自己九年來的左右手拒絕了。真是遺憾。況且對方還在吵到不可開交的間隙發射了愛心，實在有夠新奇的。這也太過分了吧。沒想到金祕書是這種人，太差勁了……」

「閉嘴。」

「是。」

一結束早上的高層會議，英俊就來到侑植辦公室，自始至終都在沒完沒了地嘟囔著：怎麼辦，怎麼辦才好。

「真是和尚唸經啊你。」

見英俊惡狠狠地怒視自己，侑植瞬間僵住，一邊揉搓著滿是雞皮疙瘩的前臂，一邊閉上了嘴。

什麼時候開始的呢？

應該是微笑第一次給英俊繫領帶的那天吧。

她的手法令人心情大好，柔軟到好似做了一場美夢，溫暖到讓人泛起睏意。同樣是來自年輕女人的碰觸，微笑卻完全沒有讓英俊感到不快或是畏懼。所以，拜託微笑照料自己的事情漸漸多了起來。

在遇到微笑之前，英俊從來不會在外面喝酒。因為沒有人為他代駕。他信不過任何人，包括計程車司機、代駕司機，甚至是專門駕駛禮賓車輛的公司專職司機。一想到獨自一人迷迷糊糊地坐上一個信不過的人開的車，英俊就覺得可怕。

但是微笑不一樣。

所以當英俊坐上副會長的位置，再也無法逃避私人聚會的時候，他便要求微笑考取駕照。聰明伶俐、無所不能的微笑很快便拿到了駕照，從那以後，但凡遇到緊急情況，微笑還要擔起司機的職責。

不僅僅如此。

在出席一些正式場合，以及必須有女伴一同前往的場合時，英俊就需要一位搭檔。比起那些難以配合的女人，他當然更願意選擇令他舒心百倍的微笑，所以他還會要求微笑一同出席這些場合。起初微笑似乎還有些躊躇不決，可他沒想過自己竟然完全沒有怯場，出色地完成了搭檔的任務，就連英俊都為之感到驚訝。所以自此以後，凡是出席正式場合，微笑還要擔起英俊女伴的角色。

除此之外，微笑還要兼顧核心祕書的職責，負責處理重大而艱巨的大小事務。正如微笑所說，九年來英俊確實沒少使喚她。

就算當事人沒說過不願意，這也不能成為使喚別人的理由。畢竟她獨自承擔過量業務的事實不用多想就能知道。

況且，因為當時家境困難，微笑根本無法辭去工作，所以儘管她當初並沒說過不願意，但那並不代表她不想說，恰恰相反，或許她只是說不出口，不能說而已。

或許是依靠微笑將近十年的英俊過於滿足舒適的現實生活，才會輕易地相信微笑以後也定會陪在自己身邊吧。

英俊突然陷入一片混亂。

他此刻從微笑身上體會到的情感究竟是空虛還是背叛，又或是其他什麼呢？

侑植一直默默地望著沉思中的英俊，終於忍不住小心翼翼地開了口：

「我媽是個非常安靜的人。一輩子都在伺候我爸，照料子女，從來沒有大聲說過話。」

侑植莫名其妙的一番話語把英俊從思緒中拉了回來。英俊望向侑植，侑植繼續說道：

「老爸的六十大壽一過，老媽就開始堅持不懈地燉起了牛骨湯。」

「牛骨湯？」

「嗯。聽說每次都會燉上一週的量。老媽卻總是十天半個月才回一趟家。一個人的海外旅行好像格外地有趣。老爸就不一樣了，沒有老媽的日子裡，體重直直落。老媽的旅行又持續了幾次，突然有一次就再也沒有回來了……」

「別兜圈子，有話直說。」

「老媽和老爸最終離婚了。」

「離婚難道也會遺傳……」

「閉嘴。」

侑植捶胸頓足、勃然大怒，待心情平復之後又雲淡風輕地說了起來。

「我好奇了很久，去年一次偶然的機會，我試著詢問父親為什麼跟媽媽變成了那樣。」

「為什麼？」

「他只說了一句話。」

「說了什麼？」

「比惡評更可怕的是不予置評。」

聞言，英俊整張臉皺成一團。

「所以你的意思是，一直默默工作的金祕書突然要辭職，是因為這些年來她對我沒有一絲一毫的關心？」

「雖然令人惋惜，但這卻是事實，不是嗎？」

英俊長歎一聲，咬牙切齒地站了起來。

「你想幹什麼？」

侑植話音剛落，英俊就抓起上衣前襟啪地一刷。整理好著裝後，他冷冷地回道：

「等著瞧。想來就來，想走可就沒那麼容易了。」

＊＊＊

傍晚時分，微笑一邊等待走進小會議室參加最終面試的面試者，一邊茫然地在便條紙上胡亂塗寫著什麼。

「妳記住，這個世界上只有兩個人是絕對不能在我面前提「體貼」二字的，一個是我哥哥，另一個就是妳，金微笑。」

英俊有一個比他年長兩歲的哥哥。身為長子的哥哥以旅行為藉口四處遊蕩，因為身體原因未曾參與過公司的營運。微笑所知道的僅此而已。

兄弟倆發生過什麼事情暫且不論，畢竟這是他們二人之間的問題。可英俊卻說，另一個就是金微笑。這是什麼意思呢？

倘若英俊在這九年裡給予過微笑催人淚下的關懷，亦或者體恤微笑到令她誠惶誠恐的地步，微笑倒是能夠理解其中的含義。可事實並非如此，微笑想破了腦袋也無法理解那句話的意思。

「咻～」

微笑長吁一聲，套裝口袋裡的手機瞬間震動了起來。

結果顯而易見的面試正在小會議室裡火熱進行中，微笑看了一眼會議室緊閉的大門，小心翼翼地接起了電話。來電人是微笑的高中同學。

「貞熙呀！好久不見啊。」

——最近還好吧，微笑？方便接電話嗎？

「工作時間，不方便說太久，簡單說重點吧。」

——週末有時間嗎？

「怎麼了？有什麼事嗎？」

——是英善的事。

英善是微笑的朋友，在知名報社的編輯部工作。

——我之前不就說過，英善她肯定戀愛了嘛？怎麼可能騙得過我的法眼呢。她月底就要嫁人了，新郎是同家報社的社會部記者。英善說她現在實在太忙沒時間一個一個通知大家，所以就由我出面代為轉達了。

「天啊，真的嗎？是該好好祝賀一下啊。可是這月底就結婚，怎麼這麼著急啊？」
——還能因為什麼，這很明顯的事嘛。人家太心急，趕進度啦。
「我去。」
——總之，這週六下午說是要拍婚紗照呢，有時間的話我們去當伴娘吧。
「那我問一下我們老大再給妳回電話吧。雖然他肯定不會同意。」
——好。
「貞熙，那妳呢？不結婚嗎？不是交往很久了嗎？」
——啊……我嗎？我的情況有點兒一言難盡……我正在考慮要不要先同居，以後再辦婚禮呢。
「啊，嗯，這樣啊。」
貞熙和男友已經談了近五年的戀愛，不過因為男方創業失敗的緣故，辦婚禮的事似乎成了她想都不敢想的事情。
微笑低頭看了看自己在沉思中創作的作品——就是胡亂塗畫的樹枝人和沒有意義的幾何圖案，其中還有幾個美元符號。
末熙姐曾經說過這樣一句話。不對，仔細想了一下，其實微笑也不清楚那句話究竟出自末熙姐還是必男姐，抑或是某個高中同學。不過這並不重要。
「如果貧窮從窗戶縫裡溜了進來，愛情便會飛速逃離那扇大門。」

國內十強企業之一唯一集團總裁之子，就目前的情況來看，絕對是沒有任何競爭對手的有力繼承人，一個一輩子都衣食無憂的男人。微笑竟然拒絕了此等男人的求婚，這不是真的瘋了吧？浪漫能當飯吃嗎？裝作拗不過直接答應不行嗎？不過，拒絕了英俊的求婚，也不代表註定要和窮人交往不是嗎？人不能只為了吃飯而活吧？

況且還有一件亟待解決的事情等著她呢。

沒錯，就是她記憶裡的那個哥哥。

他的手溫暖得讓人流淚。她瘋狂地想要找到那雙手的主人。

——妳呢？還沒有男朋友嗎？

「哎呦，妳幫我介紹幾個吧。」

——之前給妳介紹了那麼多回，妳不是都抽不出時間嘛，妳個臭丫頭！

「哈~確實。哦……？不是，等一下。」

原本無精打采轉著圓珠筆的微笑忽然睜大了眼睛：

「妳說英善的新郎是社會部的記者？」

——嗯，怎麼了？

微笑突然萌生了一個想法，通過英善的新郎或許能夠從過去的兒童事故案例相關報導中找到一些蛛絲馬跡。當時還是四、五歲的樣子，也就是說事情發生在二十五年前。時間過去了太久，一般人很難在網上查到相關資訊，但報社內部人員卻能相對容易地接觸到這類資訊。

就在這時，小會議室內傳來一陣腳步聲。不知不覺間面試好像已經結束的樣子。

「我知道了，貞熙。我下班以後再打給你。」

微笑掛斷電話，笑容滿面地起身開門，接待面試者：

「很辛苦吧？」

「怎麼會，一點也不覺得辛苦呢。和傳聞不一樣，副會長超級nice呢。」

嗯？今天的反應有點不一樣啊？

微笑尷尬地笑了笑，從上到下掃視了一遍第十位應試者金智雅。

和其他應試者一樣，金智雅有著和微笑相似的形象、身高和體形，不同的是，她既沒有愁眉苦臉地發牢騷也沒有一副泫然欲泣的模樣，反倒露出一臉滿意的微笑。

「副會長他沒提什麼刁鑽的問題嗎？」

微笑一邊指引她出去，一邊問道。金智雅點點頭回答道：

「是的。雖然問題很難，但並不刁鑽。聽說副會長是經營學專業出身，沒想到文學方面的知識也如此淵博。我們在短暫的時間內，對海明威的作品世界展開了很有深度的討論。」

「海明威？咳咳。」

「是的。面試快要結束的時候，副會長還給了我關於人生的建議。真是不敢相信，如此年輕的副會長居然會有這麼深刻的見地。實在讓我印象深刻。」

「關於……人生的建議？」

「副會長對我說，只有真正熱愛自己的人才能成為至高者。真的好感動。」

啊，真是字字珠璣啊。如果能忽略當事人的真實為人的話。

微笑把面試者送到電梯廳前，仍舊無法掩飾內心的混亂，良久才一臉疑惑地歪著腦袋回到了小會議室。

此時此刻的英俊正站在斜陽映照的窗前，俯瞰三十層樓下的光景。

見英俊身後拖著長長的背影，微笑瞬間覺得心裡某個角落突然一沉，心情也變得微妙起來，雖然她並不知道為何會產生這種感覺。

「啊，金祕書來了？」

「是，我剛送走面試的人。」

「嗯。」

往常這種時候，英俊不是嚴肅地談論工作，就是製造討人厭的惡作劇，從不給人任何喘息的空間，然而此刻的他卻仍背對微笑，俯瞰著腳下的世界，活像一匹孤獨的狼。

很久沒有仔細打量過他的背影了，那梳理齊整的髮絲、堅毅而寬闊的肩背、纖細而筆挺的腰身和那雙線條優雅又不失性感的長腿浸潤在金色的夕陽裡，有種令人恍惚的強大魅力，另一方面又讓人耳目一新，別有一番滋味。

「妳說得沒錯。」

「什麼？」

「我的確自私自利又自以為是。所以微笑要離開這樣的我，並不是沒有道理的。」

這話聽起來有種不明緣由的悵然若失，微笑笑盈盈的臉上笑容不再。

哎呦，這人為什麼突然這樣呢？是我太過分了嗎？

她突然感到分外歉疚，僵在原地望著他的背影，開始不知所措起來：

「副會長，那，那個，前幾天的事情，我並不是那個意思……」

「不，我現在才明白過來。」

英俊緩了口氣，淡淡地繼續說道：

「我活到現在，想要的東西就沒有得不到的。只有一樣除外，一個叫金微笑的女人。」

「啊……！」

聽到這番意料之外的回應，微笑多少受到了一些衝擊，表情僵硬地閉上了嘴巴。英俊則用他低沉而粗獷卻又無限甜美的聲音繼續說了下去：

「剛剛面試的金智雅小姐，通知她明天來上班吧。還有微笑，妳就再辛苦一個月，做一下交接吧。一直以來……」

英俊頓了頓，又輕聲說道：

「一直以來真的非常感謝妳。真心的。」

似是感歎歲月蹉跎一般，他的聲音中帶著一絲歎息。

「副會長您……」

「我要說的都說完了。金祕書還有什麼想對我說的就在這兒說吧。」

「不是，那個，一路走來確實很辛苦，不過其他人也都跟我一樣吃了不少苦……一直以來我也真的……真的非常感謝您。剩下的一個月裡……唉，我會盡心盡力地……輔佐您。」

「謝謝。妳出去吧。」

小會議室被一片沉寂籠罩著。一陣無力的腳步聲過後又傳來了輕輕的關門聲。

「咻。」

英俊舒展開肩膀歎了口氣，瞬間，會議室的門唰地一聲被再次打開，侑植急促的叫嚷聲隨即四散開來：

「喂！李英俊！什麼情況?!剛才出什麼事了嗎？」

「沒啊，怎麼了？」

「微笑祕書怎麼了？剛才瞥見她，好像哭了啊？」

不會吧，這就哭了？我的演技這麼逼真嗎？哪怕只有一個不足之處也好啊，我這萬惡的才能啊。

英俊在心裡盡情地自我吹捧了一番後，回過頭面無表情地回了一句：

「是睫毛掉眼睛裡了吧。」

「不像耶。」

「好了，你來做什麼了？」

「好奇你這次會不會又讓人家吃閉門羹，來參觀了。」

「沒有。我讓人家明天來上班了。」

「呵！哇，你小子！你真打算就這樣放微笑祕書走嗎？」

侑植暴跳著抬高了嗓門兒。英俊從容地看著他，突然露出一抹邪惡的微笑，脫口道：

「誰准許的。」

「嗯？」

英俊手法優雅地按了按髮絲，真摯地說道：

「竟然想甩了我一走了之。這分明就是犯罪啊，論罪當處終身監禁。」

「那你的意思是，要牢牢抓住她？」

「那是當然。她到死都逃不出我的手掌心。」

「嗯……這女人可是一口回絕了你的求婚，還有可能嗎？」

「從現在開始你可看好了，我要讓你見識見識什麼是真正的電影大片。」英俊兩眼發光地笑道。

「朴博士的腦子除了工作以外沒有半點用處，你父親卻不一樣啊。」英俊莫名其妙地補充道。

「什麼？」

「比惡評更可怕的是不予置評。相當有用嘛。」

08 為了浪漫

他挽起襯衫袖口，雙臂扠在腰間，那英挺的姿態，耀眼得簡直讓人不敢直視。

「金祕書！」

「是！」

「請問您有什麼需要嗎？」

星期六上午，英俊正在家中辦公。他習慣性地叫了聲「金祕書」，書房外卻傳來了截然不同的聲音。他這才想起來微笑不在，不由皺緊了眉頭。

「請問您有什麼需要嗎？」

微笑的繼任者——金智雅好像在和機器人對話一般面無表情。她完全遵照微笑告知的祕書手冊，看起來卻沒有一點兒人情味。

「沒什麼。妳出去吧。」

換作是微笑，肯定一眼就能看出英俊現在的不便之處，並立即提出相應的解決方案，然而金智雅卻不一樣。也許是英俊戴上了有色眼鏡的緣故，他甚至看不到金智雅正在努力的樣子。

「啊，那個……副會長。」

「嗯。」

聽到英俊公式化的回應，金智雅躊躇了好一會兒才開口問道：

「我昨天發現祕書業務中好像還包含了私人服侍部分，我是不是也……」

「私人服侍？」

見英俊直勾勾地盯著自己，智雅突然緊張起來，好不容易才勉強回答道：

「是，比如為您繫領帶……」

這確實是禮節上必不可少的一環，不過坦白講，祕書和上司面對面站著繫領帶的行為正常嗎？不，細細想來，這種「不正常」的行為還不止一件兩件。從旁觀者的角度來看，實在很難將二人的關係歸結為一般意義上的上下級關係。

說不定……或許……要是早知道還要接管這種事的話，當初就該再仔細考慮考慮的。智雅的表情複雜得難以言喻。

「啊，那個啊。」

英俊俐落地收拾好局面。

「那種事就不用妳了。就算妳撲過來硬要給我繫，我也會拒絕的。妳好大的膽子。」

啊。

本就面無表情的智雅變得更加茫然了。這種心情該怎麼形容呢？有種酣暢淋漓的暢快，又有一種說不出來的不爽？

「是。那麼今後我需要做的是……」

英俊突然打斷了智雅的話：

「既然話說到這兒了，我就明說吧。金智雅小姐以後就是金微笑祕書的替補了。」

以離職人員繼任者身分來到唯一集團的金智雅目前還在業務交接中，至於為何突然變成了替補，她不得而知。

「今後，妳只要輔助微笑祕書的工作就可以了。除此之外的其他事情，尤其是我的私事，妳不必做，也不能做。」

「什麼？」

這些要求和當初面試的時候完全不同。她十分不解地看著英俊，但英俊卻一臉滿不在乎，自顧自地說道：

「妳不用擔心。就算工作量有所減少，妳的工資還是會按照合約上的規定照發不誤的。」

「那……」

「微笑祕書不會離職，她會一直做下去的。這一點妳要心中有數，接下來的一個月裡，妳要像現在這樣假裝交接業務。今天聽到的話不要對任何人提起。明白了嗎？」

「沒有，不明白。誰能明白啊，完全不知所云。」雖然智雅很想這麼說，但英俊似乎不會允許她繼續提問下去。

「愣著幹嘛？」

「啊？」

「出去吧。」

英俊一個優雅的手勢打發走金智雅後，立刻從座位上站了起來。

吱呀。

椅子發出的吱呀聲響令他不由打了個寒顫，他咯噔咯噔地邁開步子走進了書房裡的浴室。

「啊。」

他對著洗手台前的鏡子張大嘴巴，伸出了舌頭。只見舌尖上冒出了白色的潰瘍。都是因為最近一直失眠，再加上神經緊張造成的。

他輕歎一聲，在抽屜裡翻找一陣，拿出了一瓶Albothy★。棉棒在哪裡呢？如果微笑在的話，早就找好送過來了吧。

果然，沒有她的人生簡直無法想像。

英俊對著鏡子再次伸出舌頭，拿起沾有藥劑的棉棒輕觸患處。

「咳呃……。啊……呃呃呃。」

★ Albothy 用於治療口腔潰瘍的藥物。

他緊緊抓住洗手台的一角，疼得扭來扭去，良久他猛地抬起頭，惡狠狠地嘀咕道：

「竟敢讓我承受這般痛苦。」

也對，太容易對付也沒什麼意思。這一點分明是微笑的長處。

「平凡的男人？平凡的浪漫？開什麼玩笑。我們走著瞧，看妳拋下我能不能得到這些東西。」

＊＊＊

〔金祕書。〕

〔是，副會長。〕

〔不，不是微笑祕書。〕

通過最終面試，很快便來公司上班的智雅，比微笑小兩歲，也姓金。

為了業務交接，昨天微笑從早到晚一直帶著智雅熟悉工作。英俊像是計畫好了似的一整天都對微笑不理不睬的。有事情吩咐時就喊一聲「金祕書」，還執意在後面加上一句「不，不是微笑祕書」。故意在微笑面前擺出一副趾高氣揚、神氣十足的樣子。

〔一直以來真的非常感謝妳。〕

聽到英俊對她說出這句話的當晚，她徹徹底底地失眠了。

那是過去九年來，她從未看到過的模樣。僵直的肩膀、微微低垂的頭，他的背影看起來是那樣的孤獨而落寞，讓人真想緊緊地抱住他。

「是我太過分了嗎？」「哎呀，好像是我太過分了。」「沒錯，的確是我太過分了！」「我真是該死啊！」……連綿不絕的思緒如此無限反覆了一整夜，她終於下定決心，要就自己無禮拒絕求婚的蠻橫行為，好好地向他道個歉。

然而對方卻是持續的漠不關心，置之不理。

那件事情之後，直到現在她都沒能和英俊對視過一次。這也是過去九年來從未有過的事情，微笑不免感到格外的惆悵和慌張。

怎麼辦才好呢？怎麼辦？

也許是因為這莫名的焦躁不安，百萬年來好不容易有了屬於自己的時間，微笑卻是如坐針氈。智雅現在還不熟悉業務，能不能好好地輔佐英俊呢？她會不會不小心失誤惹惱了他呢？微笑的腦袋裡滿滿都是擔心。

「妳在聽嗎，微笑？」

「嗯？啊……嗯。」

「妳怎麼了，從剛才開始就一直發呆。」

「沒，沒什麼。大家聊什麼呢？」

「嗯，秀妍老公外遇，被當場撞見。」

好閨密今天拍攝婚紗照，一群死黨都是來給新娘子當伴娘的。這種場合什麼話該說什麼話不該說，心裡還沒個數嗎？真讓人寒心啊。

「天啊，是嗎？什麼情況，什麼情況？快說快說。說不定以後我用得上呢。」

趕進度未婚先孕的女主角又火上加油。

「聽說委託徵信公司祕密跟蹤丈夫，一路殺進汽車旅館，鬧得不可開交。看見床上脫得精光、魂飛魄散跳下床的丈夫，她雙腿發軟，兩眼一黑，直到聽見背上孩子哇哇的哭聲，才好不容易打起精神，一把抓住了小三的頭髮。」

「哼，先把丈夫海扁一頓才對嘛。」

「丈夫留著以後慢慢嚴刑拷打就是了，先發洩一頓才是最要緊的。」

「嗯，說得也是。」

微笑在旁默默聽著大家聊天，腦海裡突然浮現出一個個奇怪的畫面。密切貼近英俊的日常生活、鉅細靡遺地全面輔佐他的金智雅，給英俊繫領帶的金智雅，給英俊倒茶的金智雅，英俊生病時觸摸他額頭的金智雅，在正式場合作英俊女伴的金智雅，九年後在家門前的車裡被英俊求婚的金智雅，還有總有一天會和英俊同床共枕的……

拔頭髮應該從哪兒拔起呢？是頭皮處的髮根還是尾端的髮梢呢？如果對方是長髮，不會手滑嗎？拔住以後要掄著轉一圈嗎？

心情為何會這樣呢？為了尋找自己的人生而下定決心，要拋下那個自戀狂重症晚期患者的我，為什麼會有這種感受呢？

「微笑，妳怎麼了？剛才就看妳不對勁，臉色蒼白的。哪兒不舒服嗎？」

「沒，沒有。有點不舒服呢。」

不對，不對，這種心情就像是關了很久之後才被放出來的囚犯。一個正常人就算只被關上一週，都會變得精神恍惚，這是人之常情。況且我還被關了九年之久，連一個週末都沒有，無法適應也是理所當然的事。

「您好。」

微笑叫住了路過的服務生。衣著花稍的家庭餐廳服務生趕忙走過來俯下身：

「您好，請問有什麼需要嗎？」

「我要續杯。」

「好的，飲料只有碳酸類的可以續杯。我們這裡有可樂，有雪碧，還有芬達，芬達有鳳梨味還有柳丁味★……」

啊。也許是因為餐廳的規定，這種不適合用在碳酸飲料上的敬語讓人聽起來十分反感。如果英俊遇到這種狀況，肯定不會善罷甘休，絕對會一臉傲嬌地對服務生說：

「竟敢把全是添加劑的劣質碳酸飲料和本尊相提並論！我不想再在這種廉價的地方吃飯了。走吧，金祕書。」

★這裡的「有」字均使用了不恰當的敬語，各種飲料都用了敬稱。

英俊生動的表情和聲音鮮活地浮現在微笑的腦海裡，她情不自禁地爆笑出聲：
「噗，噗哈哈，啊，抱歉。呵呵呵。請給我雪碧吧。噗～」
「好的，請您稍等，馬上為您準備。」
服務生尷尬地笑了笑，而後拿出什麼放到了微笑一行人的面前：
「尊敬的顧客，我們現在正在做一項顧客問卷調查，請問您能抽出一點時間來嗎？如果您配合填寫的話，我們可以免費贈送您一道副菜。不會耽誤您太長時間，您不妨試試。★」
「嗯。」
微笑實在聽不下去這讓人拘謹的敬語模式，立刻點了點頭，急忙接過調查問卷。
服務生離開後，微笑給在座的閨密每人都分發了一張調查問卷。大伙的聊天因此而被打斷，她抓住機會終於說出了一直想說的話：
「那個，英善啊。」
「嗯？」
「在春他，是社會部的記者對吧？」
「嗯，沒錯。」
「那，能不能讓他幫我查一下以前的案子啊？」
「案子？」

★此處依然沒有區分主語，全部使用了敬語。

圍坐在一起的五個朋友一起看向微笑。

「啊，不是什麼大案。就是我四、五歲的時候，發生在首爾的誘拐兒童案件。」

英善聞言，表情變得微妙起來：

「範圍太廣了。雖然不知道妳想查的是什麼，不過這樣查起來就等於海底撈針啊。」

微笑沉思了一會兒，像是打定了主意，點點頭補充道：

「那就縮小範圍，幫我集中查一下誘拐案吧。案發時間大概就是這時候。」

「什麼？誘拐？妳……小時候發生過什麼事嗎？」

聽到英善的問題，微笑才恍然驚醒連忙搖手說道：

「不，不是！不是我，是有人讓我幫忙打聽打聽的。」

「是嗎？那好吧，我先幫妳問問。」

「謝啦。」

「多給點跑路費啊哈。」

「哎呦。」

這時，一直埋頭研究調查問卷的某個人突然發起牢騷：

「哎嘿，這是哪門子的調查問卷啊，問的都是些什麼鬼？調查對象僅限未婚人士起碼要在上面標註一下吧。白看了半天。」

同樣在查看調查問卷的微笑，表情也變得五味雜陳。

〔想和有好感的異性一起去什麼地方？簡要寫明。〕
〔如果對某個異性產生了好感，想做的事情是什麼？簡要寫明。〕
〔想從有好感的異性那裡收到什麼禮物？簡要寫明。〕

問題比較簡單，但總覺得有什麼地方不太對勁。是哪裡總讓人覺得反感呢。首先，問卷的主題就完全讓人摸不著頭腦。而且時下又怎麼會有調查問卷用「簡要寫明」這種生硬的命令式口吻呢？更何況還是在這家畢恭畢敬地使用敬語，甚至對碳酸飲料和尊貴的顧客都一視同仁的這家餐廳呢？

微笑有些疑惑，抬起頭環顧四周。

果不其然，其他桌的客人也在忙著研究那份奇怪的調查問卷。

也許，是因為心情的緣故才會產生這種莫名熟悉的感覺吧。

微笑歪著頭拿起圓珠筆開始作答。

＊＊＊

「哇，來真的嗎，你這個可怕的傢伙。一定要做到這個份上嗎？直接去問她本人不就行了，真是個驚世駭俗的小心眼哦。」

侑植正孤軍奮戰地在近五十張調查問卷裡尋覓微笑的名字，他無力地笑著說道：

「居然有人會在第一個問題『想和有好感的異性一起去什麼地方』下面回答『汽車旅館』，什麼啊。世間如此險惡還會有所謂的浪漫嗎？」

英俊站在客廳一側的檯球桌前，一邊在球杆上打著滑石粉，一邊命令道：

「別廢話，趕緊找。」

侑植噘起嘴巴，嘩啦嘩啦地繼續翻找著，突然發出一聲感歎：

「啊，找到了！」

「寫的什麼？」

侑植順著問卷仔仔細細地讀下來，倏地揉了揉鼻尖，「噗哧」一聲笑了出來：

「本以為消失不見的浪漫原來在這兒呢。」

「說什麼呢？」

侑植抬起頭，溫柔地笑著說道：

「她想去的地方是遊樂園，想做的事情是一起去漢江邊看煙花，想收到的禮物是九十九朵玫瑰花，和家門前小巷裡的一個浪漫的吻。」

英俊皺著眉頭幽幽地說了句：

「真是太老套了啊。」

「是嗎？這不正是金祕書的風格嘛。」

英俊將上身俯向檯球桌，而後又將球杆長長地拉向身後，鄭重其事地自言自語道：

「嗯……下週開始就該忙起來了，這麼多事情什麼時候才能做完呢？」

「啪！」

飛出的母球俐落地將六號球打進洞後，在原地打轉起來。

英俊沉思了好一會兒，一邊低頭看著桌上剩下的七、八、九號球，一邊自信滿滿地說道：

「說起來這不過就是效率問題嘛。看來得動動腦子了。」

說罷，英俊再次俯身用力推杆，母球瞬間迅速飛出，將剩下的球依次打進洞裡。

「哇，不愧是李英俊啊。一杆進洞啊。」

李英俊恍如受之無愧，自信滿滿地直起身，舒展胸膛，輕輕吁了口氣。他挽起襯衫袖口，雙臂扠在腰間，那英挺的姿態，耀眼得簡直讓人不敢直視。

「朴博士，以防萬一，你現在就給微笑打個電話，明天下午五點以後拖住她，讓她動不了身。」

「萬一她有約在先該怎麼辦？」

「你要知道，除非是特殊情況，九年來她可從來都沒有過週休二日。好不容易休息一天，就能立刻有約嗎？她肯定計畫好了要在家大掃除。你確認一下吧。」

侑植一臉狐疑地瞧著英俊，乖乖給微笑打電話：

「啊，微笑祕書。是我，朴博士。嗯。妳做什麼呢？啊，朋友要結婚啊？咿呀～那太好啦。代我向新人祝賀哦。嗯。啊，我？我當然是在家閒著沒事兒幹嘍。中午和朋友見面吃了什麼呀？哇，真的嗎？那家的義大利麵還不錯吧？啊，新口味的牛排啊？怎麼樣？好吃嗎？用石板裝盤嗎？哦，不是嗎？那還挺失望的。」

見兩人像大媽似的聊起來沒完沒了，英俊眉頭一皺，侑植趕忙直奔主題：

「那個，我也沒什麼別的事情，就想問問妳明天要做什麼。嗯？要大掃除？啊，沒，沒什麼。

那妳下午應該沒什麼特別的事要做了吧？晚上和我一起看個電影怎麼樣？英俊？啊，英俊說明天很忙沒時間呢。嗯。原來妳喜歡看大片啊。OK，那就看那部吧。我訂好票，五點左右去接妳。」

侑植掛掉電話，丟了魂似的愣愣地望著英俊。

「看什麼看？」

「真要大掃除呢，你們有心電感應嗎？」

「在一起那麼久了，自然心有靈犀一點就通。」

「真是稀罕啊。這麼靈驗的感應，怎麼一到關鍵時刻就不管用了呢？」

英俊翻了個白眼，侑植連忙閉上了嘴巴。

＊＊＊

第二天，十一月十一日，星期天下午五點。

微笑一出家門就發現了英俊，卻不見原本約好要一起看電影的侑植。

「天啊，副會長，您好。」

英俊俯視著一直笑盈盈的微笑，淡然地說道：

「不要當著別人的面前擺出一副驚慌失措的表情，很失禮耶！」

「抱歉。不過，您怎麼來了？」

「我有話要說。」

「真是抱歉，現在有點不方便呢。我和朴侑植社長有約在……」

「朴博士今天不會來的。」

「什麼？」

「那是我安排的。」

微笑臉上的笑容最終消失殆盡。她瞪圓了眼睛問道：

「您這是何必呢……？您直接對我說不就行了嘛。」

「如果我約妳見面，妳肯定會覺得不自在啊。」

一向目中無人的英俊怎麼還會替別人擔心了？想到這裡，微笑有些慌亂，臉紅了起來。

「不，不……不會的。」

「先上車。去兜兜風怎麼樣？」

英俊甚至還幫她打開了副駕駛的車門，微笑的臉紅得更厲害了，老老實實地上了車。

09 大片

緊緊握住的那隻手是那樣的溫暖，溫暖到令她回想起模糊的曾經。

空中旋轉餐廳三百六十度全景落地窗下，即將閉館的遊樂場全景盡收眼底。唯一集團子公司、巨型遊樂園——唯一樂園在漆黑背景的襯托下，猶如寶石一般光彩熠熠。

微笑擺弄著唯一樂園的吉祥物——小牛玩偶，不時偷偷望向英俊。只見他正望著窗外，從容地將一塊頂級韓牛牛排送入口中。他拿起餐巾紙輕輕地沾了下嘴唇，優雅的姿勢就像是一幅畫。而後他輕聲呢喃道：

「好像有點硬啊。」

可能是微笑沒那般講究吧，她只覺得牛排已經入口即化了。

「需要叫主廚過來嗎？」

微笑習慣性地想要起身，英俊立刻抬起右手阻止了她：

「不用，妳安心吃飯吧。」

「啊……是。」

微笑重新低頭看著盤子，聳肩尷尬地笑著說：

「早知道您要來這種地方，我就穿得正式一點了。」

「這裡又沒有別人，有什麼關係。」

這間餐廳的視野和設施都極具藝術感，是唯一集團社長級以上人員接待貴賓專用的預約制私人餐廳。古風古韻的裝潢華麗至極，偌大的空間卻只擺放了寥寥無幾的桌子，甚至還空無一人。微笑環顧四周，忍不住責怪起自己這身牛仔褲配T恤外加防風夾克的穿著。

「副會長這麼突然，是有什麼事嗎？」

「沒什麼。金祕書辛苦工作了這麼久，我都沒有好好地說聲謝謝。這是犒勞妳的禮物。」

「天啊，副會長……」

微笑似乎很感動的樣子，臉頰微微泛起紅暈。燈光隱隱綽綽地映照在她的臉上，雖還是那張常見的臉，無論是在辦公室還是在家裡，但是不知怎麼的今天卻感覺有些特別。

相對而坐的英俊，唰地紅了臉。

「哦……」

我為什麼會突然這樣？有些慌亂的英俊連忙咕嘟咕嘟地喝下冰水，一陣乾咳。好在灼熱的臉頰很快便恢復了正常。

「我們兩個很久沒有這樣一起悠閒地吃飯了吧？」

「是。」

「上一次是什麼時候？」

「今年四月份。」

「啊，是金祕書生日那天。」

「是。」

扭捏了半天的微笑悄悄打量一番英俊的臉，坦白道：

「那個……副會長。抱歉現在才告訴您，那天回家的時候，您不是給了我一個蛋糕嘛……」

蛋糕是英俊特地委託著名甜點師親手製作的。上面還附上了「金祕書，萬壽無疆」的詼諧字樣。

「怎麼了？」

「我想拍照留念，可是蛋糕沒拿穩，整個完全摔在地上了……」

本是笑臉相迎的英俊一聽，眉毛微微一顫。辭職不幹就算了，現在越來越有話直說了啊。

「啊啊，沒關係，沒關係。反正都過去了。」

「對不起。」

「沒什麼，妳不必在意。」

對話一結束，兩人就尷尬地望向了窗外。

餐廳內只聽得見刀叉擦過碟子的聲響。夜色漸深，不知不覺間遊樂園也到了閉園時間。閉園廣播過後隱約傳來了一陣懷舊流行歌曲的旋律，微笑莫名有些落寞，連忙製造話題：

「啊，我五歲之前一直住在這附近的再開發區裡。」

英俊點點頭，好像親眼見過似的附和道：

「對，那個時候這附近還全是住宅區。」

「沒錯。雖然很多事情都記不得了，但是家門前的那條巷子依然記憶猶新呢。我家所在的巷子口有一根巨大無比的電線杆，上面還有個怪物一樣可怕的斑痕。到了晚上，電線杆的影子拉得老長老長，超級嚇人。還有巷子尾那個家……」

微笑突然停下來，沒再繼續講下去。她像是記起了不願想起的事情，不由打了個寒顫，歪了歪腦袋不解地說：

「我為什麼會突然提起巷子尾那個家呢？」

「妳問我我問誰啊？後來那個家如何了？」

「啊……記不起來了。」

「這都記不得？」

英俊不假思索拋出的一句話惹得微笑不太高興，她強顏歡笑地回應道：

「我們偉大的副會長啊，您小時候的記憶清晰度無人可敵吧。」

「沒錯。可能是我吸奶瓶吸得太累，總是吃著吃著奶就睡著了呢。」

英俊偶爾會像這樣開開玩笑，只是礙於他過於裝模作樣，聽起來完全不像是玩笑話。

「是哦，這樣啊？」

微笑翻了個白眼，滑稽的模樣惹得英俊噗哧一聲笑了出來。

「你們家什麼時候搬走的？」

「不太清楚，不過聽說我們家算是再開發區搬遷居民裡最後搬出去的一戶。」

「是嗎？為什麼？」

「不單單是補償金的原因，還因為媽媽病得很厲害。當時爸爸為了看護媽媽，晚上幾乎都不在家，我經常和姐姐們玩到很晚才睡。應該是媽媽去世辦完葬禮之後才搬走的吧。」

「節哀順變。」

「反正都是小時候的事了，我連媽媽長什麼樣子都記不得了呢。」

微笑聳聳肩，盈盈一笑，英俊這次沒有惡作劇或是亂開玩笑破壞氣氛，而是靜靜地點了點頭。

「那個時候副會長應該九歲吧。不知道為什麼，有點想像不出您小時候天真爛漫的樣子呢。」

「想像不出也沒關係。因為我一點也不天真爛漫。」

「那您小時候是什麼樣子呢？」

「那時候的我像現在一樣，是個樣樣都出類拔萃的傑出人才。」

「哈啊。是，是，那是當然。」

「是真的。不過……。」

「不過什麼？」

「那時候的我並不是很快樂。尤其是四年級的時候。」

「為什麼呢？」

微笑不解地睜圓了眼睛，英俊抿了口水潤了潤乾燥的嘴唇，聳了聳肩：

「原因有很多。最主要的原因是……我連跳了兩級，和我哥同級。長輩們自以為是為我好，把我和我哥安排到了同一個班裡，這反倒讓我更有壓力了。我和哥哥的朋友經常打架。他們說我小小年紀太張狂，總是惹我打我，我也不想認輸，就總是咬緊牙關和他們拚得你死我活。」

「還好有哥哥在，真是太好了啊。」

「什麼太好了啊。我哥和他們聯合起來揍我。啊，大爛人一個啊。」

英俊頑皮地咻咻笑著，微笑彷彿從他身上瞥見了小時候淘氣鬼的模樣。時光好像又回到了兩人還未因辭職一事而變得生疏的時候，微笑感覺自在了不少。

「您大哥是在尼斯吧？」

「嗯。」

「可是您就算去法國出差，也從來沒去見他不是嗎？難道是……關係不太好嗎？」

英俊的眼神略微變得深邃起來。他低下頭直愣愣地盯著盤子，良久才放下刀叉，轉移了話題：

「妳養過狗嗎？」

「什麼？」

「狗。寵物狗。」

竟然轉移話題，真是稀罕。自尊心強又肆無忌憚的李英俊最討厭模稜兩可、含糊不清的東西，這避而不答的舉動實在令人難以想像。

「沒有。」

「我在很久之前養過一隻擁有頂級血統的金毛獵犬，名字叫Bigbang Andromeda Super Novasonic。」

「咳咳。」

微笑聽到這個完美凸顯了自戀狂的名字，一時不知所措。

「那條狗的名字，是副會長您小時候親自取的吧？」

「妳是怎麼知道的？」

微笑強忍著即將爆出的笑聲擺了擺手，英俊咧嘴一笑繼續說道：

「Bigbang Andromeda Super Novasonic非常溫順。不怎麼叫，還很伶俐，非常聽我的話。那樣的Bigbang Andro……」

「不能直接簡稱牠為『Bigbang』嗎？」

微笑插嘴請求道。聞言，英俊十分不滿地看了看她，又重新說道：

「總之，那傢伙有個奇怪的習慣，只要給牠磨牙棒，牠就會把磨牙棒埋進地裡。牠可能還以為沒人會知道吧。埋了之後再挖出來也好啊，可牠每次埋完都會忘得一乾二淨。」

「就像有人會得健忘症一樣？」

「可能吧。」

「可是，那有什麼問題嗎？」

「Bigbang活了十年，得肺炎死了。」

「哎呦，好可惜。您一定很傷心吧。您哭了嗎？」
「妳覺得我會哭嗎？」
「不會。」
微笑完全無法理解英俊到底想要說什麼，一臉詫異地眨著眼睛。過了好一會兒，英俊才淡淡地補充道：
「雖然Bigbang很久以前就不在了，但是直到現在，我家院子裡的某個地方應該還留有牠埋下的磨牙棒吧？」
「也許吧。」
「我認為……」
他頓了頓又繼續說了下去，聲音裡帶著幾分痛苦：
「我認為這就是所謂的記憶。不管你掩埋得多深，也不管你再怎麼忽略它，存在過的事實本身是不會消失的。」
「好像是那樣呢。」
「我和我哥的關係不是不好。我們的關係，說起來……就好比是Bigbang的磨牙棒吧。妳應該能理解吧？」
兄弟的關係好比Bigbang Andromeda Super Novasonic的磨牙棒……至於這個關係究竟是好是壞，以及和磨牙棒一樣的這套言論，微笑實在是無法理解。
微笑笑盈盈地看了英俊好一會兒，靜靜地回應道：

「嗯，完全理解。」

「那就好了。」

暈頭轉向的微笑扭過頭望向窗外，不知道什麼時候唯一樂園裡已經空無一人，她不由得喃喃自語道：

「關門了呢。好可惜。早一點來就好了。」

「唯一樂園，妳去過嗎？」

「小時候去過一次。小學二年級的時候爸爸帶我去的。大姐二姐玩得好開心，我就只是在旁邊看著。」

「為什麼？」

「很久以前的事了，我也不太清楚具體是什麼原因。不過長大以後想了想，多少也能理解。」

「理解什麼？」

「我們家光孩子就有三個，要是都買了票豈不是很貴嘛。況且就算花了錢買了票，我當時那麼年幼，膽子又小，也玩不了多少遊樂設施的。」

英俊「喔」地歎了口氣，微笑辯解似的立刻補充道：

「不過我坐了旋轉木馬。」

「好玩嗎？」

「嗯，超級好玩。」

「是嗎？那我們一起去玩遊樂設施吧？」

「等下次有機會吧。」
啊，這麼說來……應該沒有下次了呢。
離職以後，就不會再和唯一集團副會長有任何交集了。等哪天英俊從副會長晉升成為會長，那之後能再見到他的機率，大概還沒有在廁所裡被雷劈的機率大吧。
想到這裡，微笑的臉上不覺間蒙上了一層陰影。
「小心點。要是被我看到醜態百出的鬼樣子，我可不會饒了妳。」
「什麼？」
「我是說，飯後立刻去玩，可能會頭暈噁心。」
「你的意思是……？不會吧……?!」
「我不說了嘛，這是是犒勞妳的禮物啊。」
看見微笑瞪圓了眼睛，英俊立刻自信滿滿地舉起手指，指向窗外：
「我做了指示，僅此一天開放夜晚場。而且一票玩到底……」
英俊的手指在空中優雅地劃過，直直地指向自己那張帥氣的臉：
「就在這裡。」

「啊啊……副會長。我……我真的……」
「嗯？怎麼了？」
「我真的非常感謝，但是這實在有點……」

「沒什麼好害羞的。」

「不是，我不是害羞……」

「這種時候就得大聲喊叫才過癮啊。」

「救，救，救，救，救命啊！沒有方法讓它停下來嗎？我不管啦，呃啊！我不管，已經開到最高點了，最高點，最高點——呃哼！」

「地上五十六公尺欸？停在這裡應該更可怕吧？」

「不，不，不，不要。拜託讓我下去吧。」

「妳不是很想坐嘛。就別推辭了，盡情享受吧。」

「呃，呃，討，討厭！討厭討厭討厭討厭！我最討厭副會長您這樣——嘎啊啊啊啊啊啊啊啊啊啊啊啊！」

漆黑的夜空迴蕩著微笑和英俊的慘叫聲，良久才歸於寂靜。

「看來妳有手顫症啊。」

微笑手中的純淨水瓶和著她顫抖的節拍瘋狂地來回晃蕩。

「那種東西，副會長連坐兩次也沒關係嗎？真的不害怕嗎？」

「嗯。真正的恐懼不是乘坐那種無聊的遊樂設施能體會到的。」

「是嗎？那副會長您害怕的是什麼呢？」

「是……」

微笑眼睛瞪得滾圓，抬起頭看著英俊。
「祕密。」
他吊足了別人的好奇心，卻又故意閉口不言，實在有夠討人厭的。微笑只得長長地歎了口氣：
「呵……是我多問了。」
微笑坐在雲霄飛車的長凳上，低垂著腦袋抖個不停。生平第一次觸及高空和瞬間加速所造成的後遺症，以及寒冷的天氣讓微笑怎麼也止不住顫抖。
「冷嗎？」
「嗯，有點。」
她低著頭回應道。就在這時，一雙擦得發亮的褐色牛津皮鞋的鞋尖進入了她的視線。緊接著還有肩膀傳來的溫暖觸感，以及瀰漫開來的魅惑香氣。
「啊……」
英俊的外套很大很溫暖。有種被他擁入懷裡的感覺，令微笑不由得害羞起來。
「接下來坐什麼呢？沒有比這更刺激的了嗎？」
微笑不想被他發現自己紅透的臉，無法輕易地抬起頭來。
「想玩什麼隨便說。我今天就把這裡的一切統統讓給妳。」
她本該迎頭反擊這討人嫌的發言，可是不知道為什麼，這一次她卻無法像從前那樣自然地回嘴。
「您說的就好像……」

「嗯？」
好不容易才鎮定下來的微笑突然抬起頭，不假思索地說道：
「就好像唯一樂園是副會長您一個人的一樣。」
「就是我的啊。」
「並不是！」
英俊從容地俯視翻著白眼的微笑，冷冰冰地補充道：
「妳該不會是想要開那種幼稚的玩笑，說什麼『唯一樂園屬於所有小朋友的』吧？」
聞言，微笑笑盈盈地雙手合十唰唰揉搓起來★，英俊見狀噗哧一聲笑了出來：
「就原諒妳這一次。」
「明明說過沒有第二次機會的，您這是怎麼了？」
「我樂意。」
英俊突然伸出手來。
「您要轉戰其他設施嗎？」
「得去坐旋轉木馬啊。」
「天啊。」
微笑喜出望外，直勾勾地盯著他的手，默默地牽了上去。

★韓國人慣用的「求饒」姿勢。

這並非微笑第一次牽英俊的手。畢竟以女伴身分陪同英俊出席正式場合的時候，牽手或挽手臂都是司空見慣的事情。

但是這一次卻和以往不同。牽手不再是為了做給別人看的工作。

英俊牽住微笑的手，緊緊拖著她大步地往前走，微笑看著他的背影，不覺咯咯地笑了起來。緊緊握住的那隻手是那樣的溫暖，溫暖到令她回想起模糊的曾經。沒想到他還有這樣的一面，實在令人驚訝。

「笑什麼？」

「沒什麼。」

「無聊。」

英俊覺得旋轉木馬實在太幼稚了，說什麼都不肯坐，微笑只好拋下他，一個人玩得十分盡興。微笑坐了一遍一遍又一遍，直到胃裡開始翻江倒海，再也堅持不住，才大喊一聲「Stop!」像個醉客一樣踉踉蹌蹌地走了下來。此時英俊仍舊站在原地等待著她。

他拎著微笑的包包，彷彿自始至終一直都在那裡一樣，自然地等候著她。這樣的場景甚至有些感人。

「再多玩一會兒也沒關係的。」

「這樣就夠了。已經玩膩了。」

「是嗎？」

微笑輕盈地走到英俊身旁，見他只穿了一件有些單薄的高領襯衫，於是開口問道：

「我把外套還給您吧？」

「不用。」

「您不是很怕冷的嘛。不冷嗎？」

「這句話倒是說得沒錯。差點沒把我凍死。」

「那我還給您吧。」

「我都說了不用。」

聽到這一連串冷漠的回答，微笑忍不住地笑出聲。就在這個時候，原本已經停下來的旋轉木馬又再次轉了起來。

一閃一閃旋轉著的華麗燈光，喚起淡淡鄉愁的風琴聲，還有那溫暖而柔軟到讓人昏昏欲睡的外套，這一切都讓人莫名想哭。

時間彷彿回到了小時候，回到了牽著爸爸的手，著急地詢問爸爸什麼時候才能輪到自己的片刻。

大人的回憶就是這樣嗎？讓人鼻子發酸，胸口發疼。

「我們家大概在什麼位置呢？」

「這個嘛。」

微笑默默伸出手，重新牽起英俊溫暖的手來。似乎是因為情緒，英俊的肩膀好像突然縮了一下。

「要是在旋轉木馬這裡就好了。」

英俊呆呆地望了旋轉木馬良久，突然開口道：

「難道不是鬼屋嗎？不對，公共廁所或者野生動物園的熊洞也說不定。」

「啊～真是的。您也太過分了吧。」

「哪裡過分啦。又不是一兩天的事了。快走吧。」

「唉，那也太過分了。」

微笑一直叨唸個不停，但自始至終都沒有放開英俊的手。

離開旋轉木馬沒多久，微笑就察覺出可疑的跡象。

和剛才不同，英俊大步地往前走著，似乎早就確定好了目的地。而且，這已經是他第三次察看手錶了。就好像約好了要和某人見面一樣。

唯一樂園裡流淌著一條橫跨東西的人工運河——The One River，運河的一端泊著一艘每三十分鐘運行一次的小型遊船——「Queen Dragon」。英俊徑直朝「Queen Dragon」走了過去。

「您現在要乘船嗎？」

「怎麼了？害怕啊？妳不是知道嘛，有定期做安全檢查的。」

「呃，那倒不是……我不是害怕。」

分不清是天鵝還是鴨子的白色鳥群像是計畫好了一樣，星星點點地聚集在運河的水面上。微笑瞥了一眼鳥群，上了船，心裡說不出的慌亂。Queen Dragon號好像恭候多時了一樣，兩人剛上船，它就響起了汽笛聲，離岸出發了。

船頭劈開水面，發出清爽的聲響，正欣賞著這番美景的微笑摩挲著吉祥物玩偶問道：

「唯一樂園的吉祥物為什麼是個小牛呢？」

抬頭仰望天空的英俊淡淡地回答道：

「我曾祖父屬牛。」

「啊啊。」

微笑點了點頭，又突然瞇起眼睛，再次問道：

「那Queen Dragon該不會是……」

「我曾祖母屬龍。」

真受不了。

微笑一臉嘲弄望向英俊的臉，他的臉龐突然亮得耀眼。

砰，砰！

伴著震耳欲聾的爆裂聲，五顏六色的煙火綻滿天。

「天啊！這是什麼？」

「我不是說了嘛。離職！禮物。」

微笑聽得出「離職」兩個字有些微妙地加重了語氣，但此時此刻的她早已沉迷在眼前這恍如夢境般的光景裡，什麼話也說不出來了。

大大小小的煙火像花朵一樣綻放開來，又像蒲公英的種子一般四散而去，依稀漸飄漸遠，繼而消失不見。微笑仰望著依次在天空中繡出美麗花朵的煙火，開心得合不攏嘴。

「哇！真的……太漂亮了！第一次這麼近距離地看煙火……哇，這可怎麼辦！太美了吧！」

也不知道她到底有多高興，結束後竟然像個小孩子似的拍著手，蹦蹦跳跳起來。

「快看那個，副會長！快看！」

「哦……」

英俊一臉茫然，眼睛猛然睜大。哎呀，等等。我為何而來？我在做什麼？這是哪裡？我是誰？

「是不是很漂亮？」

「嗯……好漂亮。」

不知道從什麼時候開始，英俊從絢爛煙火上轉移了視線，停留在微笑的臉上。柔和的各色火光映襯在她的臉上，雖然她本來就很美，但此時此刻她臉部的線條更是無比優美，漂亮得讓人不捨得離開視線。

事務纏身的英俊有陣子沒有好好看過她的臉了。他看著微笑的臉，彷彿又回到了過去。

似乎只要忘記，一切就都會回到正軌。

哥哥帶來的那塊拼圖讓整幅拼圖剛好多出了一塊。這多出來的一塊令所有人都陷入了痛苦之中，而我理所當然地以為只要我假裝忘記，就可以阻止所有人的毀滅。

於是我就這樣將它埋在深坑裡。就像是代替朋友認真傾聽我的故事的寵物狗，習慣性地埋掉磨牙棒，繼而將它忘得一乾二淨一樣，雖然我從未有過什麼所謂的朋友。那短暫卻又彷彿永恆的時間和那段慘絕人寰的記憶全部被我扎實的埋著，又結結實實地被我踩上了幾腳，所有的一切自此被我完全埋葬。

令人不可置信的事情發生了，那一刻，周圍的一切都瞬間回到了正軌。可是，直到很久以後，我才發現：那時候被一起埋葬的，還有一個「我」。

努力彌補不足是人類的本能。

為了填補那個已經被自己親手埋葬、消失不見的「我」，我開始更加執著、糾纏於「我」。然而幾個月甚至幾年過去了，仍舊沒有那個「我」。任何地方都沒有。

可是……

〔我叫金微笑。哥哥你叫什麼名字呀？〕

當他跨過漫長的時光再次與微笑相遇時，當他看到她清透的臉龐浮現出桃粉色的紅潮時，當他看見她右側臉頰上那顆深深的酒窩時，當他聽到她微微顫抖地說「我是金微笑」後確信無疑時……

撲通撲通。

他感受到了那顆不知道被埋葬於何處、但分明還被埋葬著的心臟的跳動。

撲通撲通。

〔你認識我吧？〕

〔是的。〕

〔是嗎？我是誰啊？〕

〔您是會長的兒子。〕

都說五歲前的記憶全部存留在潛意識中，果不其然，微笑似乎也已經完全忘記了那一天以及「我」的存在。

雖然有些遺憾，但也沒關係。畢竟她能忘卻那一天也正是「我」一直以來所期望的。

沒錯。沒關係。

看不見並不等於不存在。而證據就在這裡。瞭解「我」的她就在這裡。她正公然地站在這裡。

沒事。現在沒事了。

英俊因為微笑而找回了心臟和那個「我」，在那之後的九年裡，他的生活過得安穩至極，已然別無他求。

他本以為只要一直這樣生活下去就不會有什麼問題。可是……

你現在又想去哪裡呢？

「太酷了。跟在副會長身邊還能享受到這麼奢華的體驗，真好。」

英俊從思緒中回過神來，他抬頭仰望夜空，反問道：

「喜歡嗎？」

「嗯，太喜歡了。」

很開心嘛妳，嗯？這麼開心啊，嗯？朝一個正常男人的自尊心上、往人家胸口上接二連三地釘入這麼大根釘子，現在還笑得出來啊，嗯？

「雖然我很想讓妳看個夠，但是……」

「什麼？」

英俊說指示下得太急，沒辦法買到足夠的煙火。他正尋思著「應該沒剩幾發了」的時候，一個巨大的心形煙火瞬間在空中綻放。這也正意味著煙花秀的結束。

「哇啊。」

四周歸於平靜，微笑立刻開心地拍起了海狗掌★。

「真的太感謝了。」

「不客氣。」

英俊聳肩道。微笑直勾勾地仰視英俊的側臉，好像有話要說似的盈盈地笑了起來。

「怎麼了？」

「我太感動了。真心的。真的很感謝您，副會長。」

英俊仔仔細細地看著那張無憂無慮的陽光笑臉，看著笑盈盈、笑盈盈、總是笑盈盈的微笑，良久，他略微猶豫了一下，緩緩伸出了手。

★韓國慣用表達方式，意為像海狗一樣的鼓掌。

這麼看來，九年來他似乎從來沒有好好地表達過什麼。

「有什麼好謝的。」

是我該謝謝妳才對。

「副會長您……？」

那隻抬起的手瞬間伸展開來，像是表揚孩子一般，溫柔地撫摸著微笑的頭頂，又忽然將她的頭髮弄得一團糟。

「啊！您這是幹嘛呀！」

「我樂意。」

英俊突然地轉過身，咯噔咯噔地走開了。微笑意味深長地望了他的背影許久許久。

「今天真的很開心。」

「妳能開心那真是太好了。」

「好像很久沒有這樣無憂無慮地玩過了。」

「我也是。」

「我明天一早就去副會長家上班。您路上小心，祝您度過一個美好的夜……」

「等等。」

車子停在微笑家門前，就在微笑和英俊道別時，英俊突然打斷了她的話。

英俊送微笑回家時，一般都是在車裡道別後就立刻離開。但是今天他卻下了車，和微笑相對而立。微笑前一秒還在納悶這到底是怎麼一回事，後一秒就立刻發現英俊似乎確實在打什麼鬼主意的樣子。

只見英俊咯噔咯噔地邁開腳步朝車尾走去。微笑衝著他的後腦勺，平靜卻又尖銳地甩出一句：

「後車箱裡該不會是裝了九十九朵玫瑰花吧？」

英俊突然停下腳步，面無表情地轉過身：

「沒錯，是裝著。」

「在後車箱裡來回翻滾了幾個小時的花束，不用看也能猜到現在變成什麼樣子了，那畫面就像您小時候的記憶一樣畫質鮮明呢。」

「是嗎？」

英俊一臉自信地咧嘴一笑，再次邁開步伐打開了後備箱。只見他從塑膠泡沫冷藏箱裡取出花束，啪啪抖落上面的包裝後，手捧鮮花出現在微笑的面前。這個狠毒的傢伙。

開得繁盛、嬌豔欲滴的紅色玫瑰花束以完好無缺的狀態彰顯著它的赫赫威容。

微笑接過散發著濃郁香氣的巨型玫瑰花束，平靜地說：

「我還想不通怎麼會有那麼奇怪的調查問卷。您太讓我意外了，居然為了我辛苦準備了這麼多禮物。」

「辛苦什麼？為金祕書做這些是最基本的。」

英俊依舊從容地咧嘴一笑。微笑笑盈盈地看著英俊問道：

「您以為我會被這種東西誘惑，然後對您說『我以後會努力工作一輩子的』這種話嗎？」

「啊，微笑果然不會輕易上鉤啊。」

兩人望著彼此笑出聲，微笑從包包裡一個一個地拿出什麼東西遞了過去：

「本來想拜託朴博士轉交給您的，您收下吧。」

唯一集團旗下的製果公司——「唯一製果」在三年前推出了一款新產品——「胖胖棒」。分量充足的「胖胖棒」作為纖細巧克力棒的競爭對手，野心十足地上市，卻在不到三個月的時間裡慘遭失敗，對，不是一般的失敗，是慘敗。

「偏要送我競爭對手的產品，它可是我的眼中釘肉中刺啊。這品味果然不同凡響……」

果不其然，又開始雞蛋裡挑骨頭了啊。微笑皺著眉頭抱怨道：

「啊啊，這是我的一片心意，能不能不要追究這些，直接收下呢？」

「心意？」

英俊低頭看著微笑默默遞過來的兩盒巧克力棒，陰陽怪氣地脫口而出：

「啊，金祕書的心意就是超市裡買的巧克力棒，而且還是隨便扔給我和朴博士每人各一盒的那種心意啊。」

「隨便您怎麼想吧。草莓口味的是朴博士的，巧克力口味的是副會長您的。順便說一句，副會長您的更大，也更貴一些。」

「很好。這點我很滿意。」

聞言，微笑又盈盈笑了起來。

「今天真的非常感謝。不過您的醉翁之意我會全部忘記的。」

「不，到死都不要忘了。甚至到來世也要記得。」

英俊不假思索地回應道。對著微笑點頭道別後，英俊朝車子走去。

「您慢走。」

英俊打開車門坐進車裡，微笑朝他揮了揮手。然而英俊再次下了車，大步地朝她走了過去，微笑瞪圓了眼睛問道：

「您忘了什麼東西嗎……？」

英俊什麼話都沒說，一臉嚴肅地走過來，直到再走一步就要貼上彼此的胸口時，他才直直地俯視微笑。

微笑抬起頭仰視英俊，笑盈盈地默默伸出手來。

英俊感覺她的指尖似乎輕輕覆上了自己的唇。

「這個絕對不可以哦。」

微笑粗魯地推開英俊的臉，唰地溜掉了。

獨自留在巷子口的英俊垂著頭，咻咻地笑了好一陣後，便駕車離開了。

＊＊＊

送走英俊後，疲憊不堪的微笑洗漱完就睡了。明亮的光線讓她再次睜開眼睛。可能是忘了拉上窗簾，清澈的滿月月光透過窗戶灑了進來。

她做了個夢。夢見很久以前的那一天。

「這裡是你們家嗎？」

「嗯。」

「妳不是睡到一半跑出來的嘛。快進去吧。」

「哥哥，你的腿還痛嗎？」

「不痛了。」

「那怎麼一拐一拐的？」

「這個啊……沒什麼。」

「哥哥你家在哪裡呀？我下次去你家找你玩。」

「我家離這裡很遠。」

「非常遠嗎？」

「嗯。」

「那我請爸爸用自行車載我去就行了呀。」

「不用。我很快就會來找妳玩了。」

「真的嗎？」

「嗯，真的。」

「我絕對不會忘記哥哥的名字的。……哥哥！」

「傻瓜。都說了不是那個名字。我的名字是成……，李成……！」

時針指向凌晨三點。微笑看著時鐘呢喃起來，眼神依然像是沉浸在睡夢中一般恍惚迷離。

「那天的月亮也像現在這樣明亮……，李成……鎮？李成煥？李成賢……？啊啊，到底是什麼啊？

＊＊＊

英俊因為和微笑出去玩而推遲了海外事業部的影片業務彙報，聽完彙報已經是凌晨三點了。就算現在休息一會兒也只能睡上兩個小時，與其如此倒不如熬夜到天亮。

英俊一邊拍著痠痛的肩膀，一邊從書桌前站起身。他翻找著放在書桌一角的兩包巧克力棒，從中拿起了用紅色不織布精美包裝的一包。

手巧的微笑時常會把一樣東西俐落地包裝成禮物送給英俊，不過可能是因為微笑強調了「心意」的緣故，這次的禮物好像更加特別一些。

英俊環顧四周，小心而謹慎地拿起巧克力棒走向書房一側的牆壁。

那裡有一面碩大的裝飾櫃，裡面陳列著至今為止他在各種比賽中獲得的獎狀、金牌和第一名獎盃。他打開櫃子，將放置在顯眼地方的獎盃推至一邊，放入微笑的禮物。

「嗯～畫面不錯啊。」

英俊關上櫃子，重新回到書桌前，低頭看向剩下的那包巧克力棒。

他撕下寫著「致朴博士」字樣的便箋，將它扔進垃圾桶裡，又胡亂地拆開包裝，拿出草莓味的巧克力棒吃了幾口，突然皺起眉頭：

「哎，真是倒胃口。味道怎麼這樣啊？」

他唰地一下把剩下的巧克力棒扔掉，隨即拿出一根菸叼在嘴裡，徑直走到窗邊，點上菸後深深地吸了起來。

〔您以為我會被這種東西誘惑，然後對您說「我以後會努力工作一輩子的」這種話嗎？〕

〔啊，微笑果然不會輕易上鉤啊。〕

「傻瓜。什麼不會輕易上鉤。」

英俊向空中長長地吐出一口白色煙霧，咧嘴一笑，自然自語道：

「知道潛伏期可怕的是什麼嗎？是自己並不知道已經被感染的事實。」

大片的詛咒已經開始。雖然妳現在應該還不知道。

10 大片的詛咒

沒錯。以後再追究也不遲。先讓這狂跳不止的心臟穩定下來之後……

唯一集團的高級主管會議每天早上七點三十分準時召開，而星期六的今天卻提前了三十分鐘。因為今天是一年一度的全員團結運動會。英俊今天也難得親臨公司參加了會議，也許是因為這個原因，正常情況下只有一個小時左右的會議時常有所增加，很晚才結束。

走出會議室的英俊瞥了一眼身旁哼著歌的侑植。

今天將代替英俊致開幕詞的侑植穿了一身酒紅色的公司運動服來上班，脖子上卻繫了一條毫不搭調、花紋花稍的領巾。

「朴博士，哪裡不舒服嗎？」

「怎麼了。」

「那條俗氣的領巾是什麼？」

「哪裡俗了。這是亮點好嗎，彰顯魅力的亮點。我今天一定要在某人面前好好表現才行。哼哼～」

「在某人面前好好表現？誰啊？」

侑植從懷裡拿出錢包，四下察看一番之後，像是要給人展示什麼寶貝似的，拿出一張照片給英俊看。

「這誰啊？長得跟觀賞用食人魚一……」

沒等英俊說完，侑植就激動地抬高了嗓門兒：

「什麼？食人魚?!竟敢對我們Princesses的隊長，美人魚口出妄言?!」

聽說體育大會閉幕式邀請了知名女團出演，侑植說的應該就是這個吧。

「再敢侮辱美人魚，我絕不饒你！小心死在我手裡！」

「你試試。」

英俊冷冰冰地嘟囔了一句，侑植聞聲立刻沒了火氣，哆哆嗦嗦地壓低了聲音：

「老婆也離我而去了，現在就只剩下我們美人魚了。不要這樣嘛。」

「你的眼光就這樣而已嗎？那張過於豔麗的臉好看嗎？金祕書的素顏比她強多了。」

見英俊一臉失望地看著自己，侑植勃然大怒，叫喊道：

「不要在大叔粉面前罵我們美人魚！我們美人魚可是從競爭率高達五百比一的試鏡中脫穎而出

的傳奇中的傳奇，不但人美心善還謙虛有禮，是個讓人讚不絕口的好孩啊！」
「病得不輕。是重症患者啊。」
「小小年紀長得多有靈氣啊，嗯，哎呦，像不像喝露水長大的？」
「如果只喝露水早就餓死了。有時候我覺得挺慶幸的，至少你工作能力還算不錯。都多大年紀了，還分不清現實和幻想嗎？」
侑植見英俊一臉的同情，一股傲氣油然而生，他斬釘截鐵地說：
「反正比起得不到滿足的醜陋現實，我寧願選擇不切實際的幻想啦！」
「收起你那不堪入耳的腔調。還有，我完全無法認同你的說法。」
「你想想看，微笑祕書不但喝酒，還吃肥腸、吃雞爪、吃活章魚，吃大蒜還會吃得一嘴大蒜味兒，她打嗝放屁，早上起來還有眼屎，啊！還大號呢。說不定她現在就坐在這棟樓裡的某個馬桶上……」
聞言，原本還頂著一張撲克臉的英俊突然變得兇神惡煞：
「閉嘴。」
「拉了一個回合……」
「我讓你閉嘴！」
啪！
英俊猛地將手中的資料夾扔到侑植臉上，嗖地轉過身，咯噔咯噔地走掉了。
鼻尖發紅的侑植望著英俊的背影，哆嗦半天，憤然道：

「哦～這臭脾氣！」

＊＊＊

「妳排便還順利嗎？」
「哈啊……果然還是不太行呢。」
「試試每天喝點益生菌優酪乳吧。我喝著效果不錯呢。」
微笑已經連續三天大便不順暢了。她輕輕揉著硬邦邦的小腹長歎一聲：
「之前喝過幾週，不過我可能是神經性便祕，沒什麼作用呢。」
智雅坐在祕書室的辦公桌前，一臉擔憂地抬起頭看著她，手裡還拿著一本書。隱約可見的藍色封皮上印著書名——《老故事》。
「這是什麼書啊？」
「啊，言情小說。」
「哎呀，我也喜歡看言情小說呢，雖然忙得沒空看。」
微笑一臉欣喜地走上前，接過智雅手裡那本書，細細打量起來：
「哎呀，這不是墨菲斯的作品嘛？」
「是啊。很久沒看了，昨天晚上突然想起來就拿了出來。墨菲斯真是了不起啊，居然會有如此細膩的心理描寫和情色描寫，簡直讓人看得欲罷不能啊。」
「嗯。我特別喜歡《電眼全殺》，《佔有我》也不錯。啊！還有《吞噬你》系列簡直……！」

「沒錯！簡直……！」

兩人嘿嘿嘿地笑起來，唰地羞紅了臉，異口同聲大喊道：

「色極了！」

「色到爆！」

兩人害羞到直跺腳，揮著手給滾燙的臉頰搧起風來。

「一個大男人怎麼那麼瞭解女人的心思呢……」

聽到智雅的喃喃自語，微笑瞬間瞪圓了眼睛：

「什麼？墨菲斯是男的？」

「妳不知道啊！墨菲斯是個男的。大概有三十五、六歲左右吧。聽說十年前他剛出道的時候，關注他個人專頁的讀者還親眼見過他呢。傳聞他長得又高又帥，還英氣逼人，只用眼神就能秒殺全場，是名副其實的電眼全殺呢。好像還聽說他是超級大富豪的長子……不過是真是假我就不知道了。」

「天啊，好神奇。那個專頁的名稱是什麼？」

「已經被刷爆了。其實這本書是作為個人日誌在專頁上限制出版的作品。噔噔噔噔——這就是墨菲斯真正的處女作。」

「哦？處女作不是《我想成為你的解熱劑》嗎？」

「那是出版作品裡的處女作，實際上《老故事》才是他最早的作品。」

「哇哦。」

「這本書現在賣到一本要四千元了呢，而且就算有錢也買不到。我也是去年託一個認識的姐姐好不容易才弄到了一本，花了我兩千多元。」

「天啊，什麼書這麼貴啊？」

「不過貴也值得了。這是一本自傳小說，特別有趣呢，超級好看。」

「那也借我看看吧。」

「哦……這可不行……」

「我會小心翼翼地看，不會弄髒的。就借我一次嘛。」

「這……」

就在兩個人討論不休的時候，門口傳來一陣動靜。原來是英俊開完會回來了。

「您回來了。」

「都準備好了嗎？」

「是。狀態極佳。」

英俊看了看身著公司運動服的微笑和智雅，開口問道：

「報名哪些比賽？」

「我會參加百米衝刺、接力跑和呼啦圈項目，金智雅祕書將參加搶吃麵包和男神女神二人三腳競走項目。」

「拚上老命也要拿個大滿貫，妳們兩個有這個覺悟吧？」

英俊身上明顯散發出一種「絕對沒有開玩笑」的氛圍。

智雅大吃一驚，心裡突然微微一震，偷偷看了英俊的臉色，而微笑則是一副若無其事的樣子，依舊笑盈盈地從容回答道：

「嗯。不知道還能不能發揮出往年的實力呢。」

「如果沒有自信拿第一，就乾脆不要參加。」

「那怎麼行呢。這種活動的意義不就是重在參與嘛。」

微笑話音剛落，英俊就瞪大眼睛，板起臉來：

「這是什麼話？那不就是失敗者的辯解嘛。」

「是。我會全力以赴的。」

「看來妳還是沒聽懂。『寧死不敗』，意思就是，寧願死也不能輸。全力以赴還不夠，必須給我拿第一。」

「Yes, sir!」

笑盈盈的微笑裝模作樣地敬了個禮，英俊這才滿意似的淡淡一笑，走進了辦公室。

智雅偷偷瞄了瞄關上的門，噘起嘴抱怨道：

「副會長實在是有點太那個了。」

「太哪個了？」

「說得好像只要不是第一就都是倒數第一似的。誰會在這種公司內部舉辦的運動會上拚了命地爭第一啊……」

「嗯，是嗎？」

微笑笑盈盈地看過來，不覺間眼睛裡竟充滿了殺氣。一種「第一只能是我的！」的鐵血意志在熊熊燃燒。

這麼看來，這對做了九年搭檔的老闆和祕書變得越來越像了，但似乎又說不出哪裡有些不同之處。一個毫不掩飾自己的了不起，另一個同樣很了不起，但表面上卻又裝作很謙遜的樣子。

「智雅，趕緊收拾好要帶的東西。副會長出發的話我們也得開始……」

這時，辦公室內傳出一陣不明悶響。似乎是重物掉落撞擊地面的聲音。緊接著又傳來了英俊的吼聲：

「金祕書！」

這吼聲似乎發自丹田，未經聲帶就直接爆發了出來。

滲透其間的憤怒和焦急令智雅不由打起寒噤來。包括頭皮在內的所有毛孔瞬間收縮，寒毛「嘩」地一下豎了起來。

「是！」

兩人猜測肯定出了什麼事，像彈簧一樣跳起來衝進了辦公室。

只見英俊正扶著辦公桌站在一旁，從鍵盤上崩落的鍵帽凌亂地撒了一地，環視一圈後才發現，剛換了沒多久的筆記型電腦被摔了個粉碎，散落在辦公桌下。

微笑看了一眼臉色沉重、面無表情的英俊和周圍的情況，快步走到他身邊，做出了一系列讓人摸不著頭腦的舉動。她從辦公桌一角的辦公用品盒裡拿出一把剪刀，蹲下身子快速剪斷捆著筆記型電腦電源線的尼龍束線帶，迅速塞進口袋裡藏好，這才霍地起身查看英俊的狀態。

「副會長，您沒事吧？有沒有傷到哪裡？」
「是誰？剛才是誰用那個整理了電線？」
英俊好像已經知道了答案一樣，立刻用他那冰冷到無以復加的眼神望向智雅。
和他對視的一瞬間，智雅被嚇得魂飛魄散，整個人都僵在那裡，動彈不得，更說不出話來。
「對不起。是我。哎呦，一不小心忘記了。請原諒我這一次吧。」
微笑笑著用略帶撒嬌的口吻回答英俊，但英俊依然瞪了智雅很久，而後咯噔咯噔朝門口去。
「副會長，筆記型電腦要送去維修呢，還是……」
「做好備份，拿去扔掉。」
「是。您先出發吧。我們隨後跟過去。」
英俊稍稍瞥了一眼笑盈盈的微笑，欲言又止，一臉不滿地走了出去。
英俊走後，辦公室的門被哐地一聲關上了。智雅這才將雙手放在胸前，長長地吁了口氣。
「啊……」
「智雅，不是已經跟妳說過很多遍了嘛。副會長最討厭的就是束線帶，絕對不能用。」
「啊啊，我一時忘記了所以就……」
「幸好有我在。搞不好試用期沒結束就被炒鱿魚了。」
聞言，智雅先是愣了一會兒而後委屈地埋怨起來：
「不是，有那麼嚴重嗎？用束線帶整理電線本來就是理所當然的事情，哪有人會因為這個就把好好的筆記型電腦扔掉啊？」

微笑冷靜地收拾著壞掉的筆記型電腦，智雅一臉訝異地低頭看著她，似乎有些激動，略微抬高了嗓門：

「有話就不能好好說嗎？副會長怎麼這副德行啊？妳怎麼能輔佐他九年之久的？不覺得很難搞嗎？」

聞言，微笑勃然大怒：

「妳說的是什麼話呀？犯錯的不是智雅妳嗎？」

「啊……」

「我討厭蜘蛛。看到掛在空中的蜘蛛我甚至會討厭到昏死過去。妳不是也說過討厭公共洗手間裡蓋著蓋子的馬桶嗎？每個人都會有一樣厭惡至極的東西不是嗎？拿這種事情說別人難搞，到底有沒有同理心啊？」

「對，對不起。」

「不是一句對不起就能完的。還有啊，話是沒錯，副會長確實有他獨斷專行的一面，不過話又說回來了，還有誰像他這樣了不起呢？你看看周圍，有哪個能比得上我們副會長的萬分之一……」

智雅聽著微笑嗒嗒嗒嗒像機關槍一樣停不下來的嘮叨，不知道為什麼突然想起了自己的媽媽。

結婚三十年的智雅媽媽最近一直在和爸爸冷戰，哪怕只是和爸爸對視一眼都會抱怨：「煩死了！煩死了！要是不用再看見那個傢伙，我就無憾嘍！」住在智雅家前面的鄰居大嬸跟智雅媽媽很是要好，就在冷戰持續了大約一個星期的時候，大嬸來家裡玩，跟智雅媽媽說了句：「智雅她爸長得倒是有模有樣，人品不怎麼嘛。」智雅媽媽當即大喊：「你這八婆是不是瘋啦?!」狠狠地把她罵回了家。從那以後，鄰居大嬸和智雅媽媽老死不相往來。看來就算恨到想殺人，責怪丈夫的權利也只屬於妻子一個人吧。

「知道了吧？一定要銘記在心，以後多加注意。」

「是。對不起。」

微笑看著低下頭的智雅，突然露出一抹意味深長的神色，笑盈盈道：

「覺得抱歉嗎？」

「是。」

「真的嗎？」

「真的。」

「真覺得抱歉的話，就把剛才那本書借給我吧。我不會弄髒的，看完就還妳。」

「啊……好吧。」

智雅一臉的不情願，微笑卻完全相反，笑盈盈，笑盈盈，一直都是一副笑盈盈的樣子。

＊＊＊

大型綜合運動場的室內體育館裡橫幅招展，人山人海，呼聲震天，氣氛火熱。各部門員工分別穿上了紅、藍、黃等各種顏色的背心排排坐在觀眾席上，好似漫天飛舞的美麗彩紙。

不過熱情也是有限的，下午四點鄰近閉幕式的時候，只看臉便能分辨出員工們的工作年限和職稱了。二十多歲的年輕員工依然生龍活虎，而科長級別以上的員工早已面色泛黃。

呼啦圈比賽一結束，剛剛結束上一場比賽的員工和準備下一場比賽的員工混作一團，場面一度失控。值此兵荒馬亂之際，有人叫住了微笑：

「金祕書！金微笑祕書！」

「嗯？」

聽到這熟悉的聲音，微笑轉過身來，發現了正焦急地呼喚自己的朴代理。

「金祕書！」

「啊，朴代理。哈哈，我得了第一呦！雖然最後險些失手，不過我怎麼可能輸嘛。」

「妳本來就已經很厲害了。妳那細腰怎麼那麼能轉啊？大家都看得目瞪口呆了呢。」

「過獎啦。不過妳怎麼還不做跑前準備呢？馬上就是二人三腳了吧？怎麼不見智雅呢？」

「啊，正想說這件事呢。智雅剛才吃的東西好像有問題。廁所跑了不止五趟，說實在沒辦法參加比賽了呢。」

「哎呀呀，這可糟了。吃的東西是哪裡有問題啊？」

「說是剛剛比賽搶吃麵包的時候，紅豆麵包有點怪味呢。」

「哎喲，這可怎麼辦呢？」

「金祕書，妳能替智雅出戰嗎？」

「哪有什麼不能的，快走吧。」

說著兩人便往二人三腳比賽場走去，朴代理的臉上突然浮現出一抹意味深長的微笑，湊到微笑耳邊悄悄說道：

「妳賺到了，金祕書。」

「嗯？」

「其實，智雅的搭檔是高貴男科長呢。」

「高貴男科長？誰啊？」

「天啊，妳不知道高貴男嗎？他可是我們公司男神中的男神啊。妳不覺得他的名字都透著滿滿的男神氣息嗎？」

「男神？哇哦！厲害啊！」

「妳看那邊，那裡。那個人就是高科長。是不是個子高又長得超級帥啊？」

「在哪呢?!」

微笑望著朴代理所指的地方，腦袋不自覺地歪向兩點鐘方向。長得超級帥……呃……說實話還真不太清楚。

「他畢業於首爾大學，聽說家庭條件也是相當優越。傳聞他名下還有一棟江南的房子。三十三歲，目前單身。真的很不錯吧？」

「啊……嗯。」

首爾大學畢業，留學海外，唯一集團會長的兒子，包括位於江南的一百多坪豪華頂層公寓在內，僅其名下的房產和金融資產就數不勝數，再加上三十三歲，從未交過女朋友，這樣一個男人，微笑貼身輔佐了九年之久，所以面對高貴男，她實在無法脫口而出一句「不錯」。

不過，這不舒服的心情是怎麼回事？

微笑摩挲著下巴，一種難以釋懷的心情油然而生，就在此時，場內響起了廣播。

——請參加二人三腳的選手各就各位。

「妳真漂亮。」

「什麼？」

「我說妳很漂亮，是個童顏美女。」

微笑用主辦方準備的彩繩把兩個人的腳踝結結實實地綁在一起，高科長則一刻不停地說著無聊的話，費勁心機地討微笑歡心。微笑一直笑臉相迎，心思卻完全不在他身上。

「高科長，腳踝會不會綁得太緊了呢？」

「不會，我都沒關係的。」

「你別這麼敷衍，好好看一下。等會跑起來再覺得痛可就麻煩了。」

「跑起來如果痛的話，慢慢跑就好了。」

「那可不行！必須拿第一。」

「哈哈哈。只不過是公司運動會而已，不要太認真嘛……」

「不是，什麼叫『只不過』啊，你說得倒是輕鬆啊。有人可跟我說『寧死不敗。全力以赴還不夠，必須給我拿第一』呢！」

「誰說的？」

「副會長。」

「啊……是。咳咳。」

「你一定要拚了命地跑，知道了嗎？」

「好的！」

從多種意義上似乎都得拚了命才行。

「加油！」

「加，加油！」

兩個人面對面地握緊拳頭互喊加油，關係似乎也變得親近了些，高貴男趁機悄悄開始搭話。

「那個……金微笑祕書，妳是哪個學校畢業的？」

「政尚女子高中。」

「是嗎？我還以為妳只有美貌是女神級別的呢，沒想到妳連幽默感也是造物主級別的呀。哈哈哈。」

不是幽默啊，是真的啊。

「我是首爾大學經營系的，是副會長的學弟。」

「啊，這樣啊。」

「我個子太高了。有一百八呢。妳會不會不方便呢。這可怎麼辦，真是抱歉啊。」

這是什麼新型炫耀法嗎？要想裝了不起就直接一點，不想裝就乾脆不要裝，請明確表示你的態度。

微笑站起身，從頭到腳打量高貴男一番，笑盈盈地回答道：
「你比副會長要矮一些呢。不過也沒關係啦。馬上就要全力衝刺了，我們來活動一下雙腳吧。」
高科長試著輕輕活動了一下綁著的腳，繼續執著於聊天對話。
「聽說妳馬上就要辭職了，是真的嗎？」
「是。」
「心裡肯定又痛快又不捨吧？」
「是啊。」
「辭職以後去哪兒呢？」
「還沒決定。我想先休息一段時間。」
「是啊。其實女人整日在外忙碌，確實挺辛苦的。」
「沒有啊，完全不辛苦。」
「這樣啊，不辛苦啊……」
高科長尷尬地扭捏了好半天，正當兩人排隊準備比賽的時候，他突然問了一個意圖明顯的問題：
「冒昧地問一下……妳現在有男朋友嗎？」
「沒有。」
高貴男莫名紅了臉，撓了撓後腦勺又問了句：

「妳喜歡遊樂園嗎？」

「喜歡。」

「這週末有什麼安排嗎？」

「這個嘛，還沒有計畫呢。這週末不知道能不能休假呢？」

微笑依舊笑盈盈地看向高貴男的臉，高貴男難為情似的羞紅了臉。

「那，妳有時間的話，能和我一起吃個飯嗎？」

「啊……？」

天啊，天啊，怎麼辦。仔細一看才發現，這男的……剛才還直勾勾地盯著高貴男看的微笑突然紅著臉扭開了頭。

「妳不用這麼害羞。我沒有別的意思。其實是別人送了我兩張綠源酒店的自助餐券，沒人和我一起去。不知道妳是否瞭解，綠源酒店的自助很貴也很不錯呢。哈哈。」

「啊……我……」

怎麼辦，這可如何是好呢。

那個人，那個人的鼻毛露出來了。要不要告訴他呢？該怎麼跟他說呢？不是，鼻毛怎麼會跑到外面來呢？男人不是也會經常照鏡子的嗎？

見微笑說不出話來，只是紅著臉一副手足無措的樣子，高貴男欣慰地笑道：

「哈哈哈。沒想到妳性格這麼內向啊。」

「啊，沒，不是那樣的……」

「吃完飯一起去唯一樂園吧。我會買好入場券的。雖然唯一樂園的票很貴，不過買下午場，再加上員工優惠的話，挺划算的。妳覺得如何？」

暫且不論為何要在這種場合提到划算不划算，外向的鼻毛男啊，你還不知道入場券的真正意義吧。

微笑一臉不情願地看了看高貴男的臉，突然間像是恍然大悟的眼前一陣發黑。

「哦？等等！這麼看來……」

驚慌失措的微笑瞪大了眼睛，不斷扭頭環顧四周。

與「男神女神二人三腳」的主題十分相稱，四周圍滿了所謂的優秀單身男職員。可是男神到底在哪兒呢？別說是男神了，看來看去都只看得見哺乳類甚至是海鮮類。這裡是動物園！是水族館！

微笑這才終於明白從剛剛開始就一直不舒服的心情究竟是怎麼回事了。在英俊身邊呆了太久，以致於一直沒能察覺到這個百分之百確切的事實。

那就是，今後無論去了哪裡，不管見了誰，都會有一種來到了動物園甚至是水族館的感覺！和李英俊這個傢伙一起共事的九年裡，微笑的眼光已經達到高峰了，堪比聖母峰之頂，今後還有誰她能看得上呢。在評比範例一開始就設定成李英俊的情況下，想開始一段平凡的戀愛根本就是無稽之談。

微笑猛地轉過頭，絕望地望向遠處的主席台。

果不其然。

似有光環籠罩的李英俊正以魅力十足的姿態蹺著二郎腿坐在那裡，一副好像早就料到會是如此的表情，從容地俯視著她。

＊＊＊

「呃啊啊，好睏啊。怎麼還不結束。什麼時候才能見到我們家美人魚呢？哈啊。」

侑植打了個長長的哈欠，一邊用手背擦去眼角滲出的淚，一邊咂咂吮吸著袋裝紅蔘汁。坐在旁邊的英俊則是一副悠然自得的神情，俯瞰著運動場。而他視線的盡頭出現了等待出戰二人三腳比賽的微笑。

「哎呀？微笑祕書怎麼會在那裡？金智雅祕書不見身影，看來是替補參賽啊。還有……」

侑植悄悄打量英俊的臉色，補充道：

「這下可糟了！公司裡的單身男神全都集中在這裡了，我們微笑祕書要是和哪個看對眼了可怎麼辦啊。」

「不可能。」

「我說你啊，這麼自信滿滿，小心碰一鼻子灰。」

「微笑是不可能和那些傢伙看對眼的。因為她中了詛咒。」

「什麼？」

「應該說是大片的詛咒吧。」

「沒頭沒尾地說什麼呢？」

英俊一個淡定而優雅的手勢指向運動場正中央。

「大片。斥鉅資打造的大製作電影。投資規模越大，票房就越有保障。」

「那誰不知道？不過詛咒是怎麼回事……？」

「看過斥資三億美元製作的IMAX科幻電影之後，再去看低成本的三流情色電影。」

「呵！」

「那畫面果真看得下去嗎？」

果不其然，遠遠地望過去都能明顯看出等待上場的微笑臉上寫滿了各種不樂意。令人扼腕歎息的是，貼在她身旁的那個傢伙雖然在未婚女員工中頗具人氣，但從外形上就已經淪為了滿是雜訊的黑白無聲電影。

「啊啊，李英俊，你這小子太可怕了……！」

侑植一邊展示白眼式驚恐★，一邊望向英俊。

英俊笑盈盈地望著運動場，赤裸裸地散發出一種邪惡氣息。

「請妳拚盡全力掙扎到底吧。金，微，笑。」

英俊咧嘴一笑，發令槍瞬間響起，只聽砰的一聲，男女搭檔便同時一齊跑了起來。

也許是腳踝被綁住的緣故，在不夠默契的配合下，大伙跑得踉踉蹌蹌，不斷有人摔倒，在地上打起滾來，場面一度變得十分滑稽。

★漫畫中常用「空出眼球」的畫法來渲染人物的驚恐狀。

侑植津津有味地觀賞著俊男美女們的團體肢體搞笑表演，笑到眼淚直飆。

「哇啊，這是誰安排的比賽？太有趣了。噗哈哈。」

可就在這時……

其中一對搭檔開始以非人的速度一馬當先。他們一一甩開對手奮力直追的架勢就好像腳上裝上了馬達。

出於好奇，英俊看了一眼這對選手，表情瞬間突變。

「李英俊，幹嘛突然擺臭臉？」

「那……」

「我的天啊！我還以為是誰呢，原來是我們微笑祕書那組啊。」

侑植發現英俊的臉龐猛烈地燃燒起來，搖晃著手中空空的紅蔘汁包裝，誇張得勢說道：

「好酷啊。影子幾乎合二為一了呢？彷彿生來就形同一體的默契配合。哦不，完全就是融為一體了嘛，一體。搞不好要產生感情了呢。」

「你可真是……」

侑植把空包裝扔進垃圾桶，白目地喃喃自語：

「哼，還什麼大片的詛咒。」

「閉嘴。」

「好像在看一部製作優良的懸疑電影啊，表演結束之前，完全無法轉移視線啊，這劇情發展讓人看得手心直冒汗啊。」

「朴博士。」

「先不說這個了，哎呦，貼那麼緊還互相摟著腰，分明……反正一定會碰到的，這可怎麼辦呢？」

「我叫你閉嘴。」

英俊咬牙切齒地怒視運動場，猙獰的模樣像極了四天王像★。

事實的確如此，微笑正緊緊摟著一個陌生男子的腰，寸隙不留，嘴裡還喊著「一二，一二」的口號，認認真真地奔跑著。

正如侑植所說，說不定會碰到身體的某個部位，也不知道那個禽獸一般的傢伙心裡有什麼陰險的想法！區區一個第一名到底有什麼重要？居然還怕別人追上來，一邊扭頭看後面，一邊使出吃奶的力氣全力奔跑。

「那傻子是瘋了嗎?!這種公司運動會的意義不就是重在參加嘛，誰會拚了命地跑……」

哎呀？這麼看來……

〔看來妳還是聽不懂啊。『寧死不敗』，意思就是，寧願死也不能輸。全力以赴還不夠，必須給我拿第一。〕

★佛的四個護法神。

啊啊，搬石頭砸自己的腳說的就是現在這種情況。

「英俊？李英俊？你沒事吧？」

「呃，可惡！」

英俊現在幾乎是懸浮在空中的狀態，他死命抓著座椅扶手，勢必要把它捏碎了似的。侑植似乎察覺出事態比想像的還要嚴重，在包包裡翻來翻去，一臉擔憂地遞給他什麼：

「別激動，喝點這個。」

英俊將侑植打開蓋子遞過來的牛黃清心丸飲劑一飲而盡，長長地吁了口氣後，竭力地深呼吸。沒錯。以後再追究也不遲。先讓這狂跳不止的心臟穩定下來之後……

就在這時，主持人興奮不已地宣布：

——好！不用我說，大家也知道勝利的第一名是哪兩位了吧？兩位為我們展現了超群的團隊默契，大家沒有產生什麼預感嗎？什麼預感呢？什麼預感？是的！沒錯！情侶誕生的預感！交往吧，交往吧！

大家一起和著拍子連聲呼喊：「交往吧！」不覺間全場洋溢著大團結的氛圍，蔚為壯觀的景象完全無愧於「團結如一，唯一」的標語。這無疑是主辦方所最期待的溫馨場景。

只有一點除外：「團結如一，唯一」的老大現在處於重度神志不清的狀態。

「幼稚。什麼集團活動，陳腐。」

英俊眼神冷厲地脫口而出。侑植聞言，脊背一陣發涼。就在他預感大事不妙的時候，英俊說出了他意料中的話：

「明年起取消公司運動會。」
「喂，李英俊。」
「我忍不下去了，先走一步。」
英俊猛地站起身來，完全無視隨他一同起身的眾高級主管和隨行人員，冷冰冰地轉過身走向樓梯：
「哦？副會長！閉幕詞怎麼辦啊?!」
侑植急忙大喊。英俊頭也不回，跨步往前走去。就在這時……
「閉幕詞你替我……？哦，呃啊！」
哐噹！
英俊還沒說完便一腳踩空，摔了個狗吃屎。

II 體溫

雖然她並不知道這股熱浪來自熱毛巾還是英俊本身，但那卻是一種感覺很不一樣的體溫。

「交往吧，交往吧。」

周圍的呼喊聲讓微笑覺得荒唐透頂，一時說不出話來。

倘若兩個未婚男女必須交往的理由，僅僅是二人作為搭檔在跑步比賽中獲得了第一名的話，那這世上哪還有單身狗的存在呢？站在觀眾的立場上，和著拍子連聲歡呼雖然非常有趣，但如果真的輪到自己置身其中的話，一定會超級不爽。

微笑皺著眉回頭一看，發現高貴男一副很享受的樣子，紅著臉咧嘴笑。有什麼好開心！天氣這麼冷，趕緊讓你那柔弱的鼻毛回家吧！

微笑咬著牙拿到了第一名，卻不知道該笑還是該哭。

微笑無端覺得後腦勺一陣刺痛，於是轉過身望向主席台一側。她感到有些奇怪。理應坐在那裡的英俊不見了蹤影。明明剛才還像是豎起大拇指、俯視圓形競技場的尼祿皇帝一樣，趾高氣揚地坐在那裡。

消失不見的不只是英俊，包括侑植在內的眾高級主管和隨行人員也都離開了主席台。不應該發生這種事情啊。

這時，英俊的一名私人警衛神情焦急地出現在她的視野裡，只見他一邊向主席台下方的醫務組猛烈地揮手，一邊對著對講機大喊。分明出了什麼事。

微笑眼前一片漆黑，彷彿瞬間停電了一般。就連耳朵也開始嗡嗡作響，只聽見心臟不斷發出令人暈眩的「砰砰」聲響。

「副會長！」

不覺間，她的身體本能地朝向了英俊所在的方向。

「呃啊！停停停停！疼疼疼疼疼！」

慘叫聲讓微笑緩過神來。她回頭一看，這才發現用單腳跳的高貴男。

「金祕書！繩子！腳還綁著繩子！啊呃！」

微笑連忙解開綁在腳踝處的繩子，頭也不回地奔向了主席台。

「妳，妳去哪兒啊?!金微笑祕書！領完獎再走啊！金祕書！」

微笑像離弦的箭一樣橫穿過寬闊的運動場，來到與主席台相連的選手出入口，警衛立刻擋住了通路。她連忙出示出入證，再次跑了起來。即便跑到上氣不接下氣、呼吸困難，也沒有放慢腳步。除了要立刻跑過去親眼確認英俊的狀況以外，她沒有任何想法。

不知道在室內體育館那條又窄又長的走廊裡跑了多久……

就在微笑感覺快要窒息、眼前變得忽明忽暗的時候，一群身著黑色西服、像蜂群一樣聚集在一起的隨行人員出現在她的視野中。果然，人群正中央的英俊正彎曲著一側膝蓋，癱坐在地上。

「副會長！」

震耳欲聾的尖銳叫聲迴蕩在狹窄的通道內，眾人的視線全部投向了微笑。

「怎麼……！副會長，這到底怎麼回事?!」

微笑氣喘吁吁地徑直跑過來，推開身形魁梧一排警衛員，低頭看向英俊。

英俊一看到微笑就用手擋住左側腳踝，愁眉苦臉地扭過頭去。

「您受傷了嗎？怎麼會突然受傷呢？傷到哪裡了？啊，啊，嚴重嗎？嗯？」

微笑還沒喘過氣來就急切地追問起來，英俊卻不予理睬，閉口不答。

「很痛嗎？哪裡，哪裡?!哪裡痛？」

「這麼多人，妳安靜點。」

「不是，我問您哪裡痛！」

「金祕書。」

「痛的話您就說出來啊！」

「我們都知道微笑妳有副好嗓子。所以妳還是小聲點吧。」

「您為什麼不說話啊？您說說話啊！」

「金祕書……」

「讓您快點說出來！說話！說啊！副會……！」

「啊，被妳吵死了！吵死了！我說吵死了！吵死啦！」

英俊漲紅著臉，扯開嗓門大喊大叫，周圍的隨行人員嚇得肩膀一縮。現在這種情況，到底誰該嫌誰吵呢？

「有必要這麼小題大作嗎?!都說了只是在樓梯上滑了一跤而已！」

和他的說法正好相反，那身褐色休閒套裝上到處沾滿了灰色塵土，分明不是滑倒而已。

「騙人！您看看您的衣服！衣服為什麼這副模樣？您不是滑倒，是滾下來了吧？對吧？傷得重嗎？有沒有撞到頭？」

「沒事！沒事！我沒事！」

「您喝酒了吧？」

「沒喝。」

「喝了吧！」

「不是，我都說了沒喝，妳這是怎麼了？」

「不是，那到底因為什麼?!又不是小孩子，怎麼就好端端地從樓梯上滾下來了呢?!」

微笑的叫嚷聲在走廊裡久久迴蕩，又漸漸歸於平靜。

在旁觀看兩人掀起爭執的一群隨行人員著實被嚇了一大跳。

天上天下唯我獨尊的李英俊，一個因為太過了不起而令人生厭，同時，也正因為他是真的很了不起而又實在讓人無法討厭。一個從頭到腳都洋溢著領袖氣質，無論是誰都不得頂撞或是提出任何異議的男人。

這樣的英俊居然乖乖地接受了微笑的頂嘴，哦不，應該是接受了一個結婚三十年的老婆的嘮叨，那副模樣似乎有些奇怪，但又有種說不上來的和諧。

英俊長歎一聲，揮手示意微笑走開後，憤憤地說：

「我真的沒事，妳就別在這兒大呼小叫的了，讓開。」

英俊用手撐著地面，站起身來，左腳剛一接觸地面就發出了一陣沉悶的呻吟聲。

「呃！」

英俊一臉痛苦地打了個踉蹌，微笑趕忙鑽到英俊左側腋下，扶住了他。

「您看吧！傷到了對吧！」

「妳這傢伙，要吵到何時？」

「我送您去醫院。」

「我能走。放開。」

「放什麼放啊！靠緊一點！」

「我讓妳放開。太狼狽了！」

「知道狼狽還從樓梯上滾下來？」

吵吵鬧鬧的兩個人搭著肩膀，一拐一拐地往前走著。隨行人員呆呆地看著他們離去的身影，其中一人後知後覺地回過神，連忙上前攙扶英俊。

「副會長，我……唔。」

不知是誰從身後一把拽住了隨行人員的後衣領。隨行人員回過頭才發現朴侑植社長正衝他嘻嘻地笑。

「社長？」

「插手副會長的私人歡樂運動會多掃興啊。你就別管了。現在插手的話，你就會和那邊的高科長一樣，被調去國外，升職可就無望嘍。」

「什麼？」

＊＊＊

英俊從醫院回到家時，天已經黑了。

玄關前廳內燈火通明，聽聞英俊受傷的消息，管家和傭人們一致排開等待著他的吩咐。僅僅是微笑一個人大呼小叫就足以令自己筋疲力竭了，英俊立刻命令他們馬上下班，不過五分鐘，所有人全部離開，家裡終於安靜下來。

英俊一拐一拐地挪動腳步坐上扶手椅，隨即把打了石膏的左腳放在了椅子上。醫生說是韌帶拉傷，需要靜養一週左右。

「啊呀呀。」

英俊長長地歎了口氣，接過微笑遞過來的水，一口吞下止痛藥後鬆了鬆領帶。

「當著那麼多人的面，真是太丟臉了。」

「副會長，現在是面子的問題嗎？沒有大礙真是太好了。」

「嗯，面子對我來說一直都是很重要的問題。」

可不是嘛，一臉嚴肅地撩起頭髮的英俊雖然看起來略顯疲憊，卻依然俊秀無比，讓人完全想像不到他在公司高階主管前失去了形象。

微笑瞟了一眼纏繞在英俊腳踝上的石膏，把空杯子放到桌上，開口問道：

「您真的沒事嗎？要不要住院觀察幾天？」

「只不過是扭傷了腳，住什麼院。」

「萬一又痛了該怎麼辦？」

微笑皺著眉頭俯視英俊。盈盈的笑容一直是她的標誌，現在的她卻全然不同。

「喔，這哭喪的表情我還是第一次看到呢。」

英俊用手指著她的臉龐，開玩笑似的嘻嘻笑著，微笑卻仍然眉頭緊皺。

「這麼擔心我嗎？」

「這是什麼話啊。真是的……」

見微笑哭喪著臉打量著自己的腳踝，萬分傷心地喃喃自語，英俊像個沒事的人，一臉從容地說：

「我只是沒計算好到台階的距離而已。」

微笑瞇起眼睛反駁：

「計算到台階的距離？直接用眼睛看著走不就好了。您不會一邊走一邊想別的事吧？什麼事想得那麼入神？」

英俊似乎不想回答，扭過頭一陣乾咳，微笑見狀也不再追問此事，又接著問：

「還有沒有其他地方會痛？」

「手腕有點……」

似乎現在才感覺到摔倒時撞到的右側手腕一陣痠痛，英俊來回轉動著右手腕，皺緊著眉頭。

微笑徑直離開，不知去了哪裡，不一會兒便拿著一條熱騰騰的毛巾回來了。她一屁股坐在地上，用毛巾輕輕碰了碰英俊搭在扶手上的手腕。

「不燙嗎？」

「嗯，剛剛好。」

「您這副樣子實在不像您的風格。」

微笑一邊嘟囔著一邊用熱毛巾包裹住英俊的手腕，痠脹的疼痛瞬間被一陣溫暖掩去，令人心情愉悅的溫暖氣息開始在體內彌漫開來。整個人都變得軟綿綿的，彷彿下一秒就會進入甜甜的夢鄉。

英俊扭過頭細細地打量著微笑的模樣。

為了方便跑步，她紮了一個俐落的馬尾，和平時不同，光潔的額頭上多了幾縷自然滑落的碎髮。漂亮精緻的彎眉下是纖長而濃密的睫毛，鼻梁又高又挺，嘴唇就像是水墨畫筆一筆勾勒出來的一樣，線條十分圓潤柔和。

和九年前相比，她的臉上添了不少斑點，因為總是面帶笑容，眼角也多了幾條細紋，但是，不論是那時，還是現在，微笑依然美麗如初。

「您怎麼一直盯著我看啊？我臉上黏了什麼東西嗎？」

「我……有說過『漂亮』嗎？」

「什麼？」

「妳。」

聽到英俊無比真摯的語氣，微笑直勾勾地盯著他的臉看了很久，而後惡作劇似的憤然道：

「沒有。完全沒有，完——全。」

「哦……是嗎？」

製造氣氛不成，英俊一臉不樂意地聳了聳肩，一直默默望著他的微笑這才重拾笑顏。看著笑盈盈的微笑，英俊的內心也變得萬分舒暢，終於噗哧一聲笑了出來。

「我去買點藥吧？」

「不用了，沒關係。」

「可是貼上會好很……」

微笑騰地站起身，卻像是被潑了一盆冷水似的，僵在了原地。

「都說了沒關係的。」

「啊……」

英俊抓住了微笑的手腕，他的手像是發了高燒一樣燙得厲害。雖然她並不知道這股熱浪來自熱毛巾還是英俊本身，但那卻是一種感覺很不一樣的體溫。

「坐下。」

微笑扭扭捏捏地蜷縮著坐下來之後，英俊仍然抓著她的手，久久沒有放開。

微笑實在忍受不住這尷尬的沉默，悄悄地從他的掌心抽出手來，撿起掉在地上的毛巾遞了過去。

「謝謝。」

「不客氣。」

兩個人單獨在一起的情形也不是一天兩天了，這尷尬的氣氛卻是越來越濃。好奇怪。回想一下，從一週前不算約會的約會之後，兩個人就一直是這種狀態。

「不累嗎？」

「不太累。」

「我有點累了呢。」

「那您閉上眼睛休息一會兒吧。」

「好吧。」

溫暖的氣息讓他覺得越發疲軟，眼前變得一片朦朧。

英俊望著天花板上的吊燈，慢慢地閉上了眼睛。

微笑坐著的地方傳來了衣角摩擦的沙沙聲。她輕輕的呼吸聲，似是無聊玩弄手指的聲音也連續不斷地傳入了英俊的耳朵裡。

「今天的運動會……好玩嗎？」
「嗯。您受傷之前還挺好玩的。」
「什麼最好玩？」
「接力賽跑。讓我想起了以前。」
「是嗎？不是二人三腳嗎？」
「唉，別說了。年紀輕輕的大男人，身子笨重不說之外。您知道一起跑起來有多辛苦嗎？」
「妳怎麼能和不認識的男人貼得那麼緊呢？」
「只要能得第一，有什麼不能做的？」
「反正這第一至上主義是個問題啊。正是因為人人都想爭第一，世界才變得如此這麼冷漠無情。這種公司運動會的意義不過就是重在參與，誰會拚了命地跑啊？」
「哦……？等等。好像……有什麼東西突然在我體內沸騰起來了呢？」
「那是妳的心理作用。」
「是嗎？」
「總之，妳喜歡那小子嗎？」
「哪個小子？」
「二人三腳的搭檔。妳不是跟我說過，『現在也該談談戀愛嫁人了』嘛。我在問妳，那個號稱男神的小子會不會跟妳戀愛結婚？」
微笑沉思了好一會兒，突然說：

「恕我無可奉告。」
「哼……是嗎？」
「天啊，您不要擺出一副什麼都懂的表情，讓人不舒服。」
「妳愛說不說，又不關我的事。」
「真是太壞了。無論如何我都不會對副會長您產生任何感情。」
「這種話可不要隨便說。像我這樣的男人打著燈籠都找不到呢。」
「哼。」
「妳現在還是想辭職嗎？」
「這個嘛……多虧了智雅，工作量減輕了不少，也有了自己的時間……您好像也比以前小心謹慎了許多……」
「我的提議仍然有效。」
「我還是不改初衷，拒絕你的提議。」
「不改初衷……太過分了，頭也不回……這種條件不是應該說『我願意』嗎？」
「這關係到我的人生，怎麼可能只看條件就這輕易做出決定呢？」
「妳可真是……貴得……離譜啊。」
「很貴吧？那是當然了。我可是非常昂貴的女人哦。」
「貴……」
對話突然中斷，微笑抬頭一看，發現英俊不知不覺間已經歪著腦袋睡著了。

「看來真的很累啊。」

微笑深情地看了他好一會兒，默默伸手摸了摸毛巾。不太滿意的對話間，熱毛巾已經變得溫溫的了。

微笑打算再去熱一下毛巾，剛從座位上站起身，就聽到英俊低沉沙啞的囈語：

「微笑……不要……走。」

微笑一動不動地彎著腰站在原地，兩頰漸漸泛起紅暈。

＊＊＊

〔來，媽媽，叫聲媽媽。〕

〔您送我回家吧，阿姨。我想回家……〕

〔我讓你叫媽媽！快點！要是我生下了那個孩子，那個人，就不會拋棄我了。〕

〔阿姨……〕

〔不是阿姨，是媽媽！趕快叫！叫啊！現在就叫！〕

〔媽……媽……〕

〔現在我也有這麼英俊的兒子了，他會重新回到我身邊吧？啊啊，好開心。〕

〔您現在送我回家吧，好嗎？媽媽、爸爸和哥哥都等著我呢。我想回家，送我回去吧，求求您了。〕

〔哎喲，你很愛你的家人啊？〕

「是的！所以請您快點送我回去吧。我絕對不會報警的，拜託……」

「愛？哈！真是可笑。你知道什麼是愛嗎？你覺得這世上存在所謂的愛嗎？」

「我完全聽不懂您在說什麼。請您送我回家吧。求求您了。」

「啊哈，你也覺得這樣的我很可笑嗎？好啊，就連你也覺得我可笑。你這小子，以為自己是個男人，就覺得我可笑嗎?!」

「不……不是的，不是那樣的！」

「閉嘴！我付出了所有，那傢伙到頭來卻把我害成了這副模樣。說什麼會愛我一輩子，離婚之後一定會和我結婚……卻又說因為他的傻孩子不能離，重新回到了黃臉婆身邊！」

「幫，幫幫我！誰來幫幫我！拜託！」

「你看看我這副鬼樣子。這就是所謂的愛。我說這就是愛，這就是婚姻！你知道這是什麼意思了嗎？」

「不知道，我不知道……！放了我！放我離開這裡！」

「唔！」

即便睜開雙眼，眼前還是一片漆黑。英俊突然喘不上氣來。他抓著憋悶的脖子，猛烈地咳嗽起來，這時，後背傳來一陣熟悉的溫暖觸感。不用回頭也能知道，那份溫暖來自微笑之手。

「對不起。我看您好像做噩夢了，就把您搖醒了。」

「啊啊……」

依舊顫抖的手上冷汗淋漓。他撥了撥凌亂的頭髮，這才鎮定下來。

「做得……好。」

「我也經常做噩夢，所以知道那種感受。心情很糟糕吧？」

微笑似乎是想要幫他盡快從噩夢中擺脫出來，一直和他搭話，把他拉回了現實。

「您沒事吧？要喝點冰水嗎？」

「嗯，謝謝。」

「您不要再睡著了。我馬上給您拿來。」

英俊愣愣地看著腳步匆匆的微笑，聲音嘶啞地問道：

「現在……幾點了？」

「八點。」

英俊低著頭，臉色蒼白，過了好一會兒，又輕聲問道：

「金祕書，妳能不能在這兒睡一晚再走？」

「什麼？」

「妳在這兒睡一晚再走。就今晚。」

「睡一晚……再走？在這兒？」

原本笑盈盈的微笑突然激烈地咳個不停。

「噗——！咳咳！咳咳！」

＊＊＊

十一月十七日晚上八點，仁川機場國際到達出口。

一位佩戴深色墨鏡的美男子彷彿伸展台走秀一般，姿態優雅地走出來，環視四周。

「好黑啊。」

男人長長地吁了口氣，從他身旁路過的女人們紛紛轉過頭來。

「啊啊，這個世界還是沒變。好黑，好黑……為什麼這麼黑啊。」

充滿憂愁的嗓音裡載著滿滿的是柔情。

見男人苦惱地搔著頭，心臟彷彿受到暴擊的一名女子突然恍惚地抓住了自己的後脖頸。這是從未有過的一種體驗。那感覺就像是看到了剛初生的動物一樣。她強烈地感受到了男人身上散發出的難以抗拒的魅力和讓人無法迴避的保護本能。天啊，必須趕快抱緊才行，抱緊這個男人！

「哈啊……嗯？」

長吁短歎的男人似乎恍然大悟，突然抬起頭，優雅地摘下墨鏡。

「啊啊，現在好多了。」

男人這時才覺得視野開闊起來，一臉舒暢地嘻嘻笑起來，環顧四周。

和他對視的那個女人唰地紅了臉，他立刻回以魅力無窮的笑眼，從外套內側的口袋裡拿出手機。

不知向誰撥去了電話，男人十分高興似的抬高了聲音：

「媽，是我！您的小可愛，大兒子李成延！哈哈哈。是，我剛到。」

男人笑著的臉上突然掠過一絲驚慌失措的神色。

「什麼？您問我在哪裡？還能在哪裡啊，當然是韓國了。我不是說了今天到的嘛。哦？嗯？我沒說嗎？啊……我沒說啊。那你們什麼時候回來啊？什麼？明天？啊啊，我一個人多無聊啊。唉。那我先去英俊家吧。知道了。」

男人掛了電話，面容苦澀地摩挲著手機螢幕，過了好一會兒才唉聲歎氣地抬起頭，視線又一次和剛剛對視過的女人相撞。

他眨著眼睛拋了個媚眼，女人便被他性感的秋波迷昏了頭，氣喘吁吁地踉蹌起來。

「那，走吧。」

男人邁步向前，髮絲隨風揚起，幽幽的花香不知從何處撲鼻而來。

12 兄弟

英俊是充滿男性魅力，很犀利的形象，而成延溫順柔和的外形卻給人非常女性化的感覺。

微笑和英俊錯過了晚餐，轉而喝著咖啡開始了爭吵。爭論的主題和往常一樣，不過是些非常瑣碎的小事。

「又不是要長命百歲的，非要那麼挑剔嗎？喝得開心不就行了嘛。」

「所以說，我好像喝得並不開心啊。」

「我都說了這是天上才有的絕頂好咖啡。真得很好喝。」

「那妳多喝一點吧。不管是天上的咖啡，還是地下的岩層水，經過哺乳動物臭哄哄腸子的東西，我就是不喜歡喝。」

「如果您手裡拿著的是我偷天換日的麝香貓咖啡呢？」

「啊，對了，有件事情要跟妳道個歉。三年前的耶誕節，我送過妳巧克力吧，我當時跟妳說是親自向義大利大師定製的？」

「是的。您跟我超級炫耀……哦哦？不會吧！」

「沒錯。那是當天臨時在百貨商店買的。大師製作的那個，前一天被我下酒吃光了呢。」

「太過分了！您怎麼能這樣呢？」

「傷心了？」

「您現在還能說出這種話來？」

「騙妳的。」

「咳咳！啊呃！」

「從實招來。這是藍山吧？」

「嗯，是藍山。」

「我就說嘛。」

微笑氣鼓鼓地瞟了一眼英俊，偷偷看了一下他的馬克杯，然後問道：

「快喝完了呢。我再幫您泡一杯吧？」

英俊瞥了一眼微笑的杯子，見她的咖啡還剩下大半，便開口問道：

「妳怎麼不喝啊？」

「太多了。」

「妳不喝就給我吧，我喝。」

「那要不要交換杯子？」

「隨便。」

兩個人很自然地交換了杯子，繼續喝著剩下的咖啡。

客廳裡只聽得見呼嚕嚕的細微聲響，淡淡的咖啡香味飄散其間。

微笑凝視著馬克杯裡漆黑明亮的水面，輕聲地問道：

「您，經常做噩夢嗎？」

「怎麼說呢。」

英俊給出了一個模糊的答案，既沒有肯定，也沒有否定。

微笑聳了聳肩，尷尬地笑了笑，淡淡地說道：

「不知道從什麼時候開始，只要我睡得淺，就總會做噩夢。還會夢到很多奇奇怪怪的東西。」

「妳那是因為壓力太大。」

「就是說啊。到底是誰給了我那麼大的壓力呢？」

「密爾頓・弗里德曼★。」

「哇哦，真是討厭死了。總之，我之前有說過嗎？我總是做同樣的夢。」

「聞所未聞。」

★美國當代經濟學家。

微笑眼神矇矓地望向夜景閃爍的黑漆漆的窗外。

「我分不清那是我小時候經歷的事情，還是前生，又或者只是一個夢而已……夢裡總有一個哥哥出現。」

英俊有些驚慌地看向她，微笑卻失了神似的繼續說道：

「那個哥哥好像是個小學生……皮膚白皙，個子高高，眼睛很圓……長得就像王子一樣帥氣。我雖然並不知道那晚為什麼會和他待在一起，但我記得房間很黑很窄，還特別冷。而且……」

「朴博士說壓力大的時候吃點甜的最好不過。」

聽到英俊一番莫名其妙的話，微笑瞬間從思緒中回轉過來，眨著眼睛問道：

「要不要給您拿點零食啊？」

「不用了。」

「可是，偶爾會有一種毛骨悚然的感覺……」

似乎是說話間突然抓到了什麼線索一樣，微笑並沒有就此放下夢的話題。英俊已經明顯皺起了眉頭，但她卻依然未能察覺。

「房門外面分明有什麼東西。您知道我有蜘蛛恐懼症吧？」

一提到蜘蛛，微笑就不由一陣顫抖，她一臉確信、語氣堅定地接著說道：

「說不定我的蜘蛛恐懼症就是這麼來的。」

「門外有蜘蛛嗎？」

聽到英俊的問題，微笑點了點頭，又不太確信地說道：

「但是……最近我開始懷疑那到底是不是蜘蛛。如果說是蜘蛛，未免有點太大了……。不過我也不願再去多想。怎麼說呢，總感覺如果那不是蜘蛛的話……就應該是更加恐怖噁心的東西……」

像是想起了什麼討厭的東西，微笑突然打了個冷顫，不覺間臉色已經變得得像白紙一樣蒼白。

英俊靜靜地看著她的臉，語氣真摯地打斷了她的話。

「長大以後再回到小時候去過的地方，會有一種奇怪的感覺吧？」

「是的。」

「妳會突然感慨，這裡以前有這麼窄嗎？這個原來是這麼小嗎？差不多就是這種感覺。小時候個頭太小，所以相對來說，所有的東西看起來都很大。」

「那那個……真的是蜘蛛嗎？」

英俊回答得十分爽快，就好像當時他也在場一樣：

「沒錯。」

「可是。」

「沒有『可是』。妳還記得我之前說過的磨牙棒嗎？」

「啊啊。Bigbang埋起來的磨牙棒嗎？」

「對，就是那個。」

「您怎麼突然提起這個來了？」

「就算記不起來了，那根磨牙棒也一定還原封不動地待在某個地方。雖然被埋了起來，看不見它，但那並不表示它已經消失不見了。可是，真的有必要挖出來確認嗎？」

「是嗎？」

英俊喝光了剩下的咖啡，一邊摩挲著空杯子，一邊淡淡地繼續說道：

「就算費了九牛二虎之力把它挖了出來，也很有可能已經腐爛到面目全非了。與其這樣，還不如不看。」

「那倒是。」

微笑點點頭看向英俊。

英俊笑嘻嘻地搖晃著空空的杯子，溫暖的咖啡讓他的嘴唇看起來濕潤潤的，勾勒出溫柔弧線的雙唇間，潔白整齊的牙齒和粉色的舌頭若隱若現。

這張臉看了九年，這一次卻莫名地心跳加速。微笑尷尬地扭過頭收拾起桌子來。

「您也累了，我就先走了。您休息吧。」

「走什麼走，往哪走啊？都說了要妳睡一晚再走。」

「您別開玩笑了。」

「我沒開玩笑。妳別走。我今天真的不想一個人待著。」

本以為是句玩笑話，沒曾想他卻說得如此誠懇，微笑一下慌了神，唰地紅透了臉。她拿起托盤，勃然大怒：

「您把我當成什麼人了？您就一點兒都不覺得失禮嗎？」

「我又沒說睡一張床。妳想什麼呢？」

「哦……？」

這麼看來，的確如此。本就紅通通的臉蛋又更紅了。

「啊啊，想不到，金祕書，別有居心啊。」

英俊摩挲著下巴自言自語，微笑聽聞尖叫著正要站起身來。

就在這時，在驚慌失措的大腦、沉重的茶盤和運動會後遺症的綜合作用下，最終引發了事端。被桌腳絆了一跤的微笑瞬間失去了重心：

「啊！天呀！」

茶盤脫手，兩只馬克杯飛了出去，微笑揮動兩手臂徑直摔倒。

杯子在地毯上骨碌碌滾動的聲音在耳邊迴響，漆黑一片的視野卻沒能輕易地恢復過來。微笑只覺胸腹部有種結實而溫暖的觸感，指尖還傳來了激烈的心跳。

「呃……！」

聽到英俊的哼唧聲，微笑打起精神，這才發現英俊就在自己眼前。一時搞不清狀況的她茫然地瞪大著眼睛，愣了很久。

「金祕書！小心點啊！又壓到手腕啦，這下怎麼辦啊。疼死我啦！」

英俊每發一句牢騷，上身就開始搖晃，微笑的身體也跟著一齊搖擺起來。

微笑這才百分之一百地搞清了狀況。似乎是摔倒的時候，英俊試圖接住她，結果兩人滾作一團的樣子。只見英俊端正地平躺在地上，微笑整個人剛好趴在他的身上。

一時驚慌失措的微笑突然直起身，退到一側坐了下來：

「對，對不起。」

「竟敢拿我的身體當安全氣囊，這下要終身監禁才行。」

英俊咯咯笑著坐起身，他惡作劇似的玩笑話也沒能改變現狀，微笑依舊紅著臉怔在原地，沒有任何回應。

「怎麼了？受傷了嗎？」

她的視線飄忽不定，來回遊走，甚至像個傻瓜一樣結巴起來：

「啊……沒，沒，沒，沒有。沒受傷。」

這尷尬無比的回答，讓英俊也尷尬地撇開了頭。

「不管怎麼說……睡一晚再走還是太勉強了對吧？算了，妳下班吧。」

「什麼？」

「我讓妳回家。」

「您不是說今天不想一個人待著嘛……」

「我叫朴博士過來就行了。」

英俊咧嘴一笑，來回活動了一下疼痛的手腕，一種莫名不安又十分淒涼的氣氛隨之瀰漫開來。微笑望著英俊的臉，莫名有種感同身受的感覺。她好像下定了什麼決心似的，露出一副悲壯的表情，輕輕挪動膝蓋，湊到了英俊跟前：

「我睡一晚再走。」

見英俊一臉詫異地看著她，微笑立刻伸出雙手，握住他的手腕，慢慢地說道：

「如果您是因為擔心又做噩夢才那樣的話……我想說，我也瞭解那種感受。經歷過那種恐怖的事情，醒來卻只有自己一個人的滋味，真的很不好受。所以，我會陪著您的。」

英俊緊緊盯著微笑的臉。

好漂亮。

怎麼會這麼漂亮。從內到外，無一遺漏，美到極致。

甚至如果有人路過，不管那人是誰都想抓住他問一問：我們微笑漂亮吧？你見過這麼漂亮的女人嗎？

英俊喜歡保持適當的距離，太近的距離會令他恐懼。

因為如果和微笑走得太近，情不自禁地陷入其中，像現在一樣沉醉於安逸之中的話，說不定他會一股腦地說出那天所發生的事情，並想要從她那裡得到些許安慰。這樣一來，她竭力想要抹去的那段記憶，那段回想起來不會有任何好處的記憶，就會因為自己而再次被記起。不僅如此，他所經歷過的可怕苦痛也終將伴隨她的一生。

他害怕那樣。也許正是出於這個原因，英俊才會費盡心力地給自己洗腦，說服自己微笑於自己而言只是同事而已，並不想越過那條線。

九年來，即便不是情侶關係，微笑還是毫無怨言地留在了自己身邊，所以她以後也會一直留在自己身邊。也許正是因為這種理所當然的想法，他才會一度安於現狀吧。

英俊後知後覺地自我拷問：

金微笑對我來說到底意味著什麼？她之於我究竟是一種什麼樣的存在？

是火熱的激情？還是一見傾心的炎熱情感？

怎麼說呢，現在討論這種問題會不會太晚了些呢？畢竟兩人已經一同度過了那麼多的時光。非她不可的執著，沒有她便不能活的一顆心。雖不激烈卻又急切焦灼的一顆心。

或許這也是愛情的一面吧。

不，雖然明白得太晚，但只要稍微深入地想一想就會發現，這本是一件非常簡單的事情。

倘若愛情不是一種自私的情感，他也不會把微笑留在身邊這麼久。如果他害怕微笑會因為自己而記起那天的事情，那麼放她走才應該是最明確的答案。

反正事已至此，沒錯，今後也像以前一樣守護著她就夠了。

絕對不會把這份痛苦分給她。絕不。哪怕只有一點點。

英俊一言不發，盯著她的臉看了好一會兒，而後哧哧一笑，又惡作劇似的說：

「妳可以自由地誤會。我真正的意圖其實就是等妳睡下之後，把花邊新聞爆料給媒體，讓妳進退兩難，最後不得不嫁給我。就是因為妳這麼單純，所以才被我耍了九年。傻瓜。」

面對英俊的玩笑，微笑並沒有予以反擊，反而態度誠懇地回應道：

「您就別再裝模作樣虛張聲勢了。等您睡著之後，我就鎖上客房門睡覺。」

說罷，她站起身，猛地伸出手來：

「您抓著我的手站起來吧。」

天花板上吊燈的光亮像光環一樣在微笑身後閃爍。

英俊呆呆地望著她那極致溫暖而平和的臉龐和手，似是拗不過的樣子，哧哧笑著伸出手來。

就在這時，英俊放在桌上的手機刺耳地響了起來。

＊＊＊

燦爛輝煌、耀眼奪目的住商兩用高級華廈大廳裡走來一個女人。俗氣的酒紅色運動服和防風夾克的裝扮也未能掩蓋住女人豐滿的胸型、纖細的腰身和苗條的曲線美。

令人印象深刻的還遠不止這一點。像她擁有這種完美身材的女人，即使容貌稍有瑕疵也完全可以忽略不計，然而她不但擁有洋娃娃一般精緻的面孔，臉上還掛著盈盈的燦爛笑容。

「妳好。」

成延笑著和散發著好聞的香味、款款走來的女人打招呼，女人微微點頭回應道：

「你好。」

面對成延的魅力四射和秋波狂送，女人罕見地不為所動，嗖地從他身邊走了過去。

成延一臉困惑地注視著女人的背影，良久才又邁開了腳步。

英俊所在的頂層華廈的出入門，微微敞開著。

大廳的保衛人員已經通過內線電話確認過，英俊分明知道成延很快便會上去見他。然而幾年沒見的弟弟只是等在門前，並沒有為哥哥準備什麼盛大的歡迎儀式。當然，成延打電話的時候就已經預料到了。

成延表情略帶苦澀地穿過前廳，走進客廳。

英俊正一個人站在落地窗的正中間，背對著成延。窗外美麗的夜景像一幅畫一樣鋪展開來。

「房子不錯啊。」

成延脫下外套，走向沙發，像在自己家一樣悠閒地坐下來，對著英俊的背影打了個招呼：

「好久不見啊。」

「嗯。」

「過得還好嗎？」

「我就那樣。哥呢？」

「如你所見。」

成延張開雙臂，甜甜地笑著。他那高眺的個頭、纖細的身形，以及清晰分明的五官都和英俊非常相像，但給人的印象卻正好相反。英俊是充滿男性魅力，很犀利的形象，而成延溫順柔和的外形卻給人非常女性化的感覺。兩人的性格也完全相異，從小就是一對讓父母操心的兄弟。

「怎麼突然大駕光臨？」

英俊依然沒有轉身。聽到英俊刻薄的問話，成延抿著嘴笑嘻嘻地反問道：

「聽說爸媽去了鄉下？」

「爸的身體不太好，氣喘加重了，去濟州島的別墅修養幾天再回來。」

「嘖，我完全不知道呢。」

「買機票之前，事先打通電話不就知道了。」

成延感覺到英俊話裡帶刺，無力地笑著回應道：

「我不想辯解什麼，不過我確實因為新書截稿，一直忙得不可開交。身為長子，沒能照顧到家裡，對不起。」

「怎麼還跟我道起歉來了。先不說這個，你為什麼非要來我這裡啊？不是有很多地方可以去的嘛。」

「當然有很多地方可以去。但是不知道為什麼今天就是想來找你。」

成延不但長得俊秀，還擁有著激發女人保護欲的獨特魅力，這使得他的戀人遍布世界各地。他以旅行為藉口，在外漂泊了近十年。偶爾回到韓國，停留的地方也大都是那些女人的家。這次不知道為何會如此反常。

「你好像自己一個人住啊？還沒有女人嗎？」

見英俊沒有回答，成延溫柔地笑著補充道：

「跟我你就說實話。」

「說什麼。」

「你，其實不是不喜歡女人，而是害怕女人吧？理由是什麼？」

英俊毫無反應，仍然緘默不語。

「不要害怕。女人是一種美好的存在。溫柔，溫暖，還能為你舔舐疼痛的傷口。細緻到每個角落。」

莫名黏濕的眼神和陰森森的聲音令英俊皺緊了眉頭。

「少說這種噁心的話。」

「哈哈哈！你真的一點兒都沒變，還是和以前一樣啊。」

成延咯咯笑了好一陣，突然發問：

「啊，對了。聽說你的私人祕書已經連續工作了很長時間。有幾年了？」

「誰說的？」

「媽媽。」

英俊皺著眉頭，低聲嘟囔道：

「盡說些沒用的……」

「媽媽好像很喜歡那個祕書。名字叫什麼？呃……好像是個讓人心情愉悅的名字……」

「馬上就要辭職了。你就不用管了。」

英俊故作鎮定，但是成延還是察覺出了細微之處，笑盈盈地問道：

「你這麼乖僻的傢伙，居然會把一個女人留在身邊這麼久，她一定有什麼特別之處吧？」

英俊似是咬緊著牙關，僵硬的下巴不住地顫抖起來。

「什麼時候給我介紹一下。我很好奇她是個什麼樣的女人。」

「你走吧。」

「啊啊，弟弟竟然對好久不見的哥哥如此冷漠，真是傷心啊。」

「你去浩鎮他們家的酒店睡吧，我幫你打電話。」

聽聞英俊冷若冰霜的一番話後，成延慢慢起身，繞過沙發，走到英俊身邊。

兩人並肩而站，近到再靠近一步就會撞上肩膀。弟弟的身高看上去略高於哥哥。

「你總是比我高，比我優秀，也得到了更多的愛。」

「這是我的錯嗎？」

「不是。都怪我不夠好。沒錯，這是事實。可是……」

眼神恍惚地看著窗外的成延轉過頭來，直直地看著英俊的眼睛。

「可是英俊啊，你為什麼要這麼做呢？反正你已經很優秀了，就算什麼都不做，所有的一切也都會被你占為己有。你為什麼還要這麼做呢？為什麼把我變成這副模樣？因為你，我覺也不能睡，什麼事情都做不了。那天以後到現在為止一直都是這樣。」

「你想聽什麼回答？」

和彷彿受到了極大傷害的成延不同，英俊絲毫不為所動。

成延端詳著英俊平靜而冷厲的眼眸，良久，他無力地喃喃自語：

「無法討厭你實在太痛苦了。」

英俊冷冷地凝視成延，不帶一絲情感地說道：

「你懦弱，無能。為了保護自己，一味逃避，讓別人痛苦難受。你就是這種人。」

聽到這番極具殺傷力的話語，成延的臉色青一陣紅一陣。

「李英俊，你怎麼能這麼對我……」

「我並不討厭你。只是……」

英俊出神地望著成延那張清澈到好像什麼都不知道的臉龐，冷冷地說道：

「我蔑視你。」

13 李成賢

聽到那個名字之後，明顯只有成延一個人對此感到驚訝，而英俊就像是對此早有耳聞一樣，文風不動。

「召喚我是何許人也？」

侑植站在咖啡廳的桌前開著滑稽的玩笑，微笑卻沒有露出平日的笑容。

「真無趣。」

微笑搖搖晃晃地站起身打了個招呼，侑植冷哼一聲，坐到了她的對面。

「大週末的，我們甜美的微笑祕書居然把我叫出來，真是榮幸啊。」

「抱歉打擾您休息了。」

「沒有，沒有。今天英俊也沒來煩我，我正覺得無聊呢。他腳踝的傷怎麼樣了？」

「早上通話的時候，聲音聽起來不太好呢。雖然沒說什麼，但是應該很痛的樣子。」

「是啊。摔得那麼重，肯定要痛好幾天了。微笑祕書強行取消了他的所有行程，做得很好。要是放任那傢伙不管，老了肯定會有後遺症。」

侑植一邊點頭一邊瀏覽功能表，之後叫來服務生點了飲料。

「微笑祕書喝點什麼？」

「跟您點一樣的吧。」

「兩杯營養山藥汁。山藥是國產的吧？啊，對了，這中藥能幫我熱一下嗎？很珍貴的，只能熱三十秒。過熱過涼都不行。明白了嗎？」

服務生一臉不情願地接過功能表和中藥袋子走開了。

一番日常對話過後，侑植直視著微笑認真地問道：

「所以，妳想問我什麼？不是有事想問才找我的嗎？」

「啊……果然被您看穿了。」

微笑只是低頭盯著桌子，久久難以啟齒，眼底蒙著一層平時未曾見過的黑色陰影。

「晚上沒睡好嗎？」

「想了一些事。」

「是英俊的事吧？」

微笑猶猶豫豫地醞釀了許久，終於下定了決心似的，緊緊握住拳頭問道：

「社長，您說您是留學的時候遇見副會長對吧？」

「嗯。怎麼突然問起這個？」

「那，您知道那之前的事情嗎？」

「什麼事？」

「副會長小的時候……他本人或者周圍的人，有沒有誰經歷過不好的事情或者……」

侑植正望著含糊其辭的微笑，這時剛點的飲料送了過來，打斷了兩人的對話。

不知過了多久，侑植搖晃著中藥袋子，說道：

「自從我遇見英俊成了他最好的朋友，這麼長時間以來，那傢伙提起小時候的次數，我掰著手指頭都能數出來。不光是他，就連待我像親兒子一樣的會長和夫人，對以前的事情也是隻字不提。一般來說，兒子的朋友來家裡作客，總會拿小時候的黑歷史開開玩笑才對吧？我隱約覺得他小時候肯定發生過什麼。」

「所以，您也不知道啊。」

「抱歉沒能幫上忙。不過妳問這個做什麼？什麼叫不好的事情啊？」

微笑不知該怎麼說，也不知道該從何說起，她苦惱了很久，開始坦白：

「從很久以前開始，我就一直想找一個哥哥。不是有那種明明想不起來，卻又莫名放不下的記憶嘛。對我來說那位哥哥就是這樣的存在。想得太久，隱約變成了理想型一樣的哥哥。」

「嗯。」

「五歲之前，我一直住在再開發區裡，也就是現在唯一樂園的所在地。我要找的那個哥哥，當時好像是被監禁在我家附近的一個空房子裡。我也莫名地和那個哥哥一起待了一晚。」

「什麼？監禁……？妳到底在說什麼啊？」

「我家人也都不知情，再加上我零零星星記不清楚了，所以我現在也搞不清，那到底是場夢，還是真實發生過的事情。但是，昨天我偶然間聽說了一件埋沒已久的事情，二十四年前，唯一集團第三代繼承人曾被人綁架。」

「什……麼？」

侑植驚慌地瞪大了眼睛看著微笑，微笑像是在回想著什麼，表情呆滯地繼續說道：

「會長的兒子，也就是副會長和他的哥哥在放學的路上失蹤，只回來了一個人。失蹤以後，被精神病患者抓去監禁的孩子，過了三天才逃出來。那孩子被發現的地方，正是我家所在的再開發區。」

「天啊……。怎麼會發生這種事情？」

「我很確定。當時我遇見的那個哥哥，這些年來我一直在尋找的那個哥哥，肯定是唯一集團第三代繼承人中的一位。根據接觸過那起案件的人推測，他今年應該三十五歲。」

侑植興致勃勃地說道：

「那肯定是成延哥了。」

「這點我也想到了。只是……」

「只是？」

「還有一點不是很確定。他的年齡，好像是根據當時所在的年級推測的。」

「啊，英俊不是跳級了嘛。等等，二十四年前的話……。」

「我聽副會長親口提起過，他說四年級的時候和哥哥同班。」
「那就不清楚了。妳怎麼不直接問他本人呢？」
「我當然也那麼想過。可是……不管怎麼說還是有點……」
「嗯。也不是什麼好事，確實很為難。我們再一起想一想吧。」
滿臉擔憂的微笑看起來很陌生。總是笑盈盈的微笑突然嚴肅成這個樣子，實在令人擔心。
「這件事妳為什麼要問我呢？」
「我以為您會知道點什麼。」
「不是，我不是那個意思。從某種角度來看，這可能涉及到老闆的私生活，是非常難以啟齒的事情。妳怎麼會毫不顧忌地全都告訴我了呢？就不怕我到處亂說嗎？」
微笑眼睛瞪得圓圓的，擺擺手，無所謂地回答道：
「當然不怕了。我很清楚您不是那樣的人，所以才會告訴您呀。」
「妳怎麼知道我不是那樣的人？」
「我信任您。」
「是嗎？我什麼地方讓妳那麼信任啊？」
「您是副會長最信任的人。」
聽到這爽快的回答，侑植露出一抹意味深長的微笑：
「啊。所以說到底，妳信任的不是我，而是英俊啊。」
聞言，微笑驚慌失措，唰的一下紅了臉，不知如何是好，侑植仍然笑嘻嘻地說道：

「能夠被人全心全意地信任是一件幸福的事。所以英俊也不願意放開妳吧。」
「唉，不是那樣的。只是因為我好使喚，在一起時間久了比較自在而已，再說和新人磨合起來也比較麻煩……」
「微笑祕書不是也很清楚嗎？以我的瞭解，英俊可不是僅僅因為這個，就會把一個人留在身邊那麼久的傢伙啊。」
侑植從容地看著臉頰緋紅的微笑，瞇起眼睛接著說道：
「雖然那傢伙自以為是，目中無人。」
「還很討人厭。」
「沒錯，那傢伙還以為周圍的人只是陪襯自己的背景。」
「如果周圍的人都是阿拉斯加的鮭魚，他肯定以為自己就是在天上俯瞰它們的歐若拉。」
「如果世界是個金字塔，那傢伙肯定以為自己就是金字塔最頂端的塔尖。」
「不過……從某種程度上來講，這也是事實吧？」
「是啊。所以才更加討人厭。」
「可是，他討人厭的同時，又莫名讓人無法討厭，對吧。」
兩人皺著的表情嘀咕半天，突然噗哧笑了出來。
侑植撕開中藥袋子，插進吸管，猛吸了一口，說了一句：
「是啊，那傢伙也只會用這種方式去表達。除了微笑祕書還有誰能理解他接受他呢？所以妳還是不要辭職，就這樣繼續留在他身邊吧。」

微笑臉一紅，侑植又認真地問道：

「你喜歡英俊吧？」

「什麼？您在說什麼啊?!」

「我說你們兩個啊，我在旁邊看得都快急死了。」

聞言，微笑似乎有些驚慌，臉變得更紅了，整個人都手足無措。侑植欣慰地看著她，突然想起了什麼，兩眼發光。

「啊，那件事，剛好成延哥回國了，要不我去試著打探一下？」

「天啊，副會長的哥哥回國了嗎？什麼時候？」

「誒？妳不知道嗎？昨天晚上還去了英俊家。」

啊，怪不得。

原本還纏著微笑讓她睡一晚再走，結果不知接了誰的電話，突然瘋了似的把她趕回了家。微笑這才推測出，那通電話原來是哥哥打來的。

「副會長和哥哥的關係好像不怎麼好啊……」

聽到這話，侑植的表情瞬間僵住。

「何止是『不怎麼好』啊。而且我也覺得成延哥有點怪怪的。雖然我只見過他兩次，具體也不太瞭解。但我覺得他並不是一個正人君子。尤其是對女人。萬一妳以後遇到他，千萬不要和他走得太近。」

「為什麼？」

「微笑祕書，妳看著我。」

「我看著呢。」

「妳好好看著我的眼睛。怎麼樣？有沒有一種淪陷的感覺？有沒有覺得手腳麻酥酥的，感覺天旋地轉，雙腿鬆軟無力？」

微笑的表情發生了微妙的變化，她有些不情願地說：

「抱歉，沒有太大感覺。不過為什麼要說這個呢？」

「如果我是買炸雞附贈的優惠券上的冰箱磁鐵，那麼成延哥就是……」

見微笑露出驚訝的神色，侑植聳了聳肩接著說道：

「廢車場那種地方不是有吊汽車用的起重機嘛，起重機上裝有超大吸力超強的電磁鐵對吧？成延哥就是那個。」

「什麼？」

「論魅力，他絕對是最強王者。『只要對視一眼，你就會淪為我的俘虜』，那傢伙就做得到。」

「唉，哪有那樣的人啊？」

「等等，這麼看來……」

侑植的眼球滴溜溜地轉了好一會兒，他縮了縮肩膀，長歎一聲，自言自語道：

「還真是讓人羨慕啊。」

＊＊＊

白色的天花板，白色的牆，還有印滿字跡的兒童病號服。

蒼白纖細的左臂上插著針頭和長長的輸液管。小男孩靜靜地看著注射液一滴一滴地滴下，耳邊傳來了手錶滴答滴答的聲音。

旁邊有人在抽泣，是媽媽嗎？

〔別哭了，老婆。再這樣下去妳也要病倒了。〕

〔可是……那麼聰明的孩子變得像個傻子一樣，連話也不會說，就只是呆呆地睜著眼睛……〕

〔等等吧。醫生不是說了嘛，等心理衝擊逐漸淡去，很快就會好起來的。〕

〔這話都說了一個星期了！萬一！萬一……他就這樣永遠回不來了，我……我……〕

〔唉，妳這個人可真是。〕

不是我的錯，不是我的錯。

這都是因為那個傢伙。因為那個傢伙太壞。誰讓他在那裝了不起的？都是他自作自受。看看我吧。不要只看那個傢伙。也不要用那種眼神看我，好好地看看我吧。也像愛那個傢伙一樣來愛我吧。拜託。

「成延，成延，你怎麼了？」

「呃……」
「怎麼睡著睡著突然哭起來了？嗯？」
酒店套房的臥室裡掛著遮光窗簾，昏暗到讓人分不清現在是什麼時間。
成延坐起身，用手背擦了擦浸滿汗水的臉，不由打了個寒顫。
「又是那個夢……到底是誰，是誰？」
「做夢了啊，成延？」
「抱著我。」
成延把頭埋進女人高挺的雙峰之間，盡情享受著肌膚溫暖的觸感，反覆說著：
「抱著我，抱著我。」
「親愛的，你真是的。我現在不是抱著嘛。」
「再緊一點！再緊一點！抱緊我！」
「成延，你這是怎麼了？我好害怕。」
「害怕？妳說害怕？妳知道什麼叫害怕嗎？」
「成延……」
「小時候，我因為弟弟被精神病患者綁架，一個人被關了三天。妳知道我有多害怕嗎？因為那時的創傷，我的人生直到現在還延續著那種痛苦！」
成延嘴上說著害怕，但他的故事卻並沒有觸動女人分毫。就像是由提前錄好的聲音重新組合而成的自動回應系統機械音一樣，裡面似乎缺少了什麼重要的東西。

「天啊，真是可憐。」
「快安慰我。愛我。」
「好，我會好好安慰你，所以你要像昨晚一樣讓我快樂到升天才行啊。我認可的猛男裡還沒見過像你這樣的傢伙，不過，啊啊，親愛的可不一樣。」
「你說……我不一樣？」
「嗯，棒極了，我太喜歡了。成延最棒！」
女人嬌滴滴地笑著說出一番淺薄的話語，聞言，成延瞬間停下了動作。
〔你懦弱，無能。為了保護自己，一味逃避，讓別人痛苦難受，你就是這種人。我蔑視你。〕
「不。」
「親愛的……？」
「不是！」
「嗯？」
「別裝作一副了不起的樣子！我很痛苦啊！我這麼痛苦妳難道看不見嗎？為什麼沒有人能理解我？為什麼！為什麼！」
「天啊，這傢伙怎麼回事？」
成延瘋了似的不停自言自語，女人嚇得悄悄退到一邊，顧不得洗漱，就連忙穿上衣服逃出了酒店。

成延一個人坐在黑暗中，呆呆地凝視著半空，不停地嘟囔著：

「你怎麼能這樣對我。你怎麼能這樣對我……！」

＊＊＊

「好久沒有全家人聚在一起了，真好。」

聽到李會長這麼說，崔女士溫柔地笑彎了眼睛，責備成延道：

「你也經常回來看看吧，再這樣下去，我都快忘記我大兒子長什麼樣了。」

「我回來了，您很開心吧，媽媽？」

「那還用說。」

「唉，明明我走了您更開心。」

「什麼？哎呀，你這小子！」

因為成延惡作劇似的玩笑話，客廳裡爆發出一陣嘻嘻哈哈的歡笑聲。

李會長放下茶杯問英俊：

「你小子一向是銅牆鐵壁，滴水不漏，怎麼會突然從台階上摔下來了呢。」

「就是說啊。」

英俊一臉不情願地搪塞道，坐在他身旁的崔女士臉上又蒙上了一層陰影。

她的視線明明落在英俊左腳踝的石膏上，但不知為何，卻眼神渙散，彷彿在看著石膏裡面別的東西。

「你要時刻保重身體。這麼重要的時期，如果你受了重傷，公司也會損失巨大。」

聽到李會長的話，崔女士怒從中來，抬高嗓門喊道：

「孩子都受傷了，你說的這叫什麼話啊！孩子重要還是公司重要啊？」

「我是想跟英俊說，一旦身負要職，身體就不只是屬於自己的了。我怎麼會不擔心英俊呢？」

聽到李會長和崔女士你一言我一語的對話，成延臉上的笑容不知何時已經消失殆盡。

英俊察覺到氣氛的變化，表情僵硬地連忙打斷了對話。

「以後我會格外注意的。」

「那是，這才對嘛。金祕書也嚇得不輕吧。」

崔女士突然提到微笑，英俊的臉上隱隱掠過一絲慌張，成延見機插嘴問道：

「金祕書是誰？」

崔女士瞪大了眼睛，來回看著兩個兒子。

「天啊，這麼看來，成延還沒見過她啊？她在英俊身邊待了那麼久，怎麼會沒見過呢？」

「金祕書和我都一直忙於工作，哥哥本來就很少回來，我都好幾年沒見到哥哥了，金祕書又怎麼可能專程跟哥哥碰面呢？」

英俊皺著眉頭搪塞道。成延卻兩眼放光，追根究柢地追問崔女士：

「她工作幾年了？」

「有十年了吧？」

「多大了？」

「今年二十九歲。不過你怎麼這麼關心她？不可以哦，我已經認定微笑做英俊的媳婦了。你不是有很多女朋友嘛。」

「媽，反正英俊對結婚也沒什麼興趣嘛。」

「那也不行，你別靠近她。」

「漂亮嗎？」

「那是當然！要說她有多漂亮啊……」

崔女士剛要像個沒分寸的大媽稱讚女兒似的開口羅列微笑的優點，英俊突然開口說道：

「爸，年初東南亞事業部的實地考察，我想把越南分公司也納進去。」

英俊極少打斷母親的話。不用問也知道，英俊這是在蓄意阻撓什麼。

「哦，是嗎？我正打算跟你說這件事呢……」

父子倆一旦談起工作，就停不下來。看來今天也要聊個沒完了。崔女士早就料到會是如此，為了方便李會長和英俊談話，正打算迴避。

「成延，我做了你喜歡的生薑桂皮茶，我們去外面喝個痛快吧……」

崔女士從沙發上起身，悄悄瞥了一眼成延，突然感到一陣不安，心裡微微一震。果不其然，成延望著李會長和英俊，臉色難看極了。

「英俊……」

聽到成延陰沉的聲音，李會長和英俊中斷了談話，轉過頭來看著他。

「英俊真是一點都沒變啊。從來都只考慮自己。」
對話突然中斷，客廳裡陷入一陣尷尬的沉默。剛剛還其樂融融的氛圍瞬間冷卻，緊張的氣氛暗潮洶湧，就好像面前擺著一顆隨時可能爆炸的炸彈一樣。
「成延啊。」
「就算再過五年十年，哦不，無論再過多久……英俊都不會改變。也對，那小子以前也是始終如一，他的矢志不渝簡直讓人欽佩。」
在座的所有人都僵住了臉，只有面色蒼白的成延帶著一種善意的微笑，繼續說道：
「我至少還原諒了過去的一切。因為英俊是我的弟弟。」
李會長皺起眉頭，瞥了一眼英俊，煞費苦心地安慰成延：
「成延啊，沒錯，沒錯，我們都明白你的心意。」
成延以旅行為藉口出國以後，一直留在海外，並不經常回國，其實都是有原因的。兄弟兩人懂事以後，只要全家人聚在一起，就總會產生矛盾，反覆地消耗著感情，卻又沒有結論。
大部分的矛盾都緣於成延和英俊之間那個未能解開的疙瘩。
十年前的某一天，成延和英俊吵嘴，怒不可遏地拿起瓷茶碟扔了出去。
飛出的茶碟正中英俊的額頭，英俊火冒三丈，傷口還嘩嘩流著鮮血，就像瘋狗一樣撲向了成延。
正值血氣方剛的年紀，兄弟二人隨即展開了慘烈的肉搏戰。
家中有兄弟的家庭，極有可能發生這種事情，雖然並不常見。問題是，這血濺當場的搏鬥就發生在父母面前。

崔女士一番阻攔後挺不住暈了過去，這才讓事件告一段落。李會長為了讓兄弟二人分開一段時間，只好趕走了大兒子。當時英俊剛剛留學歸來，正計畫正式著手學習經營課程，而成延一直沒什麼野心，只是在公司掛名而已，於是李會長便將他外派到了中國分公司。

一開始就對公司經營不感興趣，也沒有這方面才能的成延立刻提出辭職，宣稱要從兼職作家轉型做職業作家，並開始了長久的海外旅行。

不管過程如何，所有人的傷痛都好像暫時被這件事掩蓋了起來。十年來一直風平浪靜，從未有過太大的矛盾。於是想當然地以為很久以前的那件事也一樣被時光掩埋，漸漸遺忘。

但那好像只是李會長和崔女士的期望而已。

「哥不是說原諒了一切嘛。那就行了啊。事情不就應該到此結束了嗎？如果已經原諒了一切，就該像個男人一樣徹底忘記，為什麼還要咬著二十多年前的事情不放呢？」

無法輕易認輸的英俊噼哩啪啦地反駁道。李會長立刻察覺出不同尋常的氣氛，連忙抬手制止。

「英俊，夠了。你先走吧。」

英俊一臉不滿地站起身，正打算就此離開，成延似乎不想就此罷手，一直以來都被家人預設為禁忌的話題終究還是被說了出來。

「李英俊，你不要亂說。要不是當初你把毫不知情的我丟到那裡，現在坐在那個位置上的人應該是我才對。」

「所以呢？」

「當初你哪怕回來找過我一次，我現在也能像你一樣，安枕無憂地入睡。」
「所以呢。」
「要不是你當初戰勝不了負罪感一直撒謊！胡亂指認丟下我的地點！我也不會被關在那裡三天！那我現在……」
英俊的眼睛裡不帶絲毫感情地嘲諷道：
「所以你到底想讓我怎樣。我說了我不記得了。完全不記得。」
「你這個混蛋……」
成延怒不可遏，瞬時站起身，就像十年前的那天一樣，拿起茶碟就要扔向英俊，就在這時，臉色蒼白地站在一旁的崔女士突然發出慘叫：
「啊啊啊！啊啊！啊啊！」
也許是怕舊事重演，受了太大的刺激，崔女士瘋了似的大喊大叫。她徑直走到英俊身邊，緊緊將他抱在懷裡，衝著成延喊道：
「成延啊！你就適可而止吧！夠了！夠了！你到底打算折磨別人到什麼時候啊！我不管別人怎麼樣，你可不能對小賢這樣啊！你不能這樣啊！只有你不可以……！」
崔女士歇斯底里地大喊道。成延滿眼驚慌地看著她，小心翼翼地開口說道：
「媽？您在說什麼呢？小賢……是誰？」
聞言，李會長和崔女士不約而同地露出了十分驚恐的表情。
「啊啊……」

崔女士突然一個踉蹌，緊緊拽著英俊外套的衣襬，從椅子上摔了下來。

「老婆！」

「媽！您沒事吧？」

英俊將喘著粗氣的崔女士扶了起來，李會長一邊攙扶著崔女士疾步往外走去，一邊朝他身後的兩個兒子喝斥道：

「你們兩個趕緊給我走！這段時間我都不想再看到你們！怎麼每次見面都是狀況百出！」

李會長走出客廳後，怒氣衝天的大喊聲依舊響亮地迴蕩在整個走廊裡。聲音漸漸飄遠，不知不覺間完全消失，周圍瞬間陷入一片沉寂。客廳裡只剩下英俊和成延兩個人怒視著彼此。

良久，英俊率先開了口：

「哥，如果你覺得這樣做，心裡能好受一點的話，那就不要虛情假義的，討厭我也好，憎恨我也罷，直說就是了。你原不原諒我，我都無所謂。你原諒我，我也不會感激你，你不原諒我，我也絲毫不覺得愧疚。反正我什麼都記不起來了。」

「李英俊……你真是……厚顏無恥啊。」

「隨便你怎麼想。」

英俊憤憤地脫口而出，十分失望地看了看成延，徑直轉過身走出了房間。

＊＊＊

快要走到二樓臥室的時候，崔女士恢復了些許氣力，自己走了起來，邊走邊抽泣著說道：

「老公……，老公……我太心痛了，以後都不知道該怎麼面對他們……哼哼。」

李會長若有所思，眼神放空，飽含深意地說道：

「老婆，剛才……你提到英俊舊名字的時候……」

聽到那個名字之後，明顯只有成延一個人對此感到驚訝，而英俊就像是對此早有耳聞一樣，文風不動。

「老婆。其實我早就覺得，英俊他……也許已經恢復了記憶……」

「什麼？您這是什麼意思？」

「啊，沒，沒什麼。是我杞人憂天了吧。」

14 一碗泡麵

妳不知道我的飲食主義嗎？這種在化學添加劑裡混入一坨化學添加物的東西，我是不會吃的。

人跡罕至的巷子裡，凜冽的冷風裹挾著寒氣，從大衣的縫隙間往身體裡鑽。

英俊靠在車身上，掏出一根菸叼在嘴裡，打開了打火機。橙色的火光中突然閃過一個模糊的場景。

「哥哥，你叫什麼名字呀？」

「成賢，李成賢。」

「成軒？」

「不是。是李，成，賢。」

「李，成，延。」

「你……真是個笨蛋。跟我哥一模一樣。」

「哇！哥哥，你還有哥哥？」

「是啊。一個非常糟糕的傢伙。」

「你說糟糕？」

「沒錯，糟糕透頂。」

「哇哦。」

「我說他糟糕，你『哇哦』什麼？」

「好羨慕哦！我特別喜歡吃糕呢。」

「我現在應該笑還是應該哭呢？」

「微笑沒有哥哥，只有姐姐。她們天天打我還搶我東西，每次玩娃娃的時候都只給我醜娃娃。我要是也有一個糟糕透頂的哥哥就好了。」

「妳是女孩子，當然不可能有哥哥★啦。想都別想。你要是有了哥哥，就會落得和我一樣的下場。等我從這裡出去之後，最先要做的事情就是給那傢伙來一記上勾拳。」

「上勾拳是什麼？是吃的東西嗎？」

★韓語中女性與男性稱呼哥哥的叫法不同，這裡指男性稱的哥哥。

〔小孩子不用知道這個。〕

〔啊，對了！那讓成延哥哥當微笑的哥哥不就好了嘛！〕

〔我都說了我叫成！賢！再說，此哥非彼哥，妳這個笨蛋！〕

〔微笑不是笨蛋！微笑才五歲，已經比上幼稚園的姐姐們會認字了。〕

〔開什麼玩笑？我像妳這麼大的時候都開始摳千字文了。〕

〔哼！微笑也很會摳貼紙呢。可以完好無損地摳下來。〕

〔哇！鬱悶死了！〕

打火機的火一熄滅，記憶就在重新變得昏暗的巷子裡消失不見了。五歲少女甜甜的笑聲似乎還飄蕩在黑暗裡，他噗一聲笑了出來。

英俊長歎一聲，長長的煙霧勾勒出白色的線條而後消散不見。

英俊的視線落在單身公寓三樓的一扇小窗戶上，那裡懸掛著粉紅色的窗簾，正是微笑的房間。

他無法承受心中的鬱悶和那份沉重。他想和某個人笑著聊聊天，哪怕只是一會兒。他想確認那個「我」真實地存在在這裡。他想得快要瘋了。

他漫無目的地開車出來，等他回過神來的時候，已經在不知不覺間來到了微笑家的門口。

星期天的傍晚時分，和微笑同齡的女孩子肯定在和朋友們一起吃飯購物，享受著美好的時光，而她的房間卻還亮著燈。這都是拜某個無良老闆所賜，過去的九年間，某人一直以工作為藉口束縛著她，今後也從未想放走她。

她的休息時間本就少得可憐，英俊並不想打擾她，打算就這樣遠遠地看著她，等這根菸抽完就回去。直到發現她之前，他的確是那麼想的。

一個紮著丸子頭的女孩迎面走來。只見她穿著一條印有猴子圖案的睡裙，外面還套了一件起了不少毛球的針織衫，腳上踩著仿冒愛迪達的拖鞋，手裡提著一個黑色的塑膠袋。

耳機裡傳來河琳★的歌聲，其間還夾雜著拖鞋摩擦地面的踢踏聲。微笑隨著音樂的旋律邁動步伐，不知不覺就走到了家門口的巷子裡。

她叮叮噹噹地晃蕩著裝有一盒雞蛋的塑膠袋，拚命想要甩掉腦子裡的雜念，卻未能如願。從昨天開始，她滿腦子都是英俊。

就在這時，她的眼前突然出現了一個男人的身影。正在巷子一角抽著菸的男人關掉打火機，朝她走了過來。她連忙垂下頭，加快了腳步，不料男人卻徑直與她擦身而過。似乎是腳不方便，男人走路一拐一拐的樣子。見此，她再次放慢了腳步。

待她被那菸味所麻痹的鼻子聞到熟悉的香水味，才後知後覺地反應過來，連忙摘下了插在耳朵裡的兩只耳機。

「哇呃！」

微笑不顧形象地怪叫一聲，拍了拍受驚的小心臟，見英俊正一邊抽著菸，一邊直勾勾地垂視著

★韓國歌手 Hareem。

自己，她驚聲尖叫：

「副會長！您嚇到我啦！」

「妳做了什麼虧心事？怎麼嚇成這樣？」

「哈啊……。」

微笑一邊深呼吸一邊平復自己狂跳不止的心臟，良久她才發現自己兩手空空，連忙低頭看向地面。

「呃啊！我的雞蛋！」

微笑連忙將插著耳機的手機交給英俊，蹲在地上收拾殘局，看到十個雞蛋碎了九個，不由哭訴道：

「啊啊，怎麼會變成這樣。」

英俊才不管那些雞蛋是否買下了奔赴地獄的團體票，他搶過微笑的手機查看起歌單，一臉不爽地問道：

「〈別處〉〈出發〉〈旅行〉……？什麼情況，妳就這麼想離開嗎？」

「哎呀，不，不是那樣的！真的欸？怎麼歌單裡全是這種歌呢？」

「難道是潛意識裡……」

「不是那樣啦！」

見微笑生氣，英俊一副無所謂的樣子，噗哧一聲笑了出來。

「剛從便利店回來嗎？」

「是的。我肚子有點餓，本來打算煮雞蛋吃，結果冰箱裡一個雞蛋都沒有了。副會長怎麼會來這裡？」

「回家的路上突然想起來，就順路過來了。」

「您的意思是，您想起我所以特意過來的？」

「沒錯。」

微笑唰地一下紅了臉，猛地扭過頭去，正好看到英俊停放在巷子一角的車，驚訝不已地問道：

「不是，您的腳還沒好呢，怎麼就親自開車過來了？」

「我傷的是左腳，開車完全不受影響。」

「那也不行！醫生都說了，您必須休養一週！」

「知道了，知道了。我想安靜一會兒，妳就別嘮叨了。」

英俊一臉不耐煩地皺起了眉，朝她擺了擺手。微笑察覺出他的異樣，連忙閉上了嘴巴。

上小學的時候，她們班上養了一條有著大紅色魚鰭和珍珠色肚皮的金魚。

那條金魚歡快地在小小的魚缸裡暢游著，可是沒過多久，牠的動作漸漸慢了下來。一天早上正好輪到微笑做值日生，她發現金魚浮在水面，有氣無力地張著嘴，到了中午，終於還是翻著肚皮死去了。

英俊的眼神和那天早上的金魚一模一樣。是那種因為無法呼吸而痛苦無助，期盼別人能施予援手的懇切眼神。

「您剛從父母家回來嗎？」

微笑見英俊緊緊咬著嘴唇不說話，連忙追問：

「您來的路上見過誰了？臉色怎麼這個樣子？」

「我的臉怎麼了？」

「您的臉色很難看。出什麼事了？」

「什麼事也沒有。妳別瞎操心。」

微笑抬起頭盯著避而不答的英俊看了許久，確信一定發生了什麼事情。雖然她很想知道發生了什麼，但這個男人自尊心太強，無論怎麼追問他也不會老實交代的，此刻能做的也只有給他安慰了。

「其實我剛剛腦袋也很亂，有點鬱悶。」

「是嗎？這種時候我們倒是心有靈犀呢。」

兩人溫情地對望一眼，微笑笑著提議：

「這種時候吃點辣辣的東西最合適不過了。家裡還有兩包超辛辣的泡麵，給您煮一包吧，要一起吃嗎？」

「泡麵？」

「對啊。雖然我最近在節食，不過今天我就破例陪您吃一回。」

英俊默默低頭看著她笑盈盈的臉，用那可惡到令人疏離的口吻斬釘截鐵道：

「妳不知道我的飲食主義嗎？這種在化學添加劑裡混入一坨化學添加物的東西，我是不會吃的。」

微笑完全不為所動，依舊笑盈盈地回應道：

「又不是天天吃，只是偶爾吃一次。不管是化學添加物大雜燴還是純粹的健康食品，能緩解壓力不就得了？」

「那怎麼行。這裡面添加了防腐劑，死後屍體都不會腐爛呢。」

「哎喲，您這也太誇張了吧。這根本就是不可能的事，就算真是那樣，屍體不會腐爛豈不是更好嗎？這方法不錯啊，說不定副會長的完美肉身就能千秋萬代地保存下去了呢。」

「無語。」

見英俊噗哧笑了起來，微笑從袋子裡拿出一顆黏黏糊糊的雞蛋給他看：

「雞蛋就當是特殊優待留給您了。」

「那當然，還用說嗎？」

英俊頓覺荒唐透頂，自然流露出的神態惹得微笑大笑出聲。

她持續不斷地笑了許久，終於調整好呼吸，走到了前頭。

「您可不能嫌棄我的房間太亂哦。早知道您要來，就該提前打掃一下的……」

微笑踩著拖鞋朝公寓公共入口走去，察覺到英俊沒有跟上來，回頭看了過去。果不其然，他仍舊紋絲未動地呆站在原地。

「您怎麼了？」

對微笑來說，英俊的家無異於上班場所，所以她能夠毫無顧忌地進出，即便留至深夜也絲毫不覺得有任何不妥。

但是對於英俊來說，微笑的家卻並非這樣的存在。九年來，他從未參觀過微笑的家。遇上出外勤晚點下班的情況，最多也就送她到家門口，哪怕有急事來找她，也從來不曾在她家裡停留過。

「不必了，下次有機會再說吧。」

英俊生硬地拒絕了微笑的提議，她靜靜地望了英俊許久，隨即露出一副了然於心的神色，上前一把拽住他的大衣袖子：

「很冷的，快進去吧。快點，快一點啦。」

她笑盈盈地推拉，他躊躇半晌，只好裝出拗不過的樣子，邁開了步子。

小而溫馨的單身公寓裡暖烘烘的，直讓人耳垂發熱，空氣裡還隱約透著一股淡淡的香味。

「請進。」

微笑把整齊擺放在玄關處的黑色高跟鞋推到一邊，特意留出空間讓英俊脫鞋，隨後以迅雷不及掩耳之勢衝到滾筒洗衣機前蓋上了洗衣籃的蓋子。英俊瞟到一件粉紅色的水滴花紋內衣，硬是裝作沒看見的樣子，乾咳著脫掉鞋子走了進去。

微笑家的空間總共加起來都沒有英俊家的主浴室大，不過正所謂麻雀雖小五臟俱全。玄關前面的空間雖然不大，卻設有一間浴室，旁邊設有精巧的廚房，還有一張兩人用的小餐桌。

房間內的地板上鋪著一張高級的象牙色圓形大地毯。英俊覺得這地毯似曾相識，驀地想起幾年前他買過一張地毯想鋪在臥室裡，收到之後發現顏色不合心意，於是便讓微笑撤走了。如今轉念一想，以微笑的性格肯定不會隨意扔掉，他還納悶怎麼沒再見過這地毯了，原來被她放在了這裡。想到這裡，竟莫名笑了起來。

正對著門口的小窗子上掛著一層薄薄的蕾絲窗簾，在外面看起來分明是粉色的，沒想到進來一看其實更接近杏色。

順著窗簾垂下來的方向往下看，有一張小巧的單人床放置窗戶正中間，對面擺著一張家庭用辦公桌。房間裡飄著的淡淡香味似乎源自整整齊齊擺放在辦公桌一角的化妝品。這正是他經常從微笑身上嗅到的香味。

雖然家裡乾淨到不需要再收拾什麼，但微笑還是不停在房裡奔走，不停地收拾著各個角落。她突然羞澀地問道：

「我家是不是有點簡陋啊？」

「不是有點，是非常簡陋。」

面對這毫不猶豫的光速回答，微笑報以甜甜一笑，冷哼一聲，吐了舌。

「我跟你開玩笑的。很溫馨。」

「我怎麼聽著完全不像是在開玩笑。」

「要論純度的話，玩笑大概能佔到百分之五十一吧？」

「那剩下的百分之四十九不就是真心話嘛？」

微笑生氣，衝他大喊大叫。她一邊譴責英俊惡作劇似的玩笑話，一邊給他騰出位置讓他坐下。

「哎呦，真是無話可說。好吧，您隨便坐吧。」

見微笑勸自己坐下，英俊反而有些不知所措。

因為她笑盈盈地指著的方向，竟然是她的床，那張鋪著白色床墊的小床。

唯我獨尊的李英俊這下可亂了陣腳，一番猶豫之後，他最終選擇坐在桌子旁的椅子上。

「這裡更好一些。」

「那椅子是便宜貨，而且已經很舊了，您坐著可能會不舒服的。」

「妳不用管我。」

「那隨您便吧。」

微笑毫不在意地轉過身站在瓦斯爐前，一邊拿出鍋具，一邊開口問英俊。

「要不要給您泡杯茶，您一邊喝一邊等？」

「不用了，沒關係。」

「讓我找找。泡麵在哪兒呢？冰箱裡有什麼水果呢……」

微笑忙著翻找收納櫃和冰箱，無所事事的英俊注意到了微笑的書櫃。

書櫃和書桌收拾得乾淨整潔，正如她的性格一樣，正和他的心意。

他掃視了一圈上面放著的書，伸手抽出一本日語自學教材。

書本側面的書頁已經泛黃，足以看出歲月的痕跡，英俊隨手翻開書本，下一秒便忍不住笑了出來。

只見篇章開頭寫著「作業。拚命背。明天上班前測試。」這些字跡似乎有些熟悉。能不熟悉嘛。畢竟出自他自己的筆跡。那時的微笑應該還沒有正式成為他的祕書。

他一邊回想著過去的種種，一邊繼續翻頁，又發現了她留下的幾處塗鴉。象形文字模樣的塗鴉裡有一行字極為顯眼。

〔鬼神都偷懶了嗎？趕快把混蛋專務抓走吧。〕

微笑到底有多麼討厭他，居然稱呼他為混蛋專務？英俊忍俊不禁，把書本重新放回書架，然後抽出旁邊的一本書繼續翻看起來。

這本書被一層色澤柔和的不織布包裹著，應該是她愛不釋手的一本小說，書角因為常年翻看的緣故，已經染上了一層汗漬。

英俊隨便翻開一頁，臉色突然變得僵硬起來，片刻後，他的臉頰和耳廓，甚至連脖子都不受控制地發燙起來。他立刻合上書緩了口氣，隨即尷尬地瞟了一眼微笑，長歎一聲。

他頗為無奈地把書丟在一旁，下一秒視線便落在了書桌上的筆記型電腦上。

輕輕觸碰滑鼠之後，進入休眠狀態的電腦畫面立刻亮了起來，十五英寸的ＬＣＤ畫面上滿是正在運行的辦公軟體，開著的每一個視窗都是有關業務的內容。

桌面上甚至沒有一個遊戲軟體。他打開網頁我的最愛，卻發現裡面只有一連串公司內部網頁。

英俊內心不禁有些苦澀：「難道我過去就是這樣剝削微笑的嗎？」他輕撫著手中的滑鼠，片刻後起身走向微笑。

微笑正站在瓦斯爐前等著水開，英俊走到她身邊並肩站著，低頭看向鍋具。

乾乾淨淨的不鏽鋼鍋底不知何時開始冒起了一兩個氣泡。

兩人無言地看著鍋具，沉浸在各自的思考中。微笑率先開了口，打破了沉默。

「您不覺得很神奇嗎？不需要豐富的食材，只要在煮開的沸水裡放一包佐料就能完成一道料理。」

「那倒是。」

「方便是方便，但是不知道從什麼時候開始，生活好像也變得越來越速食化了。」

「什麼意思？」

「快速便捷地做好之後再迅速吃完收拾掉，雖然很便利，但是感受不到更深層的美味和感動。大家習慣了這種速食文化，對待生活的態度也變得隨隨便便、敷衍了事，想到這裡，心裡有點難過呢。」

煮碗泡麵而已，對話的主題似乎過於深奧了。英俊默默望著微笑，一改往日，十分認真地回應道：

「妳沒必要難過，就算地球上的所有人類都變得速食化了，還是會有一個人一枝獨秀的。」

「啊啊，您是說您本人是出淤泥而不染的真君子？」

「沒錯，我從沒想過要隨隨便便、敷衍了事地過完一生。」

「真的一次都沒有過嗎？」

「沒錯，一次都沒有過。」

這番話倒不像是虛張聲勢。畢竟以他的性格，絕對有過之而無不及。

雖然多少有點討人嫌，但不可否認，他在很多方面上都值得尊敬，所以微笑也沒什麼好反駁的。英俊得意地聳聳肩，驕傲地補了一句：

「萬事全力以赴，從我小時候開始，這便是我的信條。」

小時候。

這句話勾起了微笑的回憶，她把泡麵抱在胸口，悄悄仰視英俊，艱難地開了口：

「副會長，您小時候有沒有……」

她幾次三番欲言又止，好不容易開了個頭卻又實在說不下去。

接觸到多年前的那件事之後，她一直煩惱不已，追問事實並不難，問題是不知該做何選擇。如果英俊不是那個哥哥，那他本人也就沒有遭遇過那件事，問了倒也無所謂，可萬一他就是那個哥哥的話……

微笑突然想起英俊夢魘時那無法呼吸的痛苦表情，臉色不禁變得蒼白起來。

「我小時候怎麼了？」

「小時候……」

微笑在英俊身邊工作九年有餘，假設他真的遭遇過不幸，而且從未對微笑和侑植提起過，也就代表那件事帶給他的打擊無法言喻。

或許還有其他的苦衷，但只要她的設想不無可能，她就不想直接去撕開英俊的痛處。不，她不能這樣做。

看到英俊驚訝的目光，微笑趕忙避開視線，順便扯開話題。

「啊，沒什麼。」
「無聊。」
不覺間鍋裡的水已經沸騰起來。
「泡麵要全熟嗎？」
「妳看著辦吧。」
「那我就煮全熟啦。」
「好啊。」
「事後可不許抱怨……啊！」
她撕開泡麵袋子，把麵掰碎扔進鍋裡的時候一不小心被幾滴沸水濺到。這真是燙在微笑身，急在英俊心，可把英俊嚇得不輕。
「笨死了！妳！過來！」
英俊火急火燎拉著微笑走到洗手池邊，打開冷水幫她沖洗右手，嘴裡還止不住地嘮叨著：
「哪有人會把這東西隨手扔進沸水裡啊？妳是三歲小孩嗎？」
英俊一時心急，漲紅了臉大發脾氣，稍作冷靜之後，來回觀察著微笑的手問道：
「沒事吧？還是很燙嗎？哪裡？是這裡嗎？痛嗎？」
「只是有點火辣辣的，沒事，真的沒事。」
儘管微笑鎮定自若地回答了他，英俊還是眉頭緊鎖不肯放開她的手，一邊來回翻看，一邊用涼水為她按摩。
英俊的舉動令微笑突然覺得有些不自在，或許是隔著冷水也能感受到他體溫的緣故吧。

「真的沒事了，您可以放開了。」

微笑強行把自己的手從英俊手裡抽出來，臉紅得像剛蒸過三溫暖一樣。

「還說什麼一坨添加物，沒想到您吃得還挺香嘛。」

雖然英俊只撈了麵吃，不過還真是從頭到尾都沒抱怨一句，這一點讓微笑頗為驚訝。

「看來也並非完全不合您胃口。」

微笑遞了幾個橘子給英俊當餐後甜點，他一邊吃一邊聳聳肩轉移話題。

「誰知道呢。」

轉念一想，這是他第一次吃到微笑親手下廚做的東西。

雖然不是很豐盛的飯菜，但莫名讓他有種被正式款待一番的感覺，心裡很是滿足。況且正如她所說，這頓火辣辣的泡麵吃得他一把鼻涕一把淚，滿頭大汗，沉悶的心情也隨之一掃而空。

「多謝款待。」

「不客氣。」

微笑雙手托著下巴盯著英俊。雖然跟這略顯簡陋的餐桌格格不入，但他的笑容似乎比剛才輕鬆了許多。

「出什麼事了？」

「什麼。」

「來這裡之前，一定出了什麼事對不對？難不成是被人算計了嗎？」

「在妳眼裡，我是那種會被人算計的傢伙嗎？」
「那倒不是……那是有人說您什麼了嗎？」
「沒那回事。」
「什麼沒那回事。瞧您這臉色絕對有那麼回事。到底是哪個不知天高地厚的，竟然敢惹我們副會長⁈雖然不知道那傢伙是誰，您就應該狠狠往他臉上揮上一拳。大不了賠一點醫藥費就行了？」
微笑佯裝惡狠狠地捶了一下飯桌。英俊看了看她，似乎覺得很是荒唐，噗哧一聲笑了出來。
「妳居然笑盈盈地說出這種荒唐話來，真是讓我刮目相看啊。」
「只是說說而已嘛。」
微笑似乎有些尷尬，臉色微紅，斜眼看著英俊又說道：
「所以您不要這樣一副無精打采的樣子了。一點都不符合您的角色設定。」
「妳這是在安慰我嗎？」
「當然啦。」
「聽上去不像啊。」
「您是被騙大的嗎？除了我，還有誰敢安慰您呢？」
英俊看著那張笑盈盈的臉，果不其然，沒有比這更好的安慰了。
是啊。
只有微笑能夠做到。如果不是她，誰會這樣揣摩他的心思，給他送上依靠的肩膀呢？
「金祕書。」

英俊欣慰地笑著，甜甜地叫了一聲微笑，而後又莫名其妙地說：

「我頭腦聰明，外貌出眾，還很多金，Anipang也玩得好。」

「所以……呢？」

「所以，嫁給我吧。」

「什麼？噗！」

微笑睜圓了眼睛哈哈大笑起來。英俊也聳動著肩膀笑出聲來。

兩人互相對望，暢快地笑了好一陣，這才終於重新回復往日的自己。他們互相看著對方，表情越發輕鬆了不少。

「啊，對了。我的平板電腦在辦公室嗎？」

「沒有，在我這裡。」

微笑馬上從椅子上站起來，從包包裡取出平板電腦。英俊高興地接過電腦，喃喃自語：

「正好。」

「怎麼了？」

「朴博士今天沒有行程安排，估計玩了一整天，剛才打破了我的紀錄。」

「哎呀呀。絕對不能輸給他。我來幫您，快速消滅他吧。」

「ＯＫ。」

微笑提起椅子，屁股都不挪，邁著小碎步移動到英俊身邊，緊貼著他坐了下來。這會兒英俊已經打開了Anipang APP，不合時宜地嚴肅問道：

「你沒跟朴博士告密吧？」
「告什麼密？上次的紀錄是我和副會長兩個人一起拿下的？」
「對啊。」
「哎呦，您把我當成什麼人了。哪裡還有像我這樣緊守祕密的女人哪？」
「總之絕對不能說出去。」
「嗯嗯。」
「不要回答得這麼敷衍。」
「知道啦。您就別擔心了。而且，最近比較流行的三消類遊戲是Friends POP啦。」
「哦，是嗎？」
「朴博士和金專務早晚會放棄Anipang，轉戰Friends POP的。副會長您得趕緊下載好，熟悉起來才行啊。」
「對啊，不能輸給朴博士這種玩家。」
「加油哦。」
兩人側身緊貼而坐，歡快地交談著。窗外的夜色在無聲無息中悄悄加深。

＊＊＊

「很冷的。快進去吧。」
「沒關係。」

微笑在家門前送別英俊，英俊的手機突然響起了簡訊提示音。

「誰啊？」

「還能是誰？」

「朴博士說什麼了？」

「說我搶走了第一名，有一半都是罵我的話。」

「有點過意不去呢。看來明天要敬上紅蔘軟糖了。」

「這有什麼過意不去的。不用在意，快進去吧。」

「我看您走了之後再進去。」

英俊面對仍然固執己見的微笑，無奈地轉過身，移動受傷的腳，一拐一拐地朝他的車子走去。

微笑呆呆地看著英俊漸漸模糊的背影，不知為什麼突然感到一陣寒意襲來，身體顫抖了一下。剛才還沒感覺到冷，真是奇怪。

奇怪的事情還沒有結束。

英俊打開車門，正準備坐進車裡，突然又向後看了一眼。

和微笑眼神相接的瞬間，英俊魅力十足地眯起笑眼，對微笑說了一句話。雖然因為距離遠，外加呼呼吹來的冷風，無法聽清說了什麼，但卻可以明顯看出他的嘴型：

「今天謝謝妳了。」

直到英俊的車消失在巷子裡，只留下紅色車尾，微笑好像被什麼東西迷惑住一樣，仍然站在那裡揮動著手。

過了很久，微笑才回過神來，趕緊跑回了家。為了完成還在處理中的檔案，微笑坐到桌前，卻突然發現筆記型電腦的背景畫面鋪滿了英俊的頭像，瞬間啞然失色。那是公司官網上的個人照片。

「真是拿他沒辦法啊！這又是什麼時候放上去的？」

微笑爆笑出聲，試圖把背景畫面換回去，轉念一想又仔細地看起了背景畫面。

她移動滑鼠，把桌面上的圖示全部移到一邊，英俊那帥氣的臉龐得以清晰地呈現在眼前。

微笑伸出手，輕輕撫摸著英俊那濃密的眉毛，深邃的眼睛，筆挺的鼻梁和緊閉的嘴唇。

「我……這是怎麼了？」

微笑的臉火辣辣的，心臟胡亂地跳個不停。這一切似乎並不僅僅是因為又冷又乾燥的天氣。

15 霉運

如果真的變了，又是什麼時候變的呢？
也許是唯一樂園那次算不上約會的約會之後吧。

十一月二十二日，週四早上五點三十分。

微笑下了公車，向英俊的家走去，腳步比平時稍快一些。因為今天公車到得比平時晚，出勤也就晚了一些。

咯噔咯噔。

皮鞋敲擊地磚的聲音好像一曲活潑的打擊樂，帶著輕快的節奏感。果然，作為禮物收到的昂貴高跟鞋，連聲音都那麼不一樣。

昨天下午，老闆外出後，大家利用下午茶的時間開了一個團隊會議。在調整排程、討論任務分工的時候，話題不知不覺轉移到了其他地方。起因是向來以誇張行事而聞名的某職員說自己從男友那裡收到了一雙新鞋。不久前她跟男友抱怨每天跑來跑去，鞋跟都快磨平了，於是男友就把用來買汽車音響的錢拿出來給她買了雙名牌高跟鞋。在場所有女人都露出羨慕的眼神，嘴裡發出「哇哇」的感歎聲。

微笑羨慕地討論了一陣，忽然醒悟過來。她的高跟鞋買了還不到一年，已經掉了好幾次鞋跟了。

她想，現在也不需要再為債務而苦苦掙扎，這次要下決心用自己的錢買一雙昂貴的高跟鞋。正想著，諮詢台的職員推著手推車走進來，一副莫名其妙的表情說道：

「金祕書，副會長讓我把這個送到您面前。」

只見手推車上整整齊齊地堆放著十個長方形盒子。那是誰一眼就可以看出，還有能大致估算出價格的名牌高跟鞋包裝盒。

一併收到的袋子裡還裝著微笑的辭職信和英俊親筆寫下的字條。

〔金祕書，高跟鞋太舊了。這是那天請我吃飯的回禮。雖然金祕書只給了我一碗不值錢的泡麵。〕

突如其來又讓人惶恐的禮物；職員們嫉妒而犀利的眼神；到頭來不過是種自我炫耀，但是對英俊來說已經是極限的致謝了；還有他竟然注意到微笑的舊鞋，對微笑如此關心的事實。這一切都讓微笑既驚訝又羞澀。她滿臉通紅，一時不知所措。

如果不是後來收到的一條簡訊，這種感覺也許會一直持續下去。

〔禮物滿意嗎？好好想想吧。直到地球滅亡妳也絕對遇不到我這種男人的。雇傭合同可以改為終身制，妳隨時可以跟我提。〕

英俊帶來的感動就此消失，下班路上微笑又重新將辭職信塞進了他的手裡。

一週七天每天換著穿還多出三雙的高跟鞋竟然像親自試穿之後買回來的一樣，非常合腳，全部都很合微笑的心意。

微笑眼神恍惚地低頭看著那擁有令人眼饞的美麗光澤和細緻線條的高跟鞋，突然停下了腳步。纖細的鞋跟陷進了走道上寬鬆的地磚縫裡。

「啊！不可以！我的高跟鞋！」

微笑使出全身力氣拔出陷在縫隙裡的高跟鞋，哭喪著臉看看四周，好像地球即將滅亡一樣。

「啊啊！新的一天才剛剛開始，就這麼不順！一大早的，難道是什麼預兆嗎？」

同一時間的英俊家。

英俊今天偏偏身體不舒服，拖著沉重的身體調整了早上的行程。早茶向來都是在微笑報告一天行程的時候喝的，看來今天要在床上喝了。

英俊疲憊地看著管家放在床頭桌上的伯爵紅茶和熱呼呼的司康餅，深深地打了個哈欠，抓起了花紋華麗的茶杯柄。

瞬間，好端端的杯柄從茶杯上掉了下來。如果沒有茶杯托和床頭桌的雙重保障，英俊就會被茶水燙傷了。

「呃。」

英俊把床頭桌推到後面，摩挲著自己長了鬍子、失去光澤的下巴，繃起了臉。

「有種不祥的預感啊。」

＊＊＊

結束外出活動回公司的路上，搭乘坐英俊的車一同回來的侑植驚訝地反問道：

「Jinx★？」

「對，毫無緣由地打碎茶杯或者碗碟就一定會發生什麼事情。」

坐在副駕駛座上的微笑聽了英俊的話後，表情陰鬱地向後看著英俊。

「啊，我也是。如果早上發生倒楣的事情，就會倒楣一整天。」

★霉運。

「朴博士，你沒有這種情況嗎？」

「這個嘛，Jinx真的存在嗎？」

說完，侑植看著車窗外，陷入了沉思。而後他忽然神氣活現地解釋道：

「舉一個非常有代表性的例子。不是說早上看到黑貓或者聽到烏鴉叫就會倒楣一整天嗎？如果遇到了這種情況還是安然無事地度過了一天，就會馬上忘掉這些事。但是如果經歷了不好的事情，就會認為：『這分明是因為Jinx！』要我覺得還是心態問題。」

「哼。」

英俊很懷疑地看向侑植，侑植後知後覺地想起了什麼，從容不迫地說道：

「啊，這麼說來，我早上跑步的時候看到了黑貓，還聽到了烏鴉叫。回到家喝營養劑的時候，手滑把玻璃杯打碎了。」

聞言，坐在副駕駛座上的微笑向後看去，接連展示白眼式驚恐：

「社長，這可怎麼辦啊？」

「什麼怎麼辦啊。都說了是心態問題。我絕對不會糾結於Jinx這種東西。英俊你，還有微笑也一樣，我們不要把心思花費在那些偶然發生的事情上。」

這話不無道理。

英俊緩緩點了點頭，好像突然想起了什麼，一臉嚴肅地指示微笑：

「啊，金祕書。幫我把今晚的聚會取消吧。然後再訂一個水果籃。」

「做什麼用的呢？」

「探病。」

「探病？誰生病了嗎？」

微笑剛要拿出記事本又放了回去，睜圓了眼問道。英俊略帶苦澀地看著侑植說道：

「朴博士，你也取消晚上的行程吧。」

「怎麼了？」

「金聖基那傢伙，前陣子看起來臉色就不太好，聽說住院了。明天手術。我也是接到勝洙哥的電話才知道的。」

聽到這個消息，侑植驚訝地瞪大了眼睛。金聖基是英俊和侑植留學時關係要好的學弟，某物流集團老闆的兒子。

「手術？突然做什麼手術？」

「說是痔瘡。」

「哎呦，天啊！」

「好像比想像的還要嚴重。勝洙哥見過他了，說他根本走不了路，只能手腳並用地爬著走。」

「那小子！看他灌酒的樣子，我就料到會有這麼一天！你也小心啊，小子！」

侑植突然激動地喊道，而後撫摸著自己的心臟繼續說道：

「大家都要好好保重身體。想要愛別人，就得先愛自己。」

「朴博士，別扯得太遠了。」

「擁有時不懂珍惜，失去時才知道它的可貴。看看我，老婆離開以後，空留我一個人，我有多麼寂寞心痛。你能體會嗎？」

「你要扯到哪去了？」

「你知道我的心情嗎？啊？你不知道！祕書每次接內線問我『是夫人，不對，前？夫人？的電話。給您轉接嗎？』的時候，你知道我是什麼心情嗎！『前』和『夫人』後面的問號是怎麼回事？到底是怎麼回事？」

「朴博士，聽得到我說話嗎？豎起你的耳朵，清醒一點。」

也不管英俊覺不覺得自己令人心寒，侑植沒有任何回應，只是隨著自己的意識，繼續自言自語道：

「哪怕是現在，我也很希望她能重新回來，可那是不可能的。失去後才懂得珍惜，可是……已經晚了啊！我真是傻瓜啊！傻瓜！倦怠期來的時候應該及時克服的！」

英俊歎了口氣，朝微笑打了個手勢，使眼色示意她說句一針見血的話，讓他清醒過來。但最近不知為什麼，微笑的感性指數急劇上升，別說是一句一針見血的話了，只見她十分惋惜地看著侑植，對他的痛苦感同身受。

「社長，覺得為時已晚的時候，恰恰是最早的時候。您就試著提議重新開始吧。」

「不。我老婆已經和別的男人交往了。上週日下午偶然看見的。我看到她和一個男人走在一起。看到曾經屬於我的女人和別的男人肩並肩走在一起，那種心情，那種心情……」

英俊開口打破了車上長久又沉重的靜默：

「那種心情就像看我哥寫的三流小說。」

聽到這話，侑植和微笑不約而同地怒目相向。

「李英俊，你！」

「副會長，您太過分了！」

「啊啊，吵死了。別再說那些沒用的了，趕緊回到現實吧。」

侑植埋怨地看著冷嘲熱諷的英俊，語重心長地說道：

「你們也一樣。別等著失去以後再後悔，趁還在的時候好好相處啊。」

「人家做個痔瘡手術，你怎麼得出了這種結論？」

英俊看著侑植，又偷偷地瞥了一眼微笑，希望她能夠明白自己的內心。

就在這時，電話響了。

除了司機，車上所有人都把手機鈴聲設置成了木琴鈴聲，因而各自掏出了自己的手機。中獎的是侑植。他低頭看著手機螢幕，臉上蒙上了一層灰濛濛的陰影。來電人正是剛剛話題中的主角，他的前妻。

侑植摩挲著手機，猶豫了很久，他看了看英俊和微笑的眼色，小心翼翼地接起了電話。

「親愛的。」

即使離了婚，每次打電話時侑植還是會像從前那樣，稱呼前妻為「親愛的」甚至是「老婆」。不知是有心還是無意，總之聽起來實在讓人感到惋惜。

——侑植，忙嗎？

車裡特別安靜，手機裡清晰地傳出侑植前妻的聲音。

「不，不忙，剛在外面忙完，正在回公司的路上。」

——這樣啊。

「突然打電話過來，是有什麼事嗎？」

——沒有，就是有點好奇你過得怎麼樣……有沒有按時吃飯？營養劑和補藥都好好吃了嗎？家裡的有沒有好好打掃？如果工作太忙，就找人來打掃。家裡灰塵多對身體也不好。

看來侑植說的那句「擁有時不懂珍惜，失去時才知道它的可貴」，也同樣適用於他的前妻。聽起來，她的嘮叨聲裡隱約包含著濃濃的惋惜和不捨。

「別擔心。我一個人也挺好的。倒是妳，真的沒事嗎？」

——能有什麼事。

「是那個傢伙……對妳不好嗎？」

——哪個傢伙？

「星期天下午我看到了。看到妳和一個男的走在一起。」

——星期天下午……？啊啊，那個人啊，他是房產仲介的人。離婚的時候你轉到我名下的那家店鋪，租賃合約到期了。日本料理店不做了，我打算開一家咖啡廳。

聽到這個解釋，侑植面露喜色。

「啊，是嗎？原來是這樣！我還以為！」

——你還以為我有什麼不好開口的苦惱嗎？你真是，一點都沒變啊。

「妳有什麼話，總是憋在心裡，我沒法知道嘛。我本來就粗心大意，你不告訴我，我怎麼會知道呢。」

——哎喲，親愛的……

「出門多穿衣服。別只要風度不要溫度，別再感冒了。」

接著是一陣沉默，但沉默中包含著的感動和真情，讓人眼中淚水打轉。

——侑植，今天晚上你有時間嗎？

「嗯？今天晚上？」

——請我喝杯雞尾酒吧？去我們常去的那家酒吧。很久沒有一起喝酒了，我想和你喝一杯。

一直靜靜偷聽通話的微笑和英俊一對視，臉頰微微泛起了紅暈，朝他盈盈一笑。不知為何，看著這樣的她，英俊的臉也一下子紅了起來。

「啊，不好意思，明天晚上可以嗎？」

——我什麼時間都可以。看來你最近也是忙到很晚啊？

「沒有，今天晚上說好要去醫院了。」

——醫院？為什麼突然去醫院啊？

「啊啊，那個啊，聖基★病得厲害，現在只能手腳並用爬著走……」

說著說著，侑植突然像被潑了冷水一樣，背脊冷得發麻，他後知後覺地慌忙解釋道：

「啊……哎？這，這話聽起來有點奇怪啊？啊哈哈，親愛的，聖基吧，喂？沒掛電話吧？不是

★「聖基」的韓語發音同「性器」「生殖器」。

那樣的，聖基是我學弟的名字。他叫金聖基。哈，這傢伙的名字，怎麼偏偏，喂，親愛的，在聽嗎？他，喂？突然得了痔瘡，不是，要做手術，住院了，喂，不知道是內痔還是外痔，啊，真是的，喂？喂？親愛的！親愛的！老婆！」

電話不知道什麼時候被掛斷了，茫然若失的侑植暈乎乎地回頭看著英俊和微笑。二人難掩慌張地看著他。侑植不由在心中啊喊：還不如嘲笑我呢，盡情地嘲笑我吧！

侑植扯著自己的頭髮哇哇大叫。他有氣無力地問道：

「黑貓、烏鴉、破碎的杯子，哪個是我的jinx呢？」

英俊和微笑異口同聲：

「全都是。」

「全部都是。」

＊＊＊

工作不停地蜂擁而至，一直忙到傍晚，微笑和英俊才有了點空閒，把工程圖鋪在辦公室的待客桌上，談論起下週就要開始動工的書房擴建工程。

「我覺得這樣就可以了，如果您有什麼不滿意或者需要補充的，請您告訴我。」

「沒有。」

「施工結束之後，您再覺得不方便就麻煩了，還是現在好好看看吧。」

微笑仔細地看著工程圖，認真地說道。但英俊並沒有看工程圖，而是直直地盯著她的臉，敷衍地說道：
「只要妳滿意，我就滿意。」
如果是往常，微笑肯定當做耳旁風，一笑置之。但此刻，她卻尷尬地轉過頭去，而英俊依舊舒適地倚在沙發上，從容地看著她。
最近英俊好像是有點變了。他的眼神比以前更溫柔，態度也和氣了許多，一點都不像他的風格。
如果真的變了，又是什麼時候變的呢？
也許是唯一樂園那次算不上約會的約會之後吧。
「那就按照這個施工了。施工期間您要住的客房，我已經要求酒店方面特別留意了。」
「謝謝。」
「您客氣了。」
英俊出神地低頭望著桌子，過了好一會兒，他突然問道：
「剛剛朴博士在車上說的話，妳還記得嗎？」
「什麼話？」
「『失去後才懂得珍惜』。問我們看到自己前妻和別的男人並肩走在一起是什麼心情。」
「啊啊，記得。」
「所以我也想了想。如果有朝一日金祕書妳辭職離開以後……。」
微笑望著含糊其辭的英俊，臉上掠過一絲不捨。好像不用聽他說完，就已經知道他想要說什麼了一樣。真沒想到自尊心那麼強的自戀狂之王竟然也會說出這種話來。

「天啊，副會長……」

「如果有朝一日金祕書妳辭職離開以後……看到我和別的女人並肩走在一起，妳會是什麼心情呢。」

嗯？這話在轉達的過程中好像很微妙地發生了立場的變化啊？一般這種時候不是應該說「如果金祕書和其他男人並肩走在一起，我的心情會很差」才對嗎？裝作為別人著想，卻隱約抬高了自己，真是高超的技巧啊。

微笑剛才那副哀傷的表情，瞬間變得有些苦澀。

「啊啊……是啊……」

但不管怎麼說，英俊和別的女人走在一起確實讓人心情很差。不對，這麼想來，之前參加過英俊社交聚會的那些女人也是一樣，雖然知道她們和英俊之間並沒有什麼，但心情還是有點糟呢。不對，不是有點，是心情特別非常超級糟。超級。

「金祕書。」

英俊輕輕喚了一聲微笑，他的聲音像往常一樣沒什麼起伏，語調十分平和。

「是。」

「這個我還給妳。」

英俊輕輕放在桌上推過去的，正是微笑的辭職信。

「不要妄想我會再給妳機會。」

這是挽留一個要離職的人該說的話嗎?!看到英俊不夠坦率的態度，微笑不覺笑了出來。

也是，堂堂李英俊做到這種程度，已經十分罕見了，都能上國外頭條了。

微笑拿起那份辭職信，對折起來放進外套的口袋裡，淡淡地說道：

「那我再考慮一下吧。」

不僅僅是為英俊考慮，微笑自己也需要時間來理清近來混亂的心緒。

「好。」

「就考慮一下下。」

「不要考慮太久。」

「嗯。這個嘛……怎麼辦好呢？」

微笑故意逗氣似的話音剛落，英俊的手機突然震動起來，顯示有新的簡訊。

確認過簡訊後，剛剛還帶著淺淺笑意的英俊，一下子僵住了臉。

他嚴肅地看著微笑，一改剛剛平和的態度，就像大戰在即的將軍一樣，中氣十足地命令道：

「金祕書，你現在立刻去麥天利★，買兩份最新推出的最難賣、最貴的產品和剛炸的法式薯條！一定要剛炸的。然後回來的路上去天使咖啡買兩杯加濃美式咖啡。晚一點也沒關係，糖和吸管各兩份，餐巾紙五張，一定要帶好！明白了嗎？」

「啊？什麼？」

★麥當勞和樂天利的組合詞，樂天利是隸屬於樂天集團的連鎖快餐企業。

微笑覺得很荒唐，反問道：

「怎麼突然……？副會長您不是從來不吃速食的嗎？而且之前還嚷嚷著天使咖啡難喝，再說糖……」

「住口！讓妳做妳就做，竟然敢跟我頂嘴？」

啊啊，剛剛還很融洽的氣氛轉瞬即逝。就是那句「江山易改，本性難移」。微笑原本笑盈盈的臉瞬間拉了下來。

「趕緊走！快走！立刻！馬上！」

「是！我這就走，這就走！」

英俊氣勢洶洶的怒吼嚇了微笑一大跳，她像爆米花似的一下子從椅子上彈起來，快速從辦公室裡走了出去。

「咻。」

麥天利的店面與他們所在的大廈隔著兩條街。賣不出去的高價商品還沒提前整理打包，肯定要花上一點時間。炸薯條也需要一些時間，公司附近「咖啡天使」店員的動作也是慢得出奇。再加上她還得拿上糖包、吸管還有餐巾紙。

「這樣應該能節省三十分鐘的時間。」

為了把微笑趕走，英俊從椅子上站起來朝她大吼大叫。等她走了以後，英俊低頭看向仍然亮著的手機螢幕。

〔英俊啊，前幾天真的很抱歉。為了解開心結，跟哥一起喝杯茶聊聊吧。你一定很忙，我去辦公室找你吧。我剛從計程車上下來。馬上就上去了。〕

他重新坐回沙發上，略微煩躁地嘟囔道：

「啊啊，這個傢伙，我就知道他早晚有一天會搞這麼一齣。」

＊＊＊

「哇，李英俊，辦公室不錯啊。公司氛圍也比我工作那時好了很多呢。」

「那天發生的事情一點都沒有影響到我的心情，所以你完全不必擔心。麻煩你有話直說，說完趕緊回去吧。」

面對英俊公事公辦的態度，成延仍然抱以從容的微笑，並打起了太極：

「副會長果然是日理萬機啊。連跟哥一起喝杯茶的時間都沒有，幸好我辭職了。我可受不了這種生活。」

見英俊面無表情地坐在那裡，成延走到他的辦公桌前，若無其事地問道：

「金祕書去哪兒了？」

英俊聞言也同樣若無其事地回答道：

「金祕書剛剛不是才把你領到這兒來了嘛。你在說什麼呢？」

英俊用一個荒唐的理由把微笑打發出去跑腿之後，讓金智雅頂替她過來帶的路。

「咦，不是那個金祕書呀。好像是叫……微笑吧？」

英俊靠在椅背上，抬起頭用銳利的目光盯著成延：

「我讓她出去辦點事。不過，哥為什麼這麼關心我的祕書啊？」

成延靠坐在英俊的書桌一角，繼續說道：

「你那麼珍惜的女人，我當然想親眼見見了。」

「誰說我珍惜她了？」

「難道不是嗎？」

對於他從容不迫的反問，英俊只是閉口不答，並不想對此予以否認。

「我想親眼見見九年來一直悉心照顧我弟弟的是個什麼樣的女人，看看她是多麼的心胸寬廣，又有多麼的溫暖。」

「你見了又能怎樣？」

「這個女人如果真有那麼好，肯定也多少可以撫慰我的痛苦，不是嗎？」

成延笑得一臉和煦，一番話語卻令人毛骨悚然。英俊微微皺了下眉頭：

「你別騙我了。」

「這怎麼是騙你呢？」

「你不過是因為傷害不了我，所以就想從我珍惜的女人身上下手，玩弄她之後再把她拋棄。難道不是嗎？」

「你不要誤會。我沒有那麼殘忍。我才不會玩弄感情、欺騙女人。畢竟愛情可是很美好的東西。」

「很遺憾，你可能無法如願了。」

「為什麼？」

英俊就像在公眾面前演講一樣，自信滿滿地斬釘截鐵道：

「哥一定以為自己雖然在其他方面比我略遜一籌，唯獨在女人方面要比我強。然而這完全只是你的『自以為是』。」

「呃……喂，就算是這樣，你說得也太直白了吧。」

「你不要以為全世界的女人都會受你迷惑。畢竟世事無絕對，任何事情都有例外。」

「哦，那金祕書就是那個『例外』嗎？」

「沒錯。」

聞言，成延的臉上綻放出微笑。

「既然你這麼有自信，為什麼還硬要把她支出去呢？又為什麼一直不讓我見她，把她藏得那麼深呢？其實，是你沒有這個自信吧？」

「隨便你怎麼想。」

成延站起身，朝英俊拋了一個肉麻的媚眼。

「你知道至今為止，面對我的誘惑而不為所動的女人有幾個嗎？」

「我不想知道。」

「一個都沒有。不騙你。連一個都沒有。」

「真是好極了。」

「嗯?」

「真是太好了。怎麼辦,我羨慕得快要發瘋了呢。」

咦?英俊嘴上明明說著「好極了」「羨慕」,臉上卻絲毫沒有嫉妒的神色。

成延只覺得自己像個幼稚的小學生,在向朋友炫耀自己新買的橡皮擦,結果卻發現朋友的筆盒裡不僅放著各式各樣的昂貴橡皮擦,還有各種顏色的彩色鉛筆。他忍不住漲紅了臉。

「哥就是為了告訴我這些,才專程跑來公司找我的嗎?」

「不是,當然不是為了這個……」

「我下午還要開會,你趕緊回去吧。」

英俊對成延還是一如既往,他公事公辦的態度讓成延猶豫著正要離開。成延突然把手裡拿著的一本書遞了過去。

「我出了新書,送你一本簽名版。」

厚厚的書本包著粉紅色的封皮,上面標有「未滿十九歲禁止閱讀」的標識,耐人尋味的書名印在極為顯眼的地方。整本書上擠滿了令人眼花繚亂的宣傳語。

〔如彗星般橫空出世橫掃言情小說界的墨菲斯。毅然決然出走兩年的男人。陷入苦惱的女人。本世紀絕無僅有的極致華麗色情盛宴。當你翻開這本書的瞬間,你將因為絕對新鮮的感性高潮而渾身戰慄。墨菲斯的全新作品,《雪上加霜的女人》!〕

英俊直勾勾地盯著這本書的封面，毫不掩飾地皺起了眉頭，說道：

「很感謝，你的好意我心領了，書我就不收了。」

「你看起來一點都沒有感謝我的意思。你這麼瞧不起我嗎？」

「我完全沒有瞧不起你。你好像挺出名的。」

「是啊。我有不少書迷，銷量也非常不錯。我的代表作從很久之前就一直是類型文學界的暢銷書。」

「這份工作適合你嗎？」

「適合啊，我喜歡寫作。」

「有自己想做的事情真好啊，繼續努力吧！」

嗯？

怎麼感覺怪怪的？成延瞬間陷入一片混亂。

英俊的態度像雲霄飛車一樣，變化莫測，實在令人厭惡。但這傢伙實在太過優秀，說出這番話來，反倒讓成延覺得自卑和惶恐，絲毫不覺得對方討人厭。啊啊，這是怎麼回事？為什麼會覺得不痛快呢？

「總之，我不想把這種書放在我的書架上，你還是拿回去吧。」

成延無可奈何地重新把書收了起來，移步往外走，突然回頭向他告別道：

「我會常來的。」

英俊聞言皺緊了眉頭，問道：

「你什麼時候出國？」

＊＊＊

「再來核對一遍。兩個『揭諦揭諦波羅揭諦』漢堡，剛炸的法式薯條，兩杯特調美式咖啡，糖包和吸管各兩個，五張餐巾紙……應該沒漏掉什麼吧？」

微笑一邊加快腳步，一邊依次確認兩隻手上提著的紙袋和咖啡外帶盒。

好像所有人都對她老闆的急脾氣心知肚明，知道他不願意久等一樣，今天她去的幾個地方全都暢通無阻。新出品的漢堡已經在做了，薯條也正好剛出爐。咖啡店也一樣，接待她的店員與其他店員截然不同，很快就幫她沖好了兩杯咖啡。店員看樣子像是新來的。

難道是因為今天運氣好？今天早上碰到那麼糟糕的事情，她本來還在擔心著，但是一整天下來厄運似乎已經離她而去了。

不過，等她心情愉悅地爬上連接公司大門的長長樓梯後，突然感到一絲異樣。

她正對這異樣的氣氛感到疑惑，突然發現好多人的目光都聚集到了一處。眾人目光的焦點處有一個男人正拾級而下。

微笑以為那人是某個明星，在好奇心的驅使下，隨著人們的目光抬頭看向男人。就在此時，原本拿在男人手中的書裡突然有什麼東西在風的吹動之下飄了出來。

落在微笑腳邊的是一張用美術紙做成的薄薄書籤。

＊＊＊

唯一集團總部大廈門口陷入一陣騷亂。這都是因為成延渾身散發著魅惑人心的荷爾蒙拾級而下。

他不僅擁有修長而挺拔的身材，俊美秀麗的五官以及如畫一般非凡的姿態，還能從他身上感受到其他男人身上所沒有的某種東西。用時下的話來說就是致命的魅力。

成延一級一級地往下走，在他走下樓梯的過程中，路過大廈門口的女性精神恍惚的症狀像傳染病一樣四處傳播。

成延每次看到大家為他沉醉的反應都非常滿足，直到聽見與他隔著幾級樓梯站著的女人呼喚他的聲音，這才回過神來。

「那個……」

「怎麼了？」

成延從頭到腳地打量了女人一番，立即對她的身分了然於心。因為女人胸前掛著貼有證件照的工作證，上面寫著「副會長專屬祕書室首席祕書金微笑」。喲！真幸運！

「這個掉了。」

「啊，謝謝。」

成延接過書籤，朝她眨了下眼。微笑見狀立即變了臉。那表情就像是打開了新世界的大門一樣。

我就說嘛。任何事情都有例外？你以為這樣就能躲得開嗎？成延轉過身衝著英俊所在的大廈頂端在心裡呼喊著：看到了嗎，李英俊！

「那個……不好意思，請問那本書！您是在哪間書店買的呢？」

「什麼？」

成延再次低頭看向微笑，這才發現她的眼睛直勾勾看著的不是自己的臉，而是他左手拿著的那本書。

「那本書！不是墨菲斯的新書嗎？我聽說還在預購，難道已經在賣了嗎？在哪裡有賣呢？」

「啊，這個啊。這是作者提前贈送給我的。應該很快就會發行的。」

微笑聞言瞪大了眼睛。

「真的嗎？那麼，難道！您是出版社的人嗎？」

成延不打算放棄這個機會，他溫和地笑著，努力將自己的魅力指數提到最高點，然後全部釋放出來。

「不是。我就是墨菲斯。」

「天啊天啊天啊！真的嗎？哇哦，太棒了！這是真的嗎?!」

這就對了嘛。你以為你是例外，我就沒有辦法……嗯？

微笑滿臉笑容地放下手裡的麥天利塑膠袋和咖啡外帶盒，伸出手想要跟他握手。一般女人這時候應該會害羞得說不出話來才對啊。怎麼會是這樣的反應？

「我是您的鐵粉。能麻煩您給我簽個名嗎？」

她淡定自若地與他握了手，然後依次從口袋裡翻找出一枝迷你圓珠筆和印有小熊圖案的筆記本，遞給了他。

成延注意到黏在圓珠筆上的一粒灰塵，似乎是從衣服口袋裡帶出來的，臉上瞬間滑過一抹難以形容的淒涼。這莫大的屈辱感是怎麼回事？

成延尷尬地笑著說：

「您就把這本書收下吧。這就是簽名版。」

「天，天啊！真的嗎？這樣也可以嗎？太榮幸了！既然我已經開了口，那能順便麻煩您在這裡寫上『堂山洞冰雪公主金微笑小姐，祝您幸福』這句話嗎？哦，『堂山洞冰雪公主』是我的網名。」

微笑興奮不已地笑個不停，臉上滿是對墨菲斯的憧憬，找不到絲毫被他的男性魅力所迷惑的痕跡。

「感謝我嗎？感謝我的話就給我一張您的名片吧。」

成延下定決心之後，朝她拋了一個性感十足的媚眼，原本哈哈大笑的微笑表情一下子變得微妙起來。雖然成延看不出微笑為什麼會露出這樣的表情，但他確定這並不是欣喜的表情。

咦，好奇怪。怎麼總是不管用呢？成延陷入慘澹，表情也跟著變得微妙起來。

「不好意思，我出門忘了帶名片。」

連續幾次被拒，成延頓感不妙，但他不能就這麼錯過，於是魯莽地用了一招。

「那告訴我電話號碼也行。」

「什麼？為什麼要電話號碼呢？」

「我沒別的意思，主要是我常年生活在國外，很少有機會見到國內粉絲，所以偶爾想和粉絲們聊聊作品的事。」

「啊，原來如此，那好吧。」

微笑面帶笑容行雲流水般的在便利貼上寫了一串數字之後遞給成延。

「我會聯繫您的。」

「好的，謝謝，能見到您是我的榮幸，那請您慢走。」

微笑俐落地道別後轉身離去，成延站在原地不甘心地低頭看著箋手裡那張便箋，心中想著：留得青山在，不怕沒柴燒。以後有得是機會……嗯？

便箋上的那串號碼莫名有些怪異。居然還有這種電話號碼？

「010—1212—1818……？」

＊＊＊

辦公桌正中央的袋子裡散發出陣陣油香味。

「拿開，我不想聞到這股味道。」

「什麼？」

英俊隨即瞟了一眼咖啡，又補充了一句：

「這兩杯難喝的咖啡，你跟金智雅祕書分了吧，給我倒杯水。」

「哦……？您這是……什麼意思……？」

微笑的表情瞬間晴轉陰。

「副會長，您現在是在跟我開玩笑嗎？」

支著下巴坐在辦公桌前的英俊這才回過神來，面無表情地抬起頭看著她。

看到咆哮著的微笑手臂裡夾著的那本書，那本書名絕對令人過目難忘的小說——《雪上加霜的女人》，英俊的眼神立刻變得凌厲起來。

「這書從哪兒來的？」

「什麼？」

「你見過我哥了嗎？」

「哥？您在說什麼呢？」

「我在說那本書！是不是我哥給你的？」

「今天來公司的路上偶遇了我喜歡的作家，所以拿到了簽名版……」

英俊莫名有種私藏微笑多年最終還是被人發現了的感覺，這種詭異的感覺驅使他突然站起身走向窗邊。微笑見狀一時不知所措，驚訝地看看手中的書，又看了看英俊的背影。

「之前就知道您哥哥是作家，但萬萬沒想到他就是墨菲斯。」

英俊俯視著林立的高樓大廈，在腦海中整理著思緒。聞言，他不禁用更為敏感的態度問道：

「你們兩個聊什麼了？」

「也沒聊什麼特別的。他把書送給我的時候，跟我要了名片……」

「你給他了？」

「沒有，我當然是說沒帶了。後來他還跟我要電話號碼，我就隨便留了一串奇怪的數字。」

英俊回頭疑惑地看著微笑，微笑則是笑盈盈地果斷說道：

「現在這世道，可不能隨便把私人資訊告訴陌生人，很危險的。」

「做得好。」

微笑發現英俊的領帶有點歪，隨即放下書走上前看著他問道：

「我不在的時候，您跟您哥哥發生什麼事了嗎？」

「沒有。」

「那您的表情怎麼……」

「我表情怎麼了。」

這麼難看？

瞧他這不友好的語氣，想必是發生過什麼事，不過既然他不想說，微笑也就沒再追問，只是默默將他的領帶擺正。

當她細心地幫英俊整理藍色真絲領帶的時候，英俊輕而緩慢的呼吸吹在她的額頭上，吹動了她額前的碎髮，惹得她心癢癢的，心跳也隨之加快。英俊身上混雜著淡淡香水味的體香，讓她有些頭暈目眩。

雖是經常做的事情，但此刻卻有種全新的感覺，彷彿回到了很久以前第一次為他繫領帶的那天。

「金祕書。」
「是。」
「你知道古希臘羅馬神話裡的墨菲斯嗎？」
這沒頭沒尾的問題倒是讓微笑覺得有些莫名其妙，她把手從領帶上挪開，回答道：
「墨菲斯是夢境之神，可以在夢中幻化成他人的形象出現，對嗎？」
「沒錯。」
「為什麼突然提起墨菲斯？」
「我有時候覺得我哥……就像是生活在夢境裡的人。」
微笑自然不知英俊這句話裡的深意，笑著回答他：
「這應該就是藝術魂或者大家常說的『才氣』吧？在藝術領域嶄露頭角的不是都有很獨特之人嘛，就像著名畫家或是音樂家、舞蹈家當中有很多怪才一樣……」
英俊直直地盯著她，沒等她說完又丟了一個問題給她。
「妳說過多年來一直在找一個哥哥對吧？」
「啊……」
微笑的笑容瞬間消失不見。
她忽然覺得這或許是一個可以問問的機會。尋找多年的那位哥哥到底是英俊還是剛才碰到的那個人呢？
「妳為什麼要找他？」

「這個……因為我總是會想起他……」

「找到那傢伙之後妳想幹什麼？」

微笑慌張地支支吾吾了半天，英俊見狀不由用更加嚴肅的語氣追問道：

「難不成你想跟一個身分不明的人談戀愛嗎？」

事實上，微笑很久之前就問過自己這個問題了。

「不是那樣的。」

看到微笑義正辭嚴地否認，英俊反而更嚴肅地問她：

「所以呢？」

「我也說不清楚，就好像拼拼圖的時候如果少了一塊，心裡就會感到煩躁不安一樣，差不多是這種感覺吧。」

「人的記憶……」

英俊轉頭看向窗外，沉默片刻又繼續說道：

「總是會往保護自己的方向發展。所有消失不見的記憶都有它消失的原因。」

「您這話是什麼意思呢？」

「如果……如果金祕書妳……」

就在這時，伴隨著一聲巨響，微笑的身體也突然向一邊倒去。

「啊！天呀！」

今天凌晨在人行道地磚上卡了一下之後，鞋後跟一整天都顫顫巍巍的，它偏偏在這個節骨眼上

「壽終正寢」了。微笑突然失去了重心，以一種莫名搞笑的姿態虛晃著向後退了幾步，一屁股坐在了英俊的辦公椅上。

「金祕書！妳沒事吧？」

受驚的英俊扶著椅子把手，身子微微向前探去，關切地查看她的情況，兩人的距離驟然縮短，額頭幾乎挨在一起。

「啊，沒，沒事。」

微笑的臉一下子紅了起來，而英俊的臉也在不知不覺中染上了一抹緋色。

沉默良久的兩人感受到與平時不同的強烈心動，暗中地交換著眼神。

「副會長……」

「金祕書……」

兩人試圖打破這尷尬的沉默，不約而同地叫出對方的名字，但這無謂的稱呼反而讓氣氛變得更尷尬了。

太陽徐徐落下，橘色的夕陽透過透明的窗戶灑了進來，給整間辦公室都披上了一層柔和的浪漫情調。

微笑的臉龐被英俊的影子籠罩著，英俊直直地看了微笑好一會兒，用一種違和的小心而謹慎的語氣輕聲說道：

「我要……吻妳。」

這句話彷彿是在給她時間做心理準備，然而微笑卻說不出任何話來。正當她猶豫不決時，英俊的臉和額頭已經近在咫尺。

有生以來初次面對如此誘惑，微笑內心不禁生出一絲期待。她慢慢闔上眼睛，腦海中已然一片空白，忘記了這裡是什麼地方，現在是什麼時間，靠近她的男人是誰，過去的事，未來的事，她究竟應該如何應對……現在她唯一能感受到的只有他溫熱的體溫和迷人的氣息。

微弱到幾乎聽不到的氣息伴隨著他的雙唇輕輕擦過她的下唇，即便是輕微的觸碰，也引得她渾身戰慄，毛孔彷彿都在收縮。

雖然感覺怪怪的，但是……拜託，再靠近一點！

初嘗甜蜜之吻，微笑有些不知所措，正當她欲抬手抓住英俊的衣領時……

咕嚕嚕嚕，嗒嗒嗒嗒。

她甚至來不及分辨這是什麼聲音，就感受到一股不可思議的身體移動的速度。

原來初吻就是這種感覺嗎？

微笑一時有些疑惑，但總覺得哪裡不對，這分明是坐高鐵的時候，反方向座位上才有的感覺。

「嗯？」

等到她轉了一圈睜開眼睛的時候，才發現眼前並非英俊那張帥氣的臉，而是辦公室側面的牆壁。

就在剛才，英俊望著微笑閉上雙眼的樣子，一時間無法控制自己的理性，如此美麗又可愛的女人專屬於自己，等待著自己，他突然有了一種無所畏懼的感覺。然而下一秒，這種感覺又立刻被想要佔有她的欲望所吞沒。
他像微笑一樣閉上眼睛，微微低下頭。
不巧的是，就在這時辦公椅「吱呀」響了一聲，直讓人渾身起雞皮疙瘩。而這聲響恰恰又讓他想起了那一天的聲音。
〔看著我。你替他看著我吧。看著我最後的時刻。〕
〔不要啊！來人啊！誰來幫幫忙啊！〕
〔再見，這所有的一切。〕
哐噹！
〔不要啊！啊啊！〕
吱呀，吱呀！
等到他再睜開眼睛的時候，微笑早已不在眼前。直到昏暗的視線逐漸明晰，恍惚的神志逐漸清醒，他才後知後覺地發現了微笑。
只見她正坐在帶有滑輪的辦公椅上，緩慢均速地滑向辦公室一側的牆壁。
「哦……？」
上一秒還在猜想這究竟是怎麼一回事的英俊這才明白過來，驀地想起往事的自己無意識地用力推開了她的椅子。

「哎……呀？呵！」

不論理由如何，就算他現在想追上去抓住椅子，也已經為時已晚。

微笑坐著的那張椅子已經旋轉了一圈，穩穩地停在了牆壁前，隨之而來的是辦公室裡死一般的寂靜。

「啊……那個，金祕書，我可以跟妳解釋，這都是……」

微笑面對著牆壁，一動不動地坐在椅子上開口打斷他：

「啊啊，我這下才想起來，副會長是何方神聖，何許人也。」

「什……什麼？」

英俊瞪大了眼睛，緊張地盯著椅背，萬萬沒想到她會說出這番話來。

「只愛鏡子裡的自己，十足的自戀狂。除了自己，世人皆形同背景，您心裡肯定在暗暗嘲笑吧？『妳這種丫頭竟敢覬覦我？』我剛才居然還抱了一絲期待，我真是個傻瓜。」

「金祕書，妳聽我說啊，這都是誤會！並不是妳說的那樣。」

「不，不必了，沒關係，我都能理解。畢竟您本質就是如此嘛？這種事情勉強不來的，只是，我現在覺得很委屈。」

「金祕書。」

「無限接近於零，卻又不等於零的可能性。」

英俊被微笑這番不明所以的話搞得一頭霧水，他錯愕地看著仍舊面對著牆壁的她，只聽她又以平淡的口吻繼續說道：

「以後呢，如果有人問我：『微笑妳的初吻是什麼時候？跟誰呀？』那我就得死命考慮一下，究竟是在幼稚園，被月亮班東哲那傢伙捉弄親親的那一次，還是現在這一次。」

「金祕書……」

英俊自知罪責深重，不敢輕易開口說些什麼。然而面壁顫抖了許久的微笑突然脫下斷了跟的高跟鞋，隨後站起身像平時那樣笑盈盈地走向英俊。

「副會長。」

「金祕書。」

笑盈盈，笑盈盈，一直笑盈盈的微笑突然說道：

「公司運動會二人三腳比賽我得了第一名，我想用一下獲得的獎品。這週日我能休息一天嗎？」

「啊，好。但是……獎品是什麼？」

「婚介中心的相親券。」

「什麼？」

「還是一對一的呢。託您的福，我會玩個盡興的。謝謝。哈哈。」

「等等……」

英俊看起來十分驚慌，微笑撇下他，光著腳橫穿過辦公室。

「等等，站住！金微笑！」

聽到英俊的命令，微笑停下腳步，猛地轉身。

她又「噠噠噠」快步走到英俊面前，笑盈盈地從口袋裡拿出了什麼，遞了過去。

「這個，重新還給您。」

「金祕書……」

微笑又重新轉過身，走出辦公室，恨不得把門摔碎似的，「哐」的一聲關上門，裝飾櫃的玻璃隨之轟鳴著顫動起來。

直到震動聲消失，英俊還低頭看著拿在手裡的辭職信，表情錯綜複雜地說道：

「不記得當時的事嗎……總之真是太好了。」

大約三秒之後，他才後知後覺地忽然明白了什麼，胡亂撕扯著自己的頭髮，陷入痛苦之中。

「不對，不應該這樣啊！」

16 老故事

微笑心中不免覺得奇怪，這番話跟英俊之前說的截然相反。

微笑悄悄瞥了一眼指向晚上九點的掛鐘，皺起了眉頭。

已經躺在床上看了一個半小時的書，《雪上加霜的女人》還沒看到第十頁。這本書的內容從第五頁開始就已經十分香豔。男女主角，在酒吧裡一見鍾情，慾火焚身，不由分說走向洗手間，展開親密的肢體接觸，投入作業，從第十頁開始，兩人已經倚在牆上，站立式合體了。

若是往常，微笑早就紅著臉一字不漏、津津有味地往後讀了，但今天她卻沒什麼興致。這都是因為下午和英俊發生的那件事。

世界那麼大，像小說裡面寫的那樣迅速確定關係的男女肯定存在。

有一見鍾情慾火焚身的男女，也有九年裡每天黏在一起也沒發生過任何事情，只有無限接近於零的初吻，不，那根本不能稱之為吻吧。總之曖昧不明的男女，應該也是有的吧。所以也沒關係啦。

沒關係嗎？

沒關係才怪。

微笑「嘩」一地扔開無辜的書，趴在床上，把頭埋進枕頭裡，瘋了一樣大叫起來。

這是生氣了嗎？如果真的生氣了，到底在氣什麼呢？到底怎麼做才能消氣呢？完全不知道啊。一直苦思冥想但也想不出個所以然來，反倒讓自己生了悶氣。

微笑衝著枕頭撒了好一會兒的氣，手機突然響了起來。

肯定又是那傢伙。

下班以後就一直狂打電話、發簡訊，好端端地問什麼明天的行程、後天的行程，就連平時毫不關心的事情也追根究柢地追問個不停，真是煩死人了。

明明就是覺得抱歉，卻連一句抱歉都無法坦率地說出來，每次都裝作一副了不起的樣子，說上一大堆的廢話，然後掛斷電話，真是可惡。

「副會長！今後三個月的行程，我不是已經給您發過兩次郵件了嗎？請您不要再打電話了！」

微笑把手機調到揚聲器模式，痛痛快快地喊了出來，瞬間，手機那頭傳來了女人的聲音，聽起來帶著猶豫和謹慎。

——咳咳，微笑啊。

來電話的是微笑的大姐必男。

「啊，姐姐！」

——要不我一會兒再打？

「啊，不用，抱歉，我弄錯了。」

——看來妳最近也很忙呀？

「反正副會長每天都那麼折騰人。有什麼事嗎？」

——非得有事才能打電話嗎？也沒什麼事，就問問妳最近過得怎麼樣。

「嗯。我不是一直都過得挺好的嘛。反而是大姐和二姐更讓人擔心。」

必男猶豫了好一會兒，才又小心翼翼地問道：

——微笑，妳，什麼時候辭職啊？

「啊……。」

微笑的辭職信就像排球似的來來去去，裝辭職信的信封都開始出現毛邊了，現在又完全回到了英俊手裡。但是，現在的狀況這麼曖昧不清，她不可能立刻辭職。

微笑糾結了很久，支支吾吾地說道：

「現在還不太確定。好像還得過段時間……怎麼突然問起這個？」

——啊啊。其實呢，我學長在你們公司附近開了一家整形醫院。今天他來拜訪教授，看到了妳的照片……。

「說要優惠嗎？可是我不想整呢。啊，對了。有人向我打聽雙眼皮手術，要不要給他介紹一下……？

——不，不，不是那個意思。他想要我把妳介紹給他認識一下。學長還沒結婚呢。今年三十五歲。人特別好，謙虛又善良，還特別體貼，就是有點靦腆。

「哦……？」

——他這個星期天有時間，妳要不要見一見？

微笑愣了好一會兒，把枕頭拉進懷裡抱著，回答道：

「星期天不行。我已經約了一場相親。」

——怎麼回事？妳都有一百萬年沒相親了吧。

「不是一百萬年，是生平第一次。」

——什麼？哎喲，太過分了。總之，人得多見一些，要不然給妳約其他時間？

「嗯，再說吧。」

——妳聲音聽起來怎麼這樣啊？無精打采的？

「沒什麼。」

——妳那時候不是還對我們說，想辭職相親結婚的嘛。

「嗯，的確有說過，不過……現在覺得什麼都很煩。」

——難道，是因為妳老闆？

「什麼？」

「我和末熙以前就說起過，微笑妳……是不是喜歡他啊？就是李英俊。」

喜歡嗎？

聽到必男的話，微笑的臉一下變得火辣辣的。繼朴博士之後，這已經是第二次被問到這個問題了。

李英俊是誰呢？對金微笑來說意味著什麼呢？他是什麼樣的存在呢？就讓自己對自己坦誠一點吧。

他是個帥氣的男人。

當然，他自我感覺良好得有些過了頭，很可惡，但是微笑活到現在見過那麼多的男人，都沒有他出眾。他是可以讓人發自內心去尊敬的帥氣男人，無論跟誰說喜歡他，都不會覺得丟臉。

微笑也曾懷疑過。只是作為老闆和下屬、甲方和乙方，一起度過了那麼長的歲月，不知從何時起，待在他身邊已然變得像呼吸一樣自然，所以才無法那麼容易接受他吧。

喜歡嗎？

是啊，好像是喜歡。

不對，是喜歡。

正是因為喜歡，心裡才會這麼苦澀難過吧。

必男見她什麼都沒有回答，似乎明白了什麼，繼續說道：

——那他呢？他不是也喜歡妳嗎？所以才會把妳留在身邊那麼久，送妳那麼多貴重的禮物不是嗎？

「我也不知道。」

——難道……他說沒辦法結婚嗎？因為妳是普通人？

「姐姐，不是那樣的。」

——微笑，妳別擔心。妳至今都在賺錢供我們讀書，現在我們理應傾家蕩產讓妳嫁出去。」

「什麼？傾家蕩產？姐姐，這話妳是從哪兒學來的啊？」

——嫁妝需要多少錢？兩千萬？三千萬？還是更多？

「都說了不是那樣的。」

——不要覺得為難，快說。兩個姐姐現在都是醫生，這點錢還算什麼問題嗎？我放棄教授職務，不分日夜到處坐診賺錢。無論如何，我和末熙一定把錢湊夠。絕對不要洩氣。多貸點款，要是還不夠的話也沒在怕的，姐姐們就是賣腎，也會把錢湊齊的……

「貸款？賣腎？說什麼呢?!別用這麼輕鬆的語氣說這種嚇人的話！而且我也不是因為錢。副會長早就跟我提過結婚的事，會長夫人也說，只要人嫁過來就行……呵。」

微笑不由自主地說了些有的沒的，再怎麼補救也來不及了。就像離弦的箭，潑出去的水。

——那問題到底出在哪裡？

「那個……」

——難道他是花花公子？我偶爾會在報紙之類的地方看到他的花邊新聞……

「還不如是個花花公子呢。」

——這話又是什麼意思？

一直都很苦惱的微笑終於放下顧慮，慢慢打開了話匣子。

「天上天下唯我獨尊，自戀狂裡的終身獨裁者，明明很可惡，卻又不可惡，讓人心情超級不爽，不過這也沒什麼，反正這些我都知道，也已經適應了，就當我可以忍受所有的一切吧，可是，他周圍半裸的性感女人多到數不清，一個個瞪紅了眼想著怎麼能和他擦個肩，成群結隊地黏著他。一個精力充沛的正常男人，九年來沒有和女人發生過任何事情，這像話嗎？就算他再怎麼自戀也不可能那樣啊？和尚嗎？神父嗎？」

——難道是同性……

「也不是！我隱約這樣懷疑過，他也許是因為太喜歡我，所以才會那樣恪守道義，但今天又覺得好像並不是那樣……」

當時氣氛剛剛好，兩個人的嘴唇剛剛觸碰到一起，英俊就嚇得打了個寒顫，一把推開了微笑，想起這一幕，微笑一下哭喪起臉來。

又不是踩了香蕉皮滑出去的跑跑卡丁車，而是坐在轉椅上「嘩」地一下被推了出去，打了個轉之後和牆面「親密接觸」的一瞬間，真是百感交集，他能體會這種心情嗎？不，他當然不可能體會得了。他可是滿腦子只有自己的自戀狂！

「啊啊。我終於知道這種苦澀的感覺是什麼啦！反正就算我喜歡他，和他結了婚，對他的感情，也不過是我一個人的單相思罷了，這一點，從頭至尾都只有我自己知道！哇啊啊！不是，怎麼會這樣？」

微笑瘋狂地自言自語了許久，一直默默傾聽的必男輕聲叫了她一聲：

──微笑啊，我在醫院工作，總能見到許多病人不是嘛。

微笑聽到必男莫名其妙的話，呆呆地望著手機。

──他們之中不都是身體受了傷的病人，還有很多人是內心受到了創傷。即便內心已經千瘡百孔，表面上看起來反倒格外正常。也許你老闆也是這種情況吧。因為壓力太大導致沒有性慾的情況也有很多。

「大，大，大姐，什麼性，性，性，性慾！他有沒有性慾關我什麼事！總之，機會來了我就辭職離開，尋找自己的人生。我再也不要給他擦屁股、蒙受不該有的屈辱了！」

──我再說下去就是廢話了，妳那麼聰明。

「什麼？」

──妳那麼聰慧，自己的人生自己肯定能把握好。這麼看來，一開始就沒有姐姐們的插足之地啊。

「哎呀，不是那樣的。姐姐。」

──微笑啊，大姐二姐對妳只有一個期望。那就是妳能變得幸福。不要擔心大姐二姐還有爸爸，也不要擔心其他人，什麼都不要擔心，就只考慮自己，做自己想做的事……

「姐姐……」

──哦，等等，有呼叫。學長那邊我會拒絕的，妳不用在意，再給妳打電話。

連一句再見都沒說，電話就被掛斷了。微笑愣愣地望著電話，長長地歎了口氣。

「變得幸福？」

她再次把頭埋進枕頭裡，低聲嘟囔著：

「只考慮自己，做自己想做的事……。」

滴答滴答。房間裡一片寂靜，只有時鐘上的秒針轉動的聲音。

「我珍貴的初吻……必須重新製造一個。笨蛋，笨蛋，笨蛋！」

拜罪孽深重的名字所賜，金聖基學弟今天製造了一起超大型意外事件。英俊從醫院探完病回到家，打算和整個下午都沉浸在憂鬱之中的朴博士一起喝幾杯。

遺憾的是，朴博士來這裡為英俊精采重構今天那起突發事件的機率為零。

「哈啊。」

微笑趴在床上長歎一聲。她拚命伸手去拿那本《雪上加霜的女人》，但因為剛才的那一扔，小說被拋至更遠的地方，怎麼也拿不到。

她現在的心情本來就煩悶低落，對這些情色小說也完全失去了興趣。微笑拿起了放在折疊床桌上的另一本書。那是墨菲斯的處女作——《老故事》，是她好不容易從智雅那裡借來的。

〔可能是因為它是一本自傳體小說的緣故吧，故事很有畫面感。後面男主角太可憐了，我都哭了呢。〕

「哼，管他是自傳體還是他傳體，肯定又是色情內容……」

微笑嘴裡嘟囔著隨意翻到了某一頁，眼睛突然停在了某處。

她緊咬嘴唇，臉色漸漸變得慘白，開始一行行往下讀：

〔順著狹窄而蜿蜒的小路，一排排小屋整齊地排列開來。再開發區的居民紛紛撤離後，只留下刺鼻的水泥味縈繞在巷子裡。

巷子口豎立著一根廢棄的電線杆，不知是誰的惡作劇，在我視線稍微往下一點的地方有一塊奇怪的痕跡。

它看起來活像是張著血盆大口朝我追來的怪物，令我膽戰心驚。

我曾被鎖在哪一間房子裡呢？

在巷子的正中間，有一間屋子，裡面種著銀杏樹，樹上掛著的幾片枯葉越過了牆頭。而它正對面的那個屋子有一扇黑色的鐵質大門，門早已掉了漆。我曾經就被關在那個屋子裡。

狹小的院子裡有一處空著的狗窩，曾經居住在這裡的人家留下的家具散落在地上，沒有一件是完好的。前門的玻璃窗是磨砂的，掛在門內的門簾上五顏六色的花紋隱約可見。

即使有人路過，大概也不可能發現我。〕

「這……」

微笑不知不覺間舉著書唰地坐了起來，瞪大著眼睛急忙往後翻找。

她在翻找的是關於男主角在女主角面前回憶過去的片段。

﹁我不知道那三天是怎麼過去的，因為我太孤獨，太難過了。一想到只有我一個人孤零零地留在這裡，就覺得痛苦難耐。

那一夜，當我掙脫了手腳上的束縛，從這個令人生厭的地方逃出去的時候，天空中那輪殘缺的月亮彷彿也在為我落淚。

在我踉踉蹌蹌地走去派出所的路上，巷子裡一直有冷風穿堂而過。

味道，啊啊，那個味道。就連冰冷的水泥味都在嘲笑著我孤獨的處境。這世上只剩下我一個人。

當我在醫院裡醒來後，整整半個月……我連一句話都沒有說。﹂

「啊啊……」

微笑太過驚訝，舉著書愣了好久。

這分明就是那天的故事。但莫名地有些古怪，因為在這本書裡，沒有出現任何關於微笑的故事。

而且不知為何，她感覺到一種奇怪的違和感。看似快要接近真相，心情卻夾雜著遺憾和惋惜。

「啊啊，早知道這樣，我就把電話號碼告訴他了！」

微笑騰地坐起身，猛然從床上跳下來，把掉落在房間地板上的那本《雪上加霜的女人》撿了起來。

在書本的扉頁，墨菲斯的簽名下面寫著她要求加上的手寫文字：

〔堂山洞冰雪公主金微笑小姐，祝您幸福。墨菲斯李成延敬上。〕

「李成延，李成延……啊啊！李成延！」

她腦海中響起了那天的聲音：

〔笨蛋。不是……是李，成，延！〕

封面的折頁處印有他的郵箱地址。微笑抱著試試看的想法，著急地跑到書桌前，打開了筆記型電腦。

***

「沒錯，金微笑，生日是四月五日。什麼？她今天下午提交了申請？這是真的嗎？真的親自申請了嗎？什麼？居然已經匹配好了。這又是什麼鬼話啊？相親？星期天下午？你想死在我手裡嗎？」

英俊給他的熟人，也就是曾贊助秋季運動會獎品的婚介所負責人打去電話，向對方詢問微笑的情況。他暴跳如雷地握緊了手機，又一次抬高了嗓門：

「你告訴對方那小子，約會取消了！還有，你什麼都別跟金祕書說，自此以後都不要說！絕對不要給她介紹任何人！什麼？問我怎麼辦？你說怎麼辦！」

英俊說完以後，緊捏著拳頭大喊道：

「我去跟她相親！」

英俊千叮萬囑地讓對方不要讓微笑知道她星期天下午要見的男人更換了人選。他神經質地撩起頭髮，一屁股坐在沙發上。

整整兩個小時，他像內急的小狗一樣，坐立不安地繞著客廳轉來轉去。

侑植把威士忌酒杯放在面前，欣賞著英俊的表情。隨後，他低頭將視線轉到堆放在桌子一角的書。

《戀愛基礎》《這樣做你也能成為戀愛達人》《如何抓住我的女人》《鬧彆扭的女人怎麼哄》等諸如此類的書名實在是不言而喻。

怪不得一大早就開始講倒楣事，果不其然，兩人之間這是發生了什麼事情啊？

「李英俊，到底怎麼回事，你倒是說來聽聽啊。」

見英俊仍舊沉默不語，自顧自地擺弄著酒杯，侑植無奈地嘀咕道：

「雖然我現在也很鬱悶，不過你也實在是了不起啊。微笑祕書上午還好好的，怎麼突然就生氣了呢？你們兩個之間發生了什麼？」

「有點誤會。一點點。」

「什麼誤會？」

「那個……我不能說。」

侑植知道他是絕對不會把真相告訴自己的，於是不再追問，隨意挑了一本戀愛指南翻看起來。

「所以，你代替人家去相親，是想怎樣啊？」

「得把誤會解釋清楚啊。」

「啊？就為了這個？」

「不然還能為了什麼？」

「這可是相親啊，相親。」

「所以呢。」

英俊疑惑不解地望向侑植，侑植也回以疑惑不解的眼神，說道：

「這回可是策劃驚喜的絕佳機會啊。」

「驚喜……嗎？」

「對啊。在那種全新開始的氣氛下一起踏上浪漫之旅，不但能自然而然地解開誤會，還能互訴衷心，不是嗎？然後再進一步……」

也不知道侑植到底聯想到了什麼，陰險地笑著補充道：

「我來給你好好參謀參謀，你先把計畫寫出來吧。」

英俊看著他，眼神裡透著懷疑和不滿，但還是老老實實地打開了平板電腦的文件檔案。

＊＊＊

十一月二十五日週日下午一點。

「這裡。」

成延坐在窗邊，午後耀眼的陽光灑落在他身上。微笑出神地看著他轉過身朝自己招手，勉強穩住顫抖的身體挪動了腳步。

「您來得真早呢。不好意思，讓您久等了。」

「沒有，我也才剛到。真沒想到您會主動聯繫我，我很榮幸。我叫李成延。」

成延用一隻手撐著下巴，他微笑時的眉眼和英俊極為相似。

「我叫金微笑。那天我不知道您是副會長的哥哥，對您多有冒犯，真是抱歉。」

微笑與他握了握手，在他對面落座。她小心翼翼地將那本《老故事》放在桌上，聲音顫抖地問道：

「我之所以約您見面是因為這本書。」

微笑仔細地觀察著成延溫和的笑臉。

成延的眉眼雖然和英俊極相似，但是看向微笑的眼神卻和他截然不同。微笑暗自猜想著到底是哪裡不一樣，很快便找出了答案。是頻率的差別。如果將英俊的笑容比作少有的季度活動，那麼成延的微笑就像是批發市場的長期促銷一樣頻繁。她和成延不過是第二次見面，對他魅力十足的笑眼卻早已留下了深刻的印象。

「這本書……」

「啊啊，這個啊。等等，先點單才是啊。您想喝點什麼？」

被成延毫無預兆地打斷了話，緊張感瞬間得到緩解，微笑多少有些不痛快地回答道：

「和您點一樣的就行。」

成延叫來了女店員，點了兩杯咖啡，回以禮貌性的笑眼，女店員一下子紅了臉，羞澀地走開了。

微笑環顧四周，發現其他女人也頻頻用餘光掃向這邊，多少有些詫異。啊，原來這世上真的存在這種人呢。

「妳剛才想說什麼來著？這本書怎麼了？」

聽到成延的詢問，微笑這才回過神來，摸了摸書角，將它推至成延面前。

「我聽說這本書是您的自傳體小說，您寫的是您親身經歷的事情嗎？」

成延垂頭看了一眼書的封面，淡笑著翻著書頁。

「沒想到還有人保留著這本書，真讓我驚訝啊。這本書，連我自己都沒有呢。真是久違了。」

他似乎很是詫異，不停地摩挲著這本書，突然爽快地承認：

「的確是我的經歷。我小時候曾經被綁架過。」

「小學四年級的時候。在唯一樂園所在的再開發區裡發生的事情，對吧？」

在微笑的追問下，一直從容微笑著的成延倏地瞪大了眼睛，震驚地反問道：

「哦？妳是怎麼知道的？」

聞言，微笑瞬間起了一身的雞皮疙瘩。

她抬高了音量，呼喚著那天以後一直停留在夢裡的哥哥的名字：

「成延哥哥！你不記得我了嗎？」

咖啡廳裡所有的人的視線都聚集到了微笑的身上，她卻因為太過激動而渾然不覺：

「我們不是在一起的嘛！當時我們整個晚上都待在一起，你不記得了嗎？我是微笑，金微笑！」

「哦……」

成延聞言一頭霧水，呆呆地看著微笑，自言自語道：

「整個晚上都……待在一起？」

「你不記得了嗎？你知道我找了你多久嗎？」

「我……」

成延的眼神失去了焦距，凝視半空良久，臉上突然沒了笑意。

「呃，呃啊！」

成延突然抱住腦袋，一臉痛苦的表情，微笑見狀連忙起身，查看他的狀態。

「哥哥！你沒事吧？」

「哈啊，哈啊。沒事，我沒事。」

成延擺擺手，緩了緩氣，見微笑仍然一臉驚訝地站在對面看著自己，安慰她道：

「因為當時受到了太大的打擊，所以我的記憶也是斷斷續續的。」

「啊……對不起。是我太激動了。」

「沒有，沒關係。」

微笑坐了下來，遞了一杯冷水給成延。他喝了一口之後，繼續說道：

「我不太記得了呢。不好意思。」

成延因為自己想不起來而感到惋惜，微笑卻努力笑著安慰他：

「沒關係的，這也是沒辦法的事。其實我那時候也還太小，所以也記不太得了，直到不久前都還以為那是一場反反覆覆的夢境呢。」

「當時竟然有人陪在我身邊，真是難以置信啊……」

成延蒼白的臉上再次露出欣喜的笑容，同時還透著一種無法言喻的安心。

「可是那天晚上我為什麼會出現在那裡呢？哥哥又為什麼……」

「好奇過去的事嗎？」

「是的。」

「其實也沒什麼不能說的。」

這時，女店員恰好把咖啡端了上來，打斷了兩人之間的對話。

成延盯著冒著熱氣的香醇咖啡，托著下巴，突然問道：

「那傢伙怎麼樣啊？」

「什麼？您在說誰？」

「我是說微笑小姐的老闆。他對您好嗎？」

「啊……呃，還好啦，就那樣吧。」

微笑支支吾吾地回答著他，笑著的臉龐微微有些扭曲。距離那次接吻，不對，距離那次「輕微擦碰事故」已經過去了三天，除了工作以外，她就沒跟英俊說過一句話。大概是太陽打西邊出來了，那個唯我獨尊的自戀狂竟然看起了她的臉色，也沒有跟她說過一句多餘的廢話，不過即便如此，微笑還是覺得很彆扭。

「既然我們以前就認識，不用敬語也可以吧？」

「那是當然啦。」

成延溫柔地笑著將過去的事情娓娓道來。

「我跟英俊從小就是宿敵，那小子小時候就跟現在一樣討人嫌。他幾乎無所不能。做任何事都比我這個當哥哥的做得好，做得快。甚至連身高都比我高……好像他生來就是為了壓制我一樣。所以父母、親戚、老師，還有在家裡工作的傭人們，周圍所有人的焦點都理所當然地聚集在英俊的身上。其實我也沒有那麼差勁，至少可以達到一個平均水準，只不過是他太出眾了而已。」

微笑聞言不禁露出惋惜的神色，成延刻意避開她的目光接著說道：

「小學四年級的時候，英俊跳級，跟我成了同班同學。」

「我聽副會長提起過。」

「長輩們都希望我能好好照顧年幼的弟弟，不過他們也真是多慮了。」

「難道……」

「沒有。我沒有欺負他。以他的水準，已經不需要我來保護了，反而是他欺負我，冷嘲熱諷嫌棄我弱小，還肆意毆打我……」

微笑心中不免覺得奇怪，這番話跟英俊之前說的截然相反。英俊雖然很自戀，可他不是會撒謊的人，以他的自尊心絕對不允許自己做出這種事來。

微笑雖然覺得有些混亂，但仍繼續聽成延說了下去：

「有一天在放學的路上，那小子慫恿我，硬是把我帶去了一個地方。當時他說要一起去爸爸公司的遊樂園，而司機叔叔就在學校正門等著我們，於是我們就從狗洞鑽了出去。這一切的起源就是那天我毫無防備地跟他離開。那是我第一次坐公車，車子行駛了好久之後，我們在一個完全陌生的社區下了車，可是無論怎麼找都看不到遊樂園的影子。我當時太天真，被他騙了，他帶我去的那個地方跟我們家所在的一區簡直天壤之別，窄窄的巷子裡掛著很多蜘蛛網，冷冷清清的，看起來就像是沒人居住的地方一樣。」

「當時那片區域要進行再開發，所以很多住戶都搬走了。」

聽到微笑的補充，成延痛苦地歎了口氣，繼續說道：

「我說口渴……他說他去買水，讓我待在原地。還嚇唬我，讓我一動不動地等著他，絕對不能走丟。所以我就乖乖地在原地等他，可是那小子再也沒有回來。當時我手裡一分錢都沒有，因為從小被家裡過度保護，第一次經歷孤身一人的情況，我又怕又慌，什麼都不敢做。」

哦？這……這似乎有點……

微笑的表情再次變得微妙起來。

「聽說那個抓走我的瘋女人是一個已婚男人的情婦。」

「啊，沒錯。那裡除了我和哥哥之外，好像還有其他人在。就在我們被關著的那間房間外面。」

「就是那個女人。她懷了情夫的孩子又墮了胎，結果被人家單方面宣告分手，所以一氣之下才做出了那種事。」

「啊啊。」

「那是一幢陳舊的平房，那種房子我還是頭一次見，感覺破舊到有些可怕。院子裡散落著被遺棄的狗窩和破碎的家具，到處都是枯萎的花草……真的很可怕。」

「那個，您等一下。您在那裡等人，是怎麼被那女人拐走的呢？」

「啊……」

微笑的問題讓成延遲疑了片刻，他若有所思地眨著眼睛，隨後彷彿像是被什麼東西牽引著一樣，用十分機械的聲音補充道：

「那些我就記不得了，大概是帶給我的衝擊太大了吧。」

「啊啊，這樣啊。」

「當時又冷又黑，我特別孤單，就好像獨自一人被拋棄了似的，幾乎快要撐不下去了。就那樣被關了三天，直到那女人死了以後才逃出來……。」

他的描述聽起來就像是照著書本讀出來一樣，根本無法從中找到任何新線索。

「我們是一起出來的。」

「什麼？」

「我跟哥哥是手牽著手一起從那幢房子裡走出來的。」

「真的……？」

「哥哥不是還把我送到家門口才走的嘛。你在我家門口還對我說以後會來找我玩，然後就一拐一拐地……」

話沒說完，她突然感到胸口一陣刺痛，痛到連呼吸都有些困難。

眼前忽然清晰地浮現出英俊傷了腿還強撐著走路的樣子，正如運動會那天明明很痛卻還要裝作無所謂，連聲衝她大喊著不像樣子，讓她放手的刻薄模樣。

「原來如此。可是這些我也不記得了。」

微笑也不知這種悲傷從何而來，只好強裝鎮定，用笑臉掩蓋住空落落的心。

成延靜靜地看著她，認真地說道：

「我回到家以後，有半個多月都沒辦法開口講話，其實就是把自己的心關起來了，而這一切都是因為那小子。」

「因為副會長嗎？」

「沒錯。他把我丟在那裡，以為我會想辦法回到家，然而我卻沒有。家裡鬧翻了天。他們以為我被綁架了，一直在等勒索電話，卻沒有等到。那天晚上長輩們揪著他追問：是不是你幹的？到底把人丟在哪裡了？快說！」

微笑聽著成延的話，舌尖卻泛起陣陣苦澀。

「那小子也嚇得不輕，對長輩們說了謊。可能是怕自己會挨揍，所以隨便說了個不相關的地方。他們把那個地方全翻了一遍也沒有任何收穫。當然不會有任何收穫，因為根本就不是那個地方。假如唯一集團第三代繼承人被綁架的事情傳出去，反而會造成人身威脅，所以在我被囚禁的三天裡並沒有進行任何新聞報導。」

「哥哥……」

「遭遇了那種痛苦經歷之後我就住進了醫院，我對他恨之入骨，畢竟我也是人。可是……他是我的親弟弟啊，不諳世事的親弟弟，除了原諒他，我還有別的選擇嗎？所以我選擇了原諒他所做的一切，打那之後我就一直睡不好覺，活在痛苦當中，可是妳知道現在最讓我難過的是什麼嗎？」

「是什麼？」

「我這樣痛苦地原諒了他，可他卻忘得一乾二淨。」

「什麼？」

「大概是因為太內疚了……英俊至今都不記得當初的事。」

「啊……」

她這才明白，為何英俊從未提及過以前的事。並非是刻意迴避，而是他並不知情。

「曾經棄我於不顧，讓我痛苦不堪的經歷，對他來說竟成了無稽之談。」

微笑目不轉睛地望著成延，片刻後真摯地問道：

「您恨副會長嗎？」

「不，我不恨英俊。雖然他明目張膽地討厭我，但是我並不討厭那小子。」

「您真的很了不起。」

明明把好奇了許久的過往聽完了，但不知為何，微笑卻覺得如鯁在喉，心情不舒服。

「你剛才說找了我很久？」

「是的。」

「為什麼？為什麼一直在找我？」

「這個……。」

微笑眨了眨眼，笑盈盈地回答道：

「就是說呀，我為什麼要找您呢？雖說我自己也不太清楚，但我就是非常想找到您。總之，很高興能再次見到您。」

「我也是。」

成延微微一笑，伸手試圖撫摸她的臉頰，但微笑卻搶先躲開了他。

「哇，妳這動作夠迅速的啊。」

「對啊，經常有人誇我反應敏捷呢。」

成延望著她笑盈盈的模樣，開口問道：

「我想要找回丟失的記憶，如果是妳的話，或許能夠幫到我……妳願意嗎？」

微笑聞言，依舊笑盈盈地回答道：

「我當然樂意至極了。」

不知為何，她眼前再次浮現出英俊的模樣。

〔就算記不起來了，那根磨牙棒也一定還原封不動地待在某個地方。雖然被埋了起來，看不見它，但那並不表示它已經消失不見了。可是，真的有必要挖出來確認嗎？就算費了九牛二虎之力把它挖了出來，也很有可能已經腐爛到面目全非了。與其這樣，還不如不看。〕

英俊說這番話的時候，眼眸裡透著一層無法形容的暗黑色，那是一種暗藏心事，卻又讓人猜不透的暗黑色。

「要不要跟我一起出去啊？我們先去兜兜風，然後找一家不錯的餐廳吃頓晚飯，再去……」

成延以一種意味深長的眼神暗送秋波，不料微笑卻只是盈盈地笑著，乾脆地拒絕了他。

「抱歉，我有約在先。」

「有約？」

要知道迄今為止，從沒有一個女孩拒絕過成延的邀約，一個都沒有。

「是的，我約了相親。」

「相親……？啊哈，啊哈哈。」

成延似乎有些驚慌，無比尷尬地乾笑了兩聲。

「第一次相親有點緊張呢。我得準時到趕到那裡才行，那哥哥我就先走了。」

她清脆明朗的回應讓成延的臉色不禁變得有些僵硬：

「好，好吧，那下次一定要跟我約會哦。」

微笑聽到這話一下子紅了臉，連連擺手，咯咯笑了起來：

「天啊，哥哥！什麼約會啊，您說什麼呢？真是幽默！」

嗯？這是怎麼一回事……成延的表情不禁有些扭曲，事情的發展似乎有點……

接著，微笑向成延的方向微微傾下身去，像在說什麼祕密一樣輕聲道：

「聽人說成延哥哥是個『魔性男子』，說實話一開始我還有點緊張，不過現在看來好像並不是那麼回事呢。我還擔心要是第一眼就被您迷住醜態百出該怎麼辦呢？」

沒錯啊，魔性男子。

「很高興今天能見到您，我會再聯繫您的。」

她這是……AT力場★啊！她在瓦解任何攻擊都無法攻略的堅固心牆！這女人到底是何方神聖……

成延像是被下了詛咒了一般，茫然不知所措地望著微笑的背影。

＊＊＊

「總感覺怪怪的。」

微笑已經到達相親地點，正趴在桌子上沉思著什麼。

終於與尋覓多年的哥哥重逢了，但她卻絲毫沒覺得輕鬆或是開心，更別提幸福了，眼下只讓她覺得思緒混亂。

這難道是把想像帶進現實的後遺症嗎？

不對。

★該詞源於動畫「新世紀福音戰士」（EVA）「AT Field」，是「Absolute Terror Field」的縮寫。直譯作「絕對恐怖領域」，又稱絕對領域，心之壁。擁有AT力場的使徒幾乎能抵擋所有常規武器的攻擊。

現在讓她陷入混亂的，正是這不解的心情和這微妙的違和感。

到底是怎麼一回事？究竟是為什麼呢？

經過長時間的梳理，她終於找到了問題的癥結所在。

這一切都是因為成延的說辭中有太多斷開的部分。原本應該存在於他回憶當中的東西全部消失，反而多了許多沒必要的內容。

且不說他被那個女人綁架的過程和拘禁的方法，以及弄斷繩子逃出來的經過，成延甚至不曾提起過被拘禁的三天裡所受的肉體上的痛苦。一般人在遭遇痛苦的事情之後，最先想到的應該是身體上的疼痛，但是在他的回憶中卻只有孤獨和絕望這種含糊其辭的表述。

相反，無論是拘禁場所外的風景，還是拘禁期間英俊的情緒亦或是父母的行動卻又說得過於詳細。

唯獨不記得和微笑在一起的經過也著實令人意外。不，不是不記得，而是從一開始就乾乾淨淨地剪掉了微笑的存在。即使沒有微笑的存在，他的記憶也銜接得天衣無縫。彷彿在他的記憶裡，微笑自始至終都不曾存在過一樣。

還有最令人感覺奇怪的一點。

一個人遭遇了可怕的事情，巨大的衝擊甚至導致他連記憶都變得模糊，這種情況下還能如此雲淡風輕地講述當時發生的一切嗎？

「究竟是怎麼一回事呢……怎麼一回事呢？不對，等等。」

話說回來，現在不是糾結這些事情的時候啊。想到這裡，趴在桌上的微笑握緊了拳頭。有生以來第一次相親，不能以這樣心不在焉的狀態對待。

一邊償還爸爸和兩個姐姐的債務，一邊給自戀狂老闆擦屁股，虛度了最美好的時光，直到二十九歲才好不容易迎來了人生中的第一次相親。一定要打起精神才行，一定要。

微笑為了平復心情，趴在桌上陷入了冥想。

當微笑萎靡的精神得到恢復，不安的心跳重新找回節奏的時候，頭頂突然響起一個男人的聲音。

「打擾了。請問您是金微笑小姐嗎？」

這個聲音讓微笑剛剛恢復的精神再次陷入了萎靡，剛找回節奏的心跳也重新開始亂跳不止。

並不是因為對相親對象的期待。

而是因為這是她十年如一日每天都能聽到的，熟悉到令她瘋掉的聲音。

17 因為妳是金微笑

所謂的熟悉和舒服，說不定在潛移默化中轉化成了一種喜歡。

「打擾了。請問您是金微笑小姐嗎？」

低沉有力的聲音聽起來非常有魅力。

如果這個聲音沒有那麼過於耳熟，也沒有露骨地流露出自我炫耀的痕跡，她一定會被迷住。

「不會吧……」

就在微笑頭也不抬，緊緊握著拳頭的時候，站在桌邊的男人又以從容的語調說道：

「您來得可真早啊。我不太習慣等人，不過今天倒是想提前過來等候對方，表達一下自己的誠意。」

「啊啊，這不可能，不可能……」

微笑仍然趴在桌上，因為抑制不住內心的憤怒而瑟瑟發抖。男人故意補充道：

「既然妳這麼早就前來等候讓妳魂牽夢縈的我，那麼為了報答妳的這份誠意，我一定會饋贈給妳一段無悔的時光。妳可以好好期待一下。」

微笑像充滿了氣壓、即將爆炸的高壓鍋一樣發出呼哧呼哧的呼吸聲，抬起頭往上看去。

只見一個用盡所有華麗辭藻也不足以形容的帥氣男人正低頭看著她。頎長的身高，雕塑般的身形，寬闊的肩膀，堅實的胸膛，畫一樣精緻的五官……只從他轉頭的角度就能看出一二。

李成延是魔性男子？

不，不是。這種詞不是什麼人都可以用的。

魔性男子必須要長成這樣才行。既能掩蓋住全世界獨一無二的晦氣，又能像盾牌一樣豎起堅實的屏障。對，至少也要這樣才稱得上是魔性男子。

先不提這個。

擋住別人的去路還不夠，現在還來這裡作弄我，不可以這樣，不可以這樣。

氣炸的微笑突然張大嘴巴，大到下巴好像快要發出樹枝折斷的聲音一樣。她尖銳地大叫道：

「副會長！」

「咦？金祕書，妳怎麼會在這裡？」

假惺惺的表情和假惺惺的聲音。這是微笑九年來所見到過的最令她討厭的樣子。

「我還想問您呢。您到底為什麼會出現在這裡?!」

「這不明知故問嘛，當然是來相親啊。」
「您說什麼——？」
洪亮的聲音引發所有人的關注，微笑卻毫不介意，臉紅脖子粗地大叫道：
「您今天下午不是有行程嗎?!您是怎麼處理的……」
話說到一半，微笑好像猜到了什麼，歎著氣顫抖地說：
「智雅被收買了啊！」
「收買?只是戰略合作而已，我想要隱瞞今天行程的需求，正好和金智雅祕書想要得到限量版包包的需要不謀而合。」
微笑突然笑盈盈地譏諷道：
「天啊，因為戰略合作失敗，到頭來一場空的公司我可是見多了呢。」
英俊聽後皺起了眉頭，說道：
「不讓我坐下嗎？」
微笑歎了口氣，這才讓英俊坐下，
「請坐吧。」
英俊走動時有種不協調的感覺，原來他左腳上的石膏已經拆除了。
「您去醫院了嗎？」
「嗯。剛回來。」
「不是約好了明天上午跟我一起去的嗎？」

英俊沒有回答，咧嘴一笑。微笑看著他，心裡莫名有點苦澀。

居然假造行程，什麼時候開始造假的呢？微笑竟然不知道他的行程，心情別提有多異樣了。

「您是怎麼找到這裡的？」

「給自家公司運動會提供相親券的婚介所，想暗中調查還不容易嗎？我直接給婚介所的工作人員打電話了。」

「您這是赤裸裸地侵犯個人隱私。我要告您。」

「有自信的話就試試看吧。」

「您到底為什麼要這麼做啊？」

微笑強顏歡笑地問道。英俊凝視著她額頭三點鐘方向凸起的青筋，反問道：

「那妳又到底為什麼要這麼做呢？」

「是我先問您的。」

「我是妳上司，先回答我的問題。」

「這裡不是公司，請您收起上下關係。」

「是嗎？那就叫聲哥哥試試。我會心甘情願地先回答妳的問題。」

微笑聽聞這突如其來的「哥哥」，笑得更加燦爛了。燦爛到讓人毛骨悚然。

「還是由我先來誠心誠意地回答您的問題吧。」

英俊禮貌性地伸出手，裝模作樣地示意微笑先說。微笑火冒三丈，氣衝衝地說：

「您真的不知道嗎？過去九年來，我受了很多苦，啊，沒錯，要說對副會長沒有一絲一毫的感情，那絕對是假話。雖然您確實很討人厭，但有時候我也會小鹿亂撞，怦然心動。不過只有一點點，大概像老鼠屎那麼多吧？」

「想吵架嗎？不要當著我的面說什麼『討人厭』。讓人不愉快。」

「那您就撿好聽的聽。總之，在輔助您的期間，我並不是很討厭您。」

「是嗎？」

「但是副會長您不一樣啊。您只是因為需要我，才把我留在身邊而已。我可不想談這種賠本的戀愛。我也想在付出的同時，得到同樣多的關懷和愛。所以我拒絕繼續在副會長您身邊這樣虛度年華。」

英俊怔怔地看了微笑好一會兒，而後淡淡地說道：

「如果妳真是這麼想的話，前後不一致啊。」

「什麼？」

「妳並不討厭我。又說要離開我。妳到底想說什麼啊？如果真的想辭職，公司也會有接替妳的新人。就算無故曠職也沒有任何關係啊？」

「我不是那種被一時的感情衝昏頭腦，葬送自己積累起來的事業的愚蠢女人。」

「啊，對。金祕書很聰明的。思考深入，賢明通達。」

「那當然。」

微笑以為這也是稱讚，傻呵呵地笑了起來。英俊的臉色突然變得僵硬，嚴肅地說道：

「那不是更奇怪嗎？像妳這樣聰明的女人，竟然推掉了週日的工作安排，非要跟我如實坦白說要去相親。就好像是故意說給我聽的一樣。」

聞言，微笑臉上的笑容瞬間消失不見。英俊看著一臉尷尬、扭扭捏捏的微笑，補充道：

「妳心裡其實是希望我把你抓得更緊一點吧？」

「不是那樣的。」

「妳可以實話實話。我不會說出去的。」

微笑氣急敗壞地瞪圓了眼睛反駁道：

「那副會長您就不奇怪嗎？表面上一副非我不可的架勢，抓著我不放，身邊的位置卻絕對不肯讓給我。」

「身邊的位置不肯讓給妳？這是什麼話？我再說一次，我沒有和那些女人睡過！絕對沒有！」

「不是，我說的不是這個身邊……！」

微笑想起了失敗的初吻，因為感到屈辱而顫抖起來。她平復好自己激動的心情，重新笑著說道：

「現在也該打破這個無限反覆迴圈的循環了吧？我已經徹底整理好心情了。」

「妳是因為接吻失敗才這樣的吧？所以才會跟我賭氣，整整三天都不跟我說話，不是嗎？」

「唉唉。」

「不管是什麼理由，珍貴的初吻搞成那樣確實很遺憾。那天推妳的確是我的錯。我心裡很過意不去。真的對不起。」

英俊竟然坦誠地道起歉來。微笑睜大眼睛，眨了眨，伸出手搭在他的額頭上。

「沒發燒嗎？您哪裡不舒服嗎？」

「沒錯，因為是第一次，所以才會更特別，也更遺憾。我理解。所以，今天我要挽回這一切。我希望妳能給我一次解釋的機會，一次挽回的機會。」

「我不要。」

微笑噘起嘴，生氣似的斬釘截鐵道。英俊懇切地喚道：

「金祕書。」

「您回去吧。拆除石膏之後，不宜勉強用力。我也要回去了。」

英俊雙唇緊閉做深呼吸，終於說出了就算死千次萬次都不願說不出口的話：

「求妳了，拜託，金祕書。」

「啊？您剛才……說什麼？」

「我說求妳了，拜託。我都做到這個程度了，妳還要迴避我嗎？」

這是絕對不會發生在唯我獨尊的李英俊身上的事情。

「求妳了，拜託」雖然是一句非常簡單的話，但是對英俊來說，就像是在一家人快要餓死的時候，低頭向仇人哀求要口飯吃一樣難以啟齒。如果朴博士看到這珍奇的場景，一定會當場昏厥過去。

微笑聽出了英俊聲音中的懇切，多少有點吃驚。她閉起嘴巴向後坐了坐。

英俊從外套口袋裡拿出什麼東西，放到桌上，推到微笑前面。那是一張寫著字如芝麻大小的A4紙。

微笑小心翼翼地打開紙，把第一行讀了出來。
「相親計畫書？」
「是的。」
「這是什麼包辦旅行嗎？一目了然地按照時間段整理出來了呢。」
「諮詢了不少地方呢。」
微笑仔細瀏覽著相親計畫書，表情不禁扭曲起來。
「世上哪有這樣的相親啊？這不是相親，是燒錢啊。天啊？等一下，Stop！這是什麼？又不是出差，您還叫了直升機？」
「是啊。」
「副會長。」
「嗯？」
「您瘋了嗎？」
英俊的臉上彷彿寫著「絕對沒有瘋」幾個大字。
「再怎麼是個大老闆也不能這樣啊！快打電話取消吧！快點，快點！哎呀呀呀呀！有錢人的通病啊！現在油價那麼高……」
微笑擺著手，像已經結婚三十年的妻子一樣發起牢騷，英俊立刻打了個電話，取消了待命的直升機。
英俊掛了電話，面無表情地說道：

「恭喜。吃過晚飯我們就沒事做了呢。」

「不是，相親用得著這麼賣力嗎？喝杯茶，吃個飯，道個別就沒事了啊，誰會待到這麼晚……嗯？這又是什麼？哎喲，這麼沒有創意的店名又是什麼？加州汽車旅館？就算這個世界再怎麼開放，誰會和初次相親的男人去這種地方呢？一開始就抱有這種幻想您覺得合適嗎？」

「妳可別有什麼奇怪的想法啊。這都是朴博士推薦的。」

微笑微微張著嘴，認真地問道：

「副會長，朴博士不是離婚了嗎？您向離婚人士諮詢相親問題了嗎？這對獨居人士來說不太禮貌吧？」

「我也這麼覺得。所以，這裡面只有這一條是朴博士的意見。其他的都是H.com公司的河代表告訴我的。」

「啊，真是瘋了！」

微笑哭喪著臉，一下子趴在桌上叫苦不迭：

「那位代表不都結過五次婚了嘛！」

「是四次。」

「還不是半斤八兩。」

「這叫多多益善啊。有經驗的傢伙……」

微笑又「啊」的一聲突然起身，把手裡的紙條緊緊捏成一團。英俊噗哧笑道：

「行程不滿意嗎？」

「當然了！如果相親男提出這樣的行程，有哪個女人會哭著喊著往他身上貼啊？」

「那妳不要一味地說不喜歡，提個方案吧。」

「首先在這喝杯茶，然後出去散散步，吃個晚餐，如果覺得合得來，再去看個電影，然後回家。這才是正常流程啊。」

「這就完了？沒有其他想做的了？」

「那您還想做什麼嗎？」

「好，那就這麼辦。到時候可別後悔啊。」

「當然……哎……？好像有點奇怪啊？」

看著英俊笑得得意洋洋，微笑這才後知後覺地明白過來，抓起自己的頭髮：

「中計了！」

＊＊＊

微笑環視一圈咖啡廳，偷偷打量英俊的臉色。這家咖啡廳促成了好幾對情侶，是紅娘推薦的，氣氛確實很好。但是一直高高在上的人會怎麼想，微笑就不知道了。

英俊似乎是有所察覺，淡淡地說道：

「咖啡不錯。氣氛也很好。」

「幸好。」

英俊把茶杯放在茶碟上，微笑看著他，有種全新的感覺。越仔細看越覺得他和他哥長得像，卻又有哪裡不像。

「您自己去醫院？」

「不是，和朴博士一起。」

「天啊，昨天朴博士還半死不活的，現在已經復活了啊。」

「禁不住他的苦苦哀求，今天早上我打電話給他前妻解釋了一下。」

「您是怎麼解釋的？」

「我說，聖基確實是聖基，但此『聖基』不是妳想的那個『聖基』，所以不要誤會。」

「這種話，不管是解釋的一方，還是欣然理解的另一方，從多種意義上來講，都很了不起呢。」

英俊一副沒什麼大不了的樣子，聳了聳肩，喝了一口咖啡，又問道：

「妳來這之前都做了什麼？」

「啊……」

微笑不知道到底該不該說，她考慮了很久，好不容易開了口：

「其實，我去見了您的哥哥。」

也許是英俊早就料到了，他一點都不吃驚，只是表情嚴肅地思索了一會兒，又問道：

「你們倆聊了以前的事情？」

「什麼以前的事情？」

「很久以前的誘拐事件。」

微笑瞪大了眼睛，一臉困惑之餘還帶著一種被人背叛的神情。她看著英俊冷酷地喊了起來：

「所以您明明一直都知道，卻裝作不知道嗎？太過分了！我怕對您造成傷害，都不敢開口問您，一個人戰戰兢兢了這麼久。」

「又不是什麼好事，知道了又怎麼樣？只會搞得烏煙瘴氣的。」

「您一直都是這樣……」

這麼看來，英俊一直都有「無法觸及的領域」。在一起那麼久了，卻仍然覺得他絕對不會把身邊的位置留給自己，也許就是這個原因吧。

微笑十分傷心地看著英俊，但英俊並沒有理會她的眼神，他苦澀地問道：

「所以呢，見了以後覺得怎麼樣？成延哥是你一直找的那個哥哥嗎？」

「也許……是吧。」

這個回答聽起來十分模糊。

英俊眼神回轉，再次看著微笑，面無表情地問道：

「我哥怎麼樣？」

「他應該是個心地善良的好人。長得也很帥。」

「真是讚不絕口啊。一見鍾情了？」

「天啊天啊，哪有啊！您這是說什麼呢？沒有！絕對沒有！」

沒有就直接說沒有，幹嘛那麼激動。

見微笑板起臉生氣起來，英俊覺得又好笑，又莫名的安心，他平和地問道：

「那，妳高興嗎？」

「嗯，當然高興了。不過……能重新見面的確很高興，可是明明期待了那麼久，我卻沒覺得有那麼感動。」

微笑聳了聳肩，撇嘴笑著補充道：

「本來還以為會有種驚喜的感覺，卻不是那麼回事。感覺就像是拆開了禮物華麗的包裝，裡面卻全是積滿了灰塵的氣泡紙。還覺得有點……遺憾。」

「沒什麼可遺憾的。不僅僅是石頭，記憶也會風化。隨著時間的流逝，小的部分全部被打磨掉，只剩下變了質的、看起來非常光滑的表面。」

咖啡廳裡響起克莉絲蒂娜・阿奎萊拉的〈Beautiful〉。

微笑靜靜地傾聽著歌詞，輕聲地問道：

「那，您的記憶呢？」

「我的記憶怎麼了？」

「您哥哥說，以前的事您全都不記得了……」

英俊低頭望向那一杯黑咖啡，過了很久，他聲音空洞地回答道：

「那是事實。不管是因為刺激，還是什麼其他的原因，當時的事情，我全都忘記了。」

隨即他的臉上浮現出一抹譏諷的笑容，繼續說道：

「都是二十年前的事情了。說實話，我實在無法理解。為什麼哥哥對過去那麼執著，現在也該放下了吧？」

「可是……」

「妳也是一樣。拼不起來的拼圖，還有記不起來的過去，統統都忘掉吧。這樣會輕鬆許多。」

「就算是同樣的情況，每個人的接受程度也都是不同的。」

「這就是意志力的差距了。」

「您的意志力還真是完美呢。就算您當時再怎麼不懂事，可您哥哥受了那麼多苦，您怎麼連絲毫的負罪感都沒有呢……」

微笑略帶詫異地看著英俊，英俊自信地反駁道：

「我為什麼要有負罪感呢？哥哥那麼執迷不悟、到處宣揚的過去，在我的記憶裡根本不存在。在一無所知的情況下，負罪感不過是一種偽裝罷了，有什麼意義呢？」

「那個……聽您這麼一說，確實是也沒錯。」

英俊的話聽起來有種意味深長的感覺，是自己的錯覺嗎？

他理直氣壯的態度，和成延回憶中的點點滴滴銜接在一起，形成了一種奇妙的違和感。

兩個人喝完咖啡以後，離開咖啡廳，開始沿著人潮擁擠的街道散起步來。

不過幾天的時間而已，天氣一下子冷了起來，就算扣好衣領，寒氣還是鑽進身上。

「妳冷嗎？」

「有點。」

「我們坐車吧？」

「不用了，馬上就到了。」

「微笑居然也有請我吃飯的時候啊。」

「這機會可不常有，您可要把握。」

英俊靜靜地望著微笑笑盈盈的臉，突然說了一句話：

「妳嘴唇裂了。」

「天啊，是嗎？」

微笑剛要打開包翻找，英俊就從口袋裡拿出一枝潤唇膏，打開蓋子遞了過去：

「給妳。」

情況緊急的時候，兩人時常互相借東西用。潤唇膏也不例外，但也許是今天氣氛不同吧，有種奇怪的感覺。

微笑接過細長的潤唇膏，不知該如何是好，她猶豫了一會兒，順時針旋轉了一下底部。頓時，一股薄荷清香，夾帶著英俊時常散發出的男人香，撲鼻而來。

「會染上口紅的顏色，沒關係嗎？」

「好笑，客氣什麼呢？」

帶有英俊香氣的唇膏很是柔軟，一碰上微笑的嘴唇，就溫暖地融化開來。這觸感有點像失敗的初吻，莫名有些淒涼。

「謝謝，我用好了。」

英俊接過略微染上粉色的唇膏，一臉調皮地盯著微笑。見她瞪圓了眼睛抬頭看過來，他把唇膏放在自己的嘴唇上，從容地擦個不停，還拋出一句無聊的玩笑話：

「間接接吻。」

微笑一下子紅透了臉，滿臉笑容卻冷冰冰地說道：

「有機會『直接』的時候，您怎麼不好好把握呢？」

「那個……我有我的原因。」

「這麼說來，讓我搖身一變化身『轉椅騎士』的，到底是什麼了不起的原因呢？得讓我知道一下理由吧。」

微笑重新走進擁擠的人群，對話就此中斷。

直到走到巷子的最裡面，一個燈火通明的黃色牌匾映入眼簾的時候，英俊才又重新開口：

「趴著睡覺的時候，有時候會不自覺地痙攣著醒過來吧？就跟那個差不多。」

「啊。您是說和我接吻的瞬間，您無聊得睡著了呀。」

「抱歉，我騙你的。」

「這麼明顯的藉口您也覺得不合適吧？我不會生氣的，您就直說吧。」

微笑仍然笑盈盈的，英俊為難地低頭掃了一眼微笑，挪動著腳步淡淡地說道：

「閉上眼睛的話……我偶爾會看見鬼。」

「噗！」

微笑笑了，英俊卻十分認真。

「我沒有開玩笑。現在妳身後就跟著一個呢。」

「誰啊？」

「不知道，我不認識啊。聽她說：『小姐！一定要把旁邊的男人抓牢！』應該是妳的祖先吧。」

這個玩笑並不怎麼好笑，微笑卻咯咯地笑了起來，英俊也露出一抹淺淺的笑意，繼續說道：

「妳覺得沒辦法輕鬆觀看恐怖電影的原因是什麼嗎？」

「是不是因為，不知道什麼時候會被突然嚇一跳啊？」

「沒錯。如果在電影前半場沒有任何防備的狀態下，被突然嚇一跳的話，那剩下的時間裡，就只能一直提心吊膽地看了，不是嗎？我眼裡的鬼也是一樣。閉上眼睛，不知道什麼時候就會突然出現。」

英俊正笑咪咪地說著，眼眸忽然一沉，看上去很是茫然的樣子。雖然不知道那鬼到底是什麼，但至少他的話不像是騙人的。

微笑惋惜地抬頭看著英俊，英俊突然「哇」地大喊一聲，嚇了微笑一大跳。

「天呀！嚇死我了！」

「你看吧。」

微笑鬆了口氣，一臉狐疑地問道：

「那，那個鬼偏偏那時出現了？」

「嗯。」

「哈啊，算了。」

「是真的。」

微笑一副信不過的樣子，瞥了一眼哧哧笑著的英俊，像是放棄了似的歎了口氣，帶著他進了餐廳。

「我跟您說的就是這裡。」

「『去吧豬皮』，店名挺酷啊。」

「是吧？我也這麼覺得。」

「什麼店啊？」

「豬皮店。」

英俊環視著店內破破爛爛的環境，略顯迷茫地說道：

「我還是第一次來這種地方。」

「您別看這裡破破爛爛的，味道好著呢。」

「是嗎？」

微笑笑盈盈地來回翻著烤盤上的豬皮，好像突然想到些什麼，皺起了眉頭。

「等等，這不是成了『富貴公子窮遊記』了嘛。把我的第一次相親還給我。」

微笑哭喪著臉，瞪著捧腹大笑的英俊。曾經被她所忽略的那些事實，現在卻串連成甜蜜的回憶，讓她驚歎不已。

懂事以後，除了爸爸以外，第一個和她牽手的男人就是李英俊。

第一個連拖帶拽地把她擁入懷中共舞的男人也是李英俊。第一個若無其事地與她共用一隻杯子的男人還是李英俊。第一個在天冷時把手套、圍巾和外套借給她穿戴的男人，還有在睡夢間突然打來電話的男人也統統都是李英俊。

不僅如此，她的第一次親吻和第一次相親不也全都是跟那個傢伙嘛。

所以我才會感到遺憾，才會覺得討厭嗎？短短的時間裡，微笑卻陷入了沉思。

不，她並不遺憾，也不覺得討厭。如果和其他男人分享彼此的各種第一次，她光是想想都覺得尷尬而厭惡。

所謂的熟悉和舒服，說不定在潛移默化中轉化成了一種喜歡。

英俊笑得露出兩排整齊的牙齒，此刻的他看起來比任何時候都要放鬆。微笑看著他，心情也前所未有地放鬆了下來：

「我經常和爸爸還有姐姐們來這裡小聚。」

「這家店有這麼好吃嗎？」

「不會，其實也沒有那麼好吃。人多的時候，來這裡吃飯可是最實惠的。為了償還家裡欠下的債，我天天累得連腰都直不起來，像韓牛這種東西想都不敢想呢。」

微笑笑著說出的話多少有些偏激，這讓英俊的表情變得複雜起來。

「是嗎？」

「哎喲，我開玩笑的，開玩笑。」

「可是聽起來一點都不像是開玩笑呢。」

「要論純度的話，玩笑大概能佔到百分之五十一吧？」

微笑頑皮地解釋著剛才的玩笑話，英俊噗哧笑道：

「妳父親是個什麼樣的人？」

「他是一個搖滾歌手。」

「什麼？」

「我跟您說過吧？我爸爸本來在樂園商業街開樂器行，結果被朋友騙得傾家蕩產。從那以後，他反省自己，做過許多的嘗試，但都失敗了……不過幸運的是，他現在在樂隊做吉他手，每個月也有了收入，起碼安定下來了。」

雖然他曾經聽微笑說起過父親事業失敗以後落魄的事情，但那之後的事他還是第一次聽到。英俊的心情略微有些複雜，她對此到底是覺得遺憾還是慶幸呢？

「真是萬幸。」

啊，看來她很慶幸。英俊正打算附和兩句，微笑突然接著說道：

「為了給姐姐們湊學費，他逞強去工地上幹粗活，結果還受了傷。他還為了擴建房子找人借了錢，結果反倒弄巧成拙……他之所以落得那樣的下場，不都是因為他硬要逞能去做他不適合做的事嗎？爸爸在不斷嘗試的過程中終於找到了他喜歡並且想要做一輩子的事情，姐姐們也都實現了自己的夢想，真的很幸運。」

英俊一直靜靜地聽著微笑說話，直勾勾地盯著她的眼睛。

「金祕書的夢想實現了嗎？」

「也許吧。過了太久了，我連自己的夢想是什麼都忘了呢。」
「說得好像自己七老八十了一樣。」
微笑捂著嘴竊笑，英俊卻不打算一笑帶過，繼續認真地問道：
「一直以來，妳都沒有埋怨過家人嗎？」
「哎喲，我為什麼要埋怨家人呢？」
微笑的臉上雖然在笑，眼珠卻輕微地顫動了一下。如果不細心觀察的話肯定會被忽視掉，但卻被英俊看到了：
「人們總是把吃虧的人生或者做出犧牲的人生說得很有價值，但其實並不盡然。那就是吃虧，他們只是在自我犧牲中迷失了自我而已。就算得到了別人的認可，但是到頭來自己卻什麼都沒得到。」
這是從未向任何人說起過的祕密。
微笑也和其他平凡而普通的同齡人一樣，希望體驗一下大學生活，就算沒有那麼奢華絢麗，但至少別人享受過的她也想試一次。然而現在已經來不及了。不知不覺間，她的青春歲月早已悄悄流逝，她馬上就要三十歲了。
為了顧及家人而做出許許多多的犧牲，換作任何人都不可能樂在其中吧。
她常常感到厭倦和煩悶，也曾經想要拋下一切逃到某個地方去。說實話，她內心深處的確對家人們抱有些許怨恨。
「金祕書，妳又不是德蕾莎修女，無論任何時候最重要的——」

英俊的話戛然而止。他伸出手直直地指向微笑的胸膛：

「都是妳自己。無論任何時候，都不要忘記，自己才是最重要的，自己才是排在第一位的。」

不知道為什麼，這番純度為百分之一百的自戀結晶體似的話語反倒令微笑感同身受，差點要落淚。

「看來九年的時間的確很漫長啊。」

微笑突然的一句感慨換來英俊一臉的詫異，她笑盈盈地接著說道：

「看來我已經徹底被您傳染了啊。」

吃過晚飯，兩人原本打算去看電影的，但是這位少爺表示不喜歡人多的地方，最終沒能如願。在豬皮店前的巷子裡，兩人面對面地站著，對路過的行人投來的視線置之不理，自顧自地吵著嘴：

「去汽車電影院怎麼樣？」

「畫質不是很差嘛。再說了，這不就等於在停車場看電影嘛，我不太想去。」

「這也不行，那也不行。全都被您否定了，您到底想怎樣啊？」

「電影等下回訂好日子，把整個電影院包下來看吧。」

「隨您喜歡。我現在也不知道怎麼辦好了。要不就各自回家吧？」

「當然不行。」

「可是我們不是沒什麼可做的了嘛。」

「想想看。」

「那要不去看夜景吧？唯一樂園不是正在舉辦燈光慶典嘛。」

「要不再把直升機叫來？」

「什麼？叫來幹嘛啊！」

「在直升機上看一定很漂亮。」

「就這樣直接去看不就行了嘛。還有觀光車呢。」

「我都說了，我最討厭人多的地方。味道難聞死了。」

英俊抱著雙臂，一臉的傲慢。微笑抬頭看著他，猛地抓著頭髮跳了起來：

「哇哦，您可真是讓人無語啊！啊啊，我的相親！把我的美好時光還給我！」

英俊從容不迫地欣賞著微笑激動不已的表情，突然開口道：

「其實要看夜景的話，我倒是知道一個不錯的地方。」

微笑聞言唰地抬起腦袋，半信半疑地追問道：

「哪裡啊？」

＊＊＊

兩人就這樣來到了英俊名下的六十六層漢江江景頂層大廈。這對英俊來說是他的安樂窩，對微笑來說卻是每天早出晚歸工作的地方。

明天起書房就要準備裝修了，因此從今天開始一直到完工為止，英俊打算暫時住到唯一酒店去。

房子已經改頭換面，很難看出它原來的模樣了。昂貴的家具都被巨大的防塵罩遮蓋著，書房裡的書也被人從書架上搬了出來，堆放在客廳的地板上。

主人離開這所房子不過短短幾個小時，房子就像是從來沒有人住過一樣，顯得格外冷清。

「真是亂七八糟啊。」

「只是來看個夜景而已，亂有什麼關係？要我給你泡杯茶嗎？」

「哎喲喲，什麼情況！明天太陽要打西邊出來了呢。還是我去泡……」

正說著，微笑突然改變了主意，笑盈盈地改口道：

「好，那就來一杯吧。我要喝大吉嶺。」

「等著。」

英俊淡淡地回答她。趁他離開的時候，微笑瀏覽起被挪到客廳裡的那些書。

英俊是名副其實的書蟲，哪怕再忙都會抽空抱著書埋頭苦讀，所以他的藏書量自然很大。他博覽群書，任何領域都有所涉獵，其中還能看到幾本類型較為獨特的書。在這些書之中，還有幾本他哥哥簽名送給他的書。

〔可他是我的親弟弟啊，不諳世事的親弟弟，除了原諒他，我還有別的選擇嗎？我不恨英俊。雖然他明目張膽地討厭我，但是我並不討厭那小子。〕

「人們總是把吃虧的人生或者做出犧牲的人生說得很有價值一樣，但其實並不盡然。那就是吃虧，他們只是在自我犧牲中迷失了自我而已。就算得到了別人的認可，但是到頭來自己卻什麼都沒得到。」

她看著成延寫的那些書，舌尖莫名嘗到一絲苦澀。

這是怎麼回事？為什麼？

為了抹去心中的不安，微笑努力把注意力放在這些書上，卻突然注意到一個藍色封皮的資料夾，舊得已經褪了色。

微笑忍不住好奇起來，又莫名覺得有點熟悉，於是把它拿了起來。她吹開了上面的灰塵，小心翼翼地掀開了封面。這正是九年前應試英俊私人祕書的求職者們所提交的履歷和個人介紹信。

微笑注意到放在最上面的恰恰是她自己的履歷，忍不住燒紅了臉。

「我那時候這麼土嗎？」

證件照裡的她剪著一頭短髮，左右兩邊的長度隱約有些不對稱，臉上還有點嬰兒肥，誇張的妝容活像是用蠟筆畫出來的，笑得很是勉強，一邊的嘴角還有些歪斜。而更可笑的是，這張從文具店買來的履歷表還是手寫的。在畢業院校的旁邊，她用芝麻粒大的字體密密麻麻地寫著在校任職經歷和競賽獲獎經歷，除此之外她還塗了厚厚一層膠水，把她名列全國百分之一的高考成績單貼了上去，乍看上去還以為履歷是被眼淚給沾濕了一樣。明顯可以看出，她在設法地彌補學歷上的劣勢。

她想像著英俊當時看到這份履歷得笑得多開心，忍不住笑了出來。

然而笑容轉瞬即逝。當她翻到下一頁時，她緊緊閉上眼睛，無聲地叫了出來。我的天啊！

介紹信比起履歷更加精采。假如說她的履歷是高級西餐，那麼介紹信則相當於自助餐。而且還是五星級酒店的豪華自助餐。

「『您好，我叫金微笑。雖然我年紀尚輕，但我是一個夢想成為賢妻良母的十九歲少女。對不起，其實我暫時還不是。我的生日還沒過。但是也沒剩幾天了，所以我就這麼寫了。哈哈哈。』呃，太丟人了！我到底為什麼要把『哈哈哈』寫上去呢？不許賣萌！古老情書都比這強吧。我居然說自己的夢想是成為賢妻良母，這才是最糗的地方啊。」

讀著自己九年前寫的個人介紹信，她恨不得找個洞鑽進去。

「『從小到大有很多人誇我聰穎過人，我也認為自己非常聰明。具體的我就不細說了，請參考我履歷上的高考成績表。這百分百是原件。』啊啊，班門弄斧還是其次，簡直快要吐出來了啊。『另外，多年來我作為學生幹部，一直恪盡職守。雖然由於時間緊迫，我未能把學生生活檔案複印下來，但師長們常說，我們微笑真的是個跑腿小能手。』啊，怎麼辦，呵呵呵，太可怕了，實在讀不下去了……」

微笑用手捂著眼睛笑出了聲，又重新睜開眼睛向下看。

個人介紹信上沒什麼重要的內容，篇幅卻很長。微笑跳過了中間的內容，直接看到了最後的部分，好不容易才忍住沒有放聲大笑，結果忍到飆淚。

「『請您儘管使喚我吧。我會誓死效忠的。以上。』噗，噗哈哈！」

微笑捂著肚子忍著笑，全身都顫抖了起來。她擦去眼角滲出的淚水，慢慢揭過了這一頁。後面則是和她同一時期的求職者履歷和個人介紹信，這些都被分門別類地存放著。

「大家的資歷都好棒啊。哇哦，還有SKY★畢業的……」

微笑看著這些鑲著金邊的履歷和格式規範的個人介紹信，表情漸漸嚴肅了起來。

「嗯？」

真奇怪，這明顯有什麼問題。

「為什麼……這些厲害的都被淘汰了，偏偏選上了我呢？」

光看這履歷就覺得很奇怪。英俊為何放棄其他出色的求職者而選擇了她呢？當時的微笑顯然並沒有什麼過人的優勢值得讓他這樣做。

就在她不知所措的時候，突然聽到了聲響：

「金祕書，妳後面有人，小心點。」

「別開玩笑了。我們家的祖先只在祭日那天才會顯靈的。」

「唉，真沒意思。」

「我現在很嚴肅。」

「怎麼了？」

「副會長，您為什麼錄用我呢？」

「怎麼突然說起這個？」

★韓國最高學府：首爾大學、高麗大學、延世大學的綜稱。

微笑一邊翻閱履歷資料，一邊抬高了嗓門：

「您看看這些履歷，照理講我應該最先被淘汰才對啊！」

腳步聲越來越近，微笑的耳邊突然傳來一陣熱氣。

溫暖香甜的呼吸輕輕掠過她的耳畔，彷彿一股電流自耳根順著脖頸流遍了全身，在不經意間填滿了她的內心。正當她的嘴唇緊張得向上揚起時，一股炙熱又緊實有力的觸感將她的肩膀、雙臂、背部和臀部甚至她的腿根緊緊圍繞，原來這就是傳聞中的後背環抱。

「這，這是幹什麼……」

「我說過的，背後有人，妳要小心。」

英俊在她耳邊低語，聲音比以往更加有魅力。

「就這樣待一會兒吧。」

微笑強行按捺住內心的激動，有些賭氣地說道：

「這次您要把我往哪裡推啊？我得先做好心理準備才行。」

「我不會推開妳了。」

「真的嗎？」

「真的。」

微笑的心撲通撲通地跳個不停。

與他零距離接觸，望著同一個方向的感覺頗為奇妙，也很浪漫。一種莫名的興奮讓她全身微微顫抖，同時又感到無比安心，渾身軟綿綿的，甚至還有了一絲睏意。

微笑還是第一次與異性緊緊相擁，這個男人到底想奪走她多少回「第一次」呢？
她望著窗外一覽無遺的美麗夜景，情不自禁地用手輕撫著英俊抱著她的雙臂。
「妳很好奇我當年為什麼錄用妳嗎？」
「是。」
回答她的是一陣沉默，微笑輕歎了口氣低聲說道：
「您要是跟我說什麼『好奇的話就先給我五百塊★』之類的玩笑話，我就真的直接回家了。」
身後的人聽完明顯一震，想必是讓她猜了個正著。
本以為他這一次也會不露聲色地搪塞過去，結果英俊將額頭輕輕靠在她肩膀上，輕聲歎了口氣，低聲呢喃：
「因為妳是微笑啊。」

★出自韓國綜藝節目「搞笑演唱會」中的一句流行語。

[**內文搶先讀**]

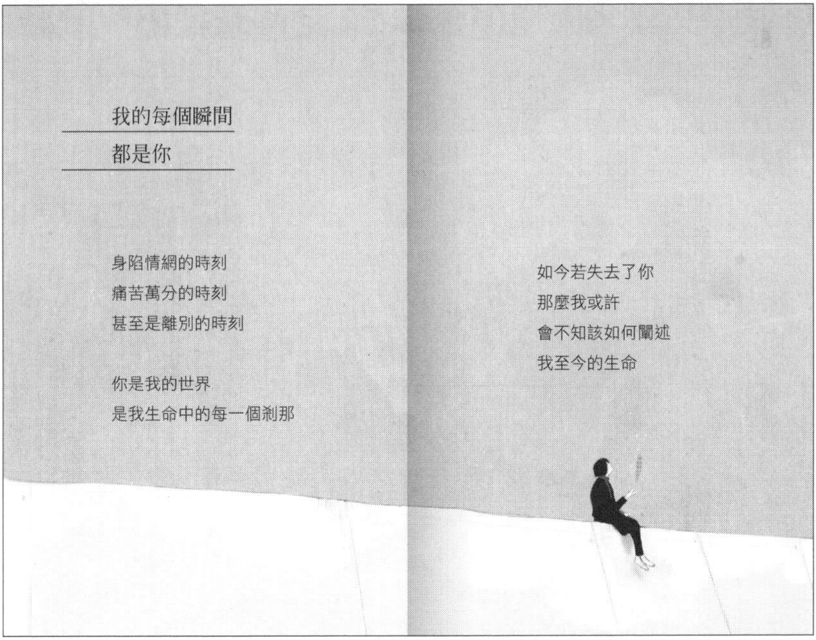

我的每個瞬間

都是你

身陷情網的時刻
痛苦萬分的時刻
甚至是離別的時刻

你是我的世界
是我生命中的每一個剎那

如今若失去了你
那麼我或許
會不知該如何闡述
我至今的生命

除了我自己之外，

最重要的人都是你

在這混雜的人生中
在完成個人職責的道路上

驀然間
思索著「他現在在做些什麼？」
除了我自己之外
最先想起某個特定的人這件事

僅只是這一點，
就足以稱之為愛情

內文搶先讀

十天前，第一個上班日。

林法官坐在地鐵二號線的座位上，默默安撫著略顯不安的心情。不安的原因來自調職至新審判部，更準確來說，不是因為素有耳聞的沙坑（bunker，指稱共事審判長麻煩、難相處的法律界暗語）部長，而是因為新任命到職的左陪席法官。

一個絕對不常見的姓名……莫非真是當時的那個人？國三暑假的那個人？

一直待在正讀圖書館 看書的那年暑假，陽光耀眼的那天的感覺，頓時竄湧而上。舊書的氣味、拂面的微風、嘎吱作響的椅凳聲，以及鋼琴聲……是拉威爾的《悼念公主的帕凡舞曲》。

這裡是專為附近學校的學生們而設的自修室。為了幫助大家熟悉彼此，特地在圖書館舉辦了一場歡迎會。輪到才藝表演節目時，一位就讀國一的女校學生被其他女學生拉到鋼琴前坐下。直到那時，才第一次知道人臉究竟可以蒼白到什麼程度。經過長時間的靜默，琴鍵總算開始跳動。是因為那段旋律嗎？留存於記憶深處的那位女孩，模樣恰如宮廷裡的公主，一頭飄逸動人的長髮……

以拉威爾作為話題，與女孩稍微聊了幾句，全然不是件易事。只因女孩開口說出每句話前，都得反覆猶豫幾次，說話時甚至無法直視對方的雙眼。交談期間，哪怕只是偶然擦過經過身邊的人的肩膀，也會大為驚嚇，然後邊慌張地說著「對不起」，邊深深低下頭。

假期終結於蟬鳴最為喧鬧之際。這時，總算能聽見一些內心話了。她說，「自己死也不想再上鋼琴課。」

「為什麼？你不是很喜歡鋼琴嗎？」

沉默了一陣子。

面對總是緊閉雙唇的女孩，他竭力動員高年級生獨有的權威，抱持著打破砂鍋問到底的精神，好不容易才得以聽見隻字片語。

「老師……上課的時候……常常……從後面抱我。」

「為什麼？」

「不知道……」

「怎麼抱？」

「把臉頰貼在我的脖子旁邊，兩隻手臂穿過我的腋下，右手這樣……然後左手這樣……」

「鋼琴課不是本來就常會有這些動作嗎？」

「不一樣。」

「你怎麼知道？」

女孩猛地抬頭，直視他的雙眼。

「就是……知道，可以知道。」

第一次見到她如此果斷的眼神，轉瞬便消失無跡。

於是他問道，「既然這麼討厭，為什麼不乾脆不上課呢？」

女孩搖了搖頭：「那是爸爸很難才請到的名師……爸爸說一定要乖乖聽老師的話，才可以順利進到好學校。不上課的話，爸爸會很失望。」

女孩遲疑片刻後，又說了一句，「爸爸失望的話……會變得很可怕。」

假期很短，而他再沒見過她。

考上法學院後，埋首準備考試的他，偶爾會憶及那天感受到的無力。

置身地下鐵車廂，回憶國中時期的平靜只是過眼雲煙，從轉車車站上車的人群如同巨浪襲來，乘客們開始變得像一把把被牢牢束緊的大蔥，而呼吸的空氣也漸趨稀薄。深怕整個臉會埋進站在面前大叔突起的肚子裡，因而轉過頭的林法官，耳邊傳來一陣清亮的叫聲……

（摘自《漢摩拉比小姐》第一章）

國家圖書館出版品預行編目資料

金祕書為何那樣①／鄭景允著；張靜怡譯.
——初版——臺北市：大田，2018.09
面；公分.——（K原創；001）

ISBN 978-986-179-539-3 （平裝）

862.57 107013055

K原創001

金祕書爲何那樣①
作 者｜鄭景允
譯 者｜張靜怡

出 版 者｜大田出版有限公司
台北市10445中山北路二段26巷2號2樓
E-mail｜titan3@ms22.hinet.net http：//www.titan3.com.tw
編輯部專線｜（02）2562-1383 傳真：（02）2581-8761
【如果您對本書或本出版公司有任何意見，歡迎來電】

填回函雙重禮
①立即送購書優惠券
②抽獎小禮物

總 編 輯｜莊培園
副總編輯｜蔡鳳儀／編輯｜陳映璇
行銷企劃｜高芸珮／行銷編輯｜翁于庭
校 對｜金文蕙

初 刷｜2018年09月12日 定價：350元
總 經 銷｜知己圖書股份有限公司
台 北｜106台北市大安區辛亥路一段30號9樓
TEL：02-23672044／23672047 FAX：02-23635741
台 中｜407台中市西屯區工業30路1號1樓
TEL：04-23595819 FAX：04-23595493
E-mail｜service@morningstar.com.tw
網路書店｜http://www.morningstar.com.tw
讀者專線｜04-23595819 # 230
郵政劃撥｜15060393（知己圖書股份有限公司）
印 刷｜上好印刷股份有限公司
國際書碼｜978-986-179-539-3 CIP：862.57/107013055